中公文庫

零れた明日

刑事の挑戦・一之瀬拓真

堂場瞬一

中央公論新社

目次

登場人物紹介

一之瀬拓真《いちのせたくま》…警視庁捜査一課の刑事。着任して三年目
春山《はるやま》…………一之瀬とコンビで動くことが多い捜査一課の後輩刑事
宮村《みやむら》…………捜査一課の先輩刑事。刑事ドラマと警察小説が好き
若杉《わかすぎ》…………常に体力勝負の捜査一課刑事。一之瀬の警察学校同期
大城《おおき》…………新たに着任した捜査一課係長

小田彩《おだあや》………殺人事件の被害者。芸能事務所「オフィスＰ」社員
高澤《たかざわ》…………彩へのストーカー行為を疑われている被疑者
田原《たはら》ミノル…「オフィスＰ」社長。一世を風靡したロックバンド「レイバー」の元ヴォーカル
戸澤《とざわ》…………「オフィスＰ」会長。「レイバー」の元プロデューサー
笠原真司《かさはらしんじ》……暴力団の石川興業構成員

深雪《みゆき》…………一之瀬の妻。総合食品メーカーの研究職で、現在産休中
岩下《いわした》…………港南署刑事課長。前年まで捜査一課係長で、一之瀬の上司だった
大友鉄《おおともてつ》………警視庁刑事総務課勤務。取り調べの名人
池畑《いけはた》…………捜査一課強行犯第一係勤務。二つ名は「落としの池さん」
荒熊豪《あらくまごう》………警視庁組織犯罪対策部組織犯罪対策第三課の刑事
藤島一成《ふじしまかずなり》……警視庁刑事総務課勤務。千代田署時代に一之瀬の教育係だった
Ｑ……………謎の情報提供者。焼酎と和菓子を愛する

これまでの一之瀬拓真

千代田署刑事課で三年を過ごした後、巡査部長への昇任に伴い捜査一課へ異動。二つの大きな事件の捜査に関わり、経験を積みつつあるが――

零《こぼ》れた明日《あした》

刑事の挑戦・一之瀬拓真

〈1〉

「よいしょ」

「よいしょ？」一之瀬拓真《いちのせたくま》は耳を疑った。妻の深雪《みゆき》が、こんな台詞《せりふ》を口にしたことがあったかどうか……テーブルに両手をついてしんどそうに立ち上がったところで、臨月のお腹がテーブルを擦《こす》りそうになっている。

「ああ、いいから。座ってろよ」一之瀬は慌てて声をかけた。「洗い物は俺がやるから」

「別に、病気じゃないのよ」深雪が唇を尖《とが》らせる。

そう言われても、一之瀬から見れば病人のようなものだ。もともと比較的細い体形で、妊娠してお腹だけが大きくなってしまったせいで、極端に動きにくそうにしている。

一之瀬は立ち上がり、食べ終えた食器を流しに持って行った。結婚して、家で食事ができるようになったのはありがたいが、妊娠中の深雪に負担をかけてしまうのが申し訳ない。できるだけ手伝うようにしているが、元々料理の腕には自信がないから、ほとんど役にたっていなかった。せいぜい、率先して食器を洗うぐらい——一つだけ助かっているのは、妊娠して味覚が変わったのか、深雪が得意のお菓子を作らなくなったことだ。彼女手製のカップケーキは確かに美味《うま》いのだが、一之瀬も何も考えずに甘いものを食べまくっていい歳ではなくなっている。

洗い物を始めた途端にスマートフォンが鳴った。まさか事件では、とどきっとしながら画面を確認する。普段なら張り切って電話に飛びつくところだが、今は状況が違う。予定日が近い深雪を、夜一人で家に残しておくのは心配だった。

電話は、一之瀬の母親からだった。事件ではないからほっとしたものの、ある意味事件より面倒である。とはいえ、無視するわけにもいかない……冷蔵庫にぶら下げたタオルで濡《ぬ》れた手を拭《ぬぐ》い、スマートフォンを取り上げる。

「はい」

「深雪ちゃん、どう?」前置き抜きでいきなり切り出してくる。

「特に何ともないけど」

「出産直前は何が起きるか分からないから、十分気をつけるのよ」

「分かってるよ」母親は話が長い上に繰り返しも多い。昔からこうで、一之瀬は今でも苦手だ。

「それと、出産の立ち会いの件なんだけど……」

「いや、それは分からないから」一之瀬はすかさず言った。

「分からない、じゃないでしょう。深雪ちゃんが頑張っているのに、あんたが一緒にいてあげなくてどうするの」

「それはそうだけど、何が起きるか分からないし。緊急時に仕事を放り出す訳にはいかないんだよ」

我ながら説得力がないな、と思う。起きるか起きないか分からない事件のことを心配してもしょうがない。もっとも、母親の言い分も理不尽というか強引だ。どういうわけか母親は、深雪の妊娠が分かった時から、立ち会い出産をすべきと主張してきたのである。一之瀬には、何がそんなに重要なのかさっぱり分からない。

話しながら、一之瀬は裸足《はだし》の足を擦り合わせた。七月、確かに暑いのだが、一之瀬の感覚では、夜はまだエアコンが必要なほどではない。しかし深雪が暑がるので、数日前から冷房に設定していた。

「とにかく、状況次第だから」一之瀬は話を打ち切りにかかった。まったく、面倒臭い……夫婦の問題なんだから、親は口出ししないで欲しいよ。

正直、一之瀬はビビっている。出産が大変なことは十分理解しているし、深雪の助けになってやりたいとは思う。しかし、自分が出産に立ち会うかどうかは別問題だ。その場で失神でもしたら、それこそ一生母親から馬鹿にされるだろう。

助け舟――割り込みで着信があった。「仕事らしい」というと、母親もやっと諦《あきら》めた。

そもそも非常識になる一歩手前で「寸止め」する人なんだけどこの件ではしつこいな、と思いながら、一之瀬は通話を切り替えた。

警視庁捜査一課で、一之瀬の直属の上司で係長の大城《おおき》。この春に異動してきた人で、一之瀬はかすかな苦手意識を抱いていた。まだ特捜本部で一緒に仕事をしたことはないから、実際にはどんな人か分からない——きつい捜査を一緒に経験してこそ人の本質は分かる——が、とにかくハードな人、という印象だけは固まっている。

「これからすぐ出てくれ」

「殺しですか？」言ってしまってから、ちらりと深雪の方を見る。臨月の妊婦に「殺し」などと聞かせたくなかった。幸い、彼女の耳には入らなかったようだ。

「隣がな……」大城が渋い口調で言った。

「隣？」何の話だ？　一之瀬は思わず首を傾《かし》げた。

「隣の係がやってる、小田彩《おだあや》殺人事件だ」

「ああ——はい」ようやく合点がいって、一之瀬はうなずいた。二週間ほど前に発生したこの事件の特捜本部には、隣の係が出動している。しかしもう、解決間近のはずだ。

一之瀬はダイニングルームを出て、寝室に向かった。血なまぐさい話になる可能性もあるので、深雪には聞かせたくない。

「あの事件は、もう被疑者を絞りこんだと聞いてますが」

「逃げられた」

「はい？」

「被疑者に逃げられたんだ」大城が不機嫌に繰り返す。まるで自分のミスを厳しく指摘されたかのようだった。

「ええと……任意聴取の段階だったと聞いてますが」

「そうだ」

「それが逃げられるというのは——よく分からないんですが」

電話の向こうで、大城が露骨に舌打ちする。自分には説明する義務などない、とでも言いたげだった。それなら電話するのも誰かに任せればいいのに……この男に対する苦手意識が一気に強くなった。

「今日、夕方に事情聴取を終えて、家まで送って行ったんだが、その途中で振り切られたらしい」

自宅へ送る途中で？　となると、単なる事情聴取から一歩踏みこんでいた可能性が高い。できるだけ目を離したくなかった、ということだろう。その途中で逃げられたとなったら——致命的なミスだ。

「まずい事態だということは分かるな？」

「ええ」

「それで、うちにも緊急でお鉢が回ってきた」

「何をするんですか？」

「当然、捜索だ」

「マジですか……」こういう仕事は、機動捜査隊に任せた方がいいのではないか？　あの連中なら、都内のどこであっても効率よく、虱潰《しらみつぶ》しに捜索ができるはずだ。まさか、自分たちにこんな力仕事が回ってくるとは思わなかった。

「ああ。大マジだ」大城の口調も極めて真面目《まじめ》だった。「一刻を争う事態なんだ。任意で事情聴取していたことは、マスコミには上手《うま》く隠《かく》していたはずだが、いつまで持つかは分からない。情報が漏《も》れないうちに、被疑者を捕捉する必要がある」

「逃げたということは、真犯人で間違いないんでしょうね」

「ストーカーがエスカレートしての犯行……クソみたいな奴だな」大城が吐《は》き捨《す》てる。

　大城がストレートに感情を吐露《とろ》するのは珍しい。とはいえ、この意見には一之瀬も同意せざるを得なかった。ストーカー絡みの事件は何度か捜査したことがあるが、毎回嫌な気分を味わってきた。人間の心の醜さ、根本的な欠陥を目の当《ま》《あ》たりにするようで……。

「これからすぐにですか？」

「ああ。うちの係は全員出動だ」

　今夜、深雪がいきなり陣痛を起こす可能性もないとはいえない。そこはきちんと手を打ってから出かけるしかないだろう。

「要するに尻拭《しりぬぐ》いだが、こういうこともある。被疑者の自宅は……」

大城が告げる住所を、一之瀬はサイドテーブルに置いたメモ帳に書き取った。住所を見ただけではピンとこないが、調べればすぐに分かるだろう。

「集合は、板橋《いたばし》中央署にする。わざわざ言うまでもないだろうが、最寄駅は三田《みた》線の新板橋だ」

「分かりました」

「徹夜になるかもしれないから、そのつもりで」

「分かりました」

電話を切って、一つ溜息《ためいき》をつく。仕事での徹夜は慣れているが、深雪のことは心配だった。本当に、ここではなく実家でゆっくりしてくれている方が安心できるのに……今日一日着ていたワイシャツを脱ぎ、新しいシャツに着替える。シャワーを浴びていなかったことを悔いたが——今日の最高気温は三十三度だった——これは仕方がない。

電話を終えて戻ると、深雪がキッチンで食器を洗っていた。

「出かけるの?」深雪が声をかけてきた。

「ああ。今夜は帰れないかもしれない」

「そんな大変なこと、あった?」深雪の鼻に皺《しわ》が寄る。結婚してから、彼女もニュース

――特に事件・事故には注目するようになった。

「いや、俺たちは別に大変じゃないんだけど、ちょっと人の尻拭いというか……」一之瀬は曖昧《あいまい》に説明した。夫婦の間でも、事件のことははっきり話せない。

「変わった仕事ね。どこまで行くの？」

「板橋方面――板橋中央署」

洗い物をやめて、深雪がダイニングテーブルに置いたタブレットを取り上げた。素早く操作すると、「巣鴨《すがも》経由で三田線に乗るのが一番早いわね」と教えてくれた。

「助かる」

一之瀬はさっと頭を下げ、ソファに置いたままだった仕事用のバッグを取り上げた。深雪が玄関まで送って来ようとしたので、慌てて押しとどめる。

「無理するなって」

「別に無理してないわよ、これぐらい」深雪が頰《ほお》を膨《ふく》らませる。

「本当に、実家にいてもらった方が安心なんだけどなあ」この話は今まで何度もしていた。実家はすぐ近くとはいえ、一之瀬としては里帰り出産の方が安心だ。

「大丈夫だから」深雪が苦笑する。

「待ってる必要、ないからな」

「そんなに遅くまで起きていられないわよ」深雪がぱっと笑った。「頑張ってね、パパ」

ドアを閉めた瞬間、「パパ」という言葉が頭の中でどんどん膨れ上がってくる。深雪から「パパ」と呼ばれたのは、初めてではないか。

俺がパパねえ。

にやつくべきかむっつりした表情を浮かべるべきか、よく分からなかった。


七月。昼間の最高気温三十三度の余韻《よいん》は夜になっても残っており、一之瀬は冷房の効いた地下鉄の駅から出るのが嫌になってしまった。しかしそうも言っておられず……地上に出ると、交通量の多い国道一七号線。しかも上には首都高が走っているせいか、熱気とともに汚れた空気が襲いかかってきた。数歩歩いただけで首筋に汗が滲《にじ》み、着替えたばかりのワイシャツが背中に貼りつき始める。まったく、夏の過ごしにくさはどうにかならないものか……ネクタイを外したぐらいでは、日本の暑さから逃れることはできない。犬だったら、舌を出してうなだれながら歩くところだ。あるいは日陰で丸くなる。

「おい」

声をかけられ、うんざりして振り返る。歩みは止めない。誰だか分かっていたから――同期で同じ係の若杉《わかすぎ》だ。無視して歩き続けようと思ったが、つい足が止まってしまう。その格好が……とても、これから捜査に赴《おもむ》くようには見えない。体にぴたりと貼りついたトレーニング用のTシャツに、ナイロンのトレーニングパンツという格好である。上着――

派手な黄色のウィンドブレーカーらしい——は、丸めて右手に抱えていた。

「お前……何だよ、その格好は」一之瀬は呆《あき》れて言った。

「走ってる最中だったんだ。着替えるのが面倒臭いから、そのまま来た」

そんなことだろうと思ったが……若杉は趣味と実益を兼ねてハードなトレーニングを重ねており、その結果が現れて筋骨隆々の体形だった。上半身は綺麗《きれい》な逆三角形。これだけ筋肉がつくと、体が重くなって走るのがきつくなりそうなものだが、今でも五キロを十六分台で走るという。それがどれだけ速いか、一之瀬にはピンとこないのだが。

「いくら何でもそれじゃまずいだろう」一之瀬は思わず顔をしかめた。

「遅れるよりはましじゃないか。それに、直接追跡することになったら、この方がやりやすい」言葉そのままに、若杉がさっさと一之瀬を追い抜いて行く。追いかける気にもならず、一之瀬は自分のペースを守って歩き続けた。まったく……あの筋肉馬鹿につき合っていたら、あっという間にバテてしまうだろう。それにいくら体を鍛《きた》えたからといって、捜査一課の仕事に役立つとは思えない。歩き回るための体力は必要だが、それ以上のことが要求される場面など、ほとんどないのだから。本当に鍛えなければならないのは、観察眼と推理力である。

「一之瀬さん」

今度は素直に振り向き、立ち止まった。駅の方から、後輩の春山英太《はるやまえいた》が小走りに追いかかけて来る。

「すみません、遅くなりました」追いつくと、呼吸を整えながら頭を下げる。額には汗が滲んでいた。

「俺も今来たところだよ――若杉に追い抜かれた」

「若杉さんらしいですね」春山がニヤリと笑う。

「ああ……君、詳しい話は聞いてるか？」

「いや、呼び出されただけで、まだそんなに詳しくは聞いてません」

「慌てて人をかき集めても、何にもならないと思うんだけどな。正直、手遅れだろう」

大城に話を聞いた時には頭に血が上ったのだが、ちょっと冷静になって考えてみると、こんな風に出遅れた状態で始める捜索に効果がないのはすぐ分かる。高澤《たかざわ》という被疑者が自宅近くで捜査員を振り切ってから、もう三時間以上が経っているのだ。本人は今頃、大阪辺りにいてもおかしくはない。

「そんなこと言っていいんですか？」春山が素早く周囲を見回した。

「誰も聞いてないよ。だけど、効率が悪いのは間違いないだろう？」

「……ですね」小声で春山が同意した。

「今夜はかなり遅くまで働かされると思うから、覚悟しておけよ」

「徹夜ですかねえ……」春山がうんざりした表情を浮かべる。彼は去年の春、所轄から捜査一課に異動してきて、今でも係で最年少なのだ。それ故いつも肩身が狭そうにしている。もっとも一之瀬も、春山が入ってくるまでは同じようなものだった。同期の若杉は全く動ぜず、最初から堂々としていたのだが……あの男には、普通の人間が必ず持っているはずの謙虚さが欠けている。

板橋中央署に着くと、この時間――夜九時過ぎにしてはざわついていた。機動捜査隊の覆面パトカーが何台も庁舎の前に停まり、制服・私服問わず警察官がひっきりなしに出入りしている。

一之瀬は一階の警務課に顔を出して名乗り、どこへ行けばいいかを訊《たず》ねた。ちゃんと教えてはもらったが、当直の制服警官は渋い表情……板橋中央署の当直の連中からすれば「場所貸し」事件のようなもので、迷惑なだけだろう。しかも当直体制で人が少ない中、捜索にも駆り出されているはずだ。何かあったらどうするつもりだ、と捜査一課に対して恨みの一つくらい抱いていてもおかしくない。

四階の会議室はごった返しているはず――一之瀬の想像は外れた。特捜本部特有のざわめきを予想していたのだが、人はほとんどいない。到着した人間は、順次指示を受けてすぐ現場に飛ばされるのだろう。

一之瀬はすぐに大城を見つけて近づいた。大城がすかさず、写真を渡す。免許証から取られたものだと分かった。

「これが高澤ですか」

「そうだ」

張り込み場所の指示を受けてすぐに出かけなければならないが、その前に高澤の顔を頭に叩《たた》きこんでしまいたい……捜査三課で、常習的なスリ犯を群衆の中から見つけ出す「見当たり捜査」を専門にしている刑事は、人の顔を覚えるのが得意だというが、一之瀬も苦手な方ではない。

しかし、高澤の顔を覚えるのには難儀しそうだ……特に特徴がないのである。輪郭は、少し顎《あご》の張った長方形。目は細くもなく大きくもなく、鼻もごく平均的な形だ。耳――整形する時にも見逃されがちなポイントだ――もごく普通。髪は耳に半分かかるぐらいの長さで、真ん中から緩《ゆる》く分けている。渋谷《しぶや》のスクランブル交差点に紛《まぎ》れこんだら、二秒で見失うだろう。

「年齢、二十六歳。身長百七十五センチ、体重七十キロ。目立った傷等はない」

大城の説明を手帳に書き留めながら、体格まで特徴なしか、と一之瀬は内心溜息をついた。以前、三課で長年見当たり捜査を担当している刑事に話を聞いた時に、「一つ特徴があれば五十パーセント、二つなら八十パーセント、三つなら百パーセントの確率で本人と特定できる」と教えられたのを思い出す。高澤の場合、パッと見た目で特徴らしい特徴は一つもないわけで、どうしたらいいのか……。

「お前たちは、都営三田線の蓮根《はすね》駅で張ってくれ」大城が指示した。

「何人でですか？」

「取《と》り敢《あ》えず、二人」

蓮根という駅で降りたことがあるかどうか……まったく記憶がない。改札や出口の状況も分からないが、これは行く途中で、あるいは現場で確認するしかあるまい。

「終電までは粘ってくれ」

「分かりました」どうにも無駄な張り込みという感じしかしないが、ここで反論している暇はない。自宅からかなり離れた場所に顔を出す可能性は低いと思うのだが……つい、「東京駅付近は警戒してるんですか？」と訊ねてしまった。本格的に逃亡するつもりなら、大きなターミナル駅へ向かうだろう。

「お前が心配することじゃない」大城がぴしりと言った。「そういうことは、上でちゃんと考えている。お前らは指示通りに仕事をしろ」

一之瀬は無言でうなずき、その場を辞した。春山もすぐにくっついて来る。廊下に出ると、一之瀬は小さく息を吐いて肩を上下させた。

「たぶん、空振りしますよね」春山が小声で言った。

「だろうな」一之瀬は認めた。

「無駄になるのが分かっている張り込みはきついですよね」

「でも、万が一、高澤が姿を現す可能性がないわけじゃないから」自分を励ますために一之瀬は言った。

「大城さんって、もうちょっと切れる人だと思ってました」

「大城さんが全部決めてるわけじゃないよ。中間管理職に過ぎないんだから」

捜査一課の係長は、階級的には警部である。全警察官の中で五パーセントほどしかいないが、それでも「中間管理職」である。警視、警視正、警視長、警視監、警視総監と、まだ上には上があるのだ。もちろん、警部になるのも容易なことではないのだが……一之瀬も、警部補の昇任試験を受けようかと考えないこともないが、踏ん切りがつかない。真面目に試験勉強を始めようと思うと特捜本部ができたり、プライベートでも結婚、深雪の妊娠と何かと騒がしかったからだ。昇任試験の勉強には、できれば静かで落ち着いた環境で取り組みたい。

――勉強したくないが故の言い訳に過ぎないかもしれないが。深雪は最近、「早く出世した方がいい」と言い出している。別に、昇給を期待しているわけではない。管理職になれば現場に出る機会が減り、それだけ怪我《けが》する危険も少なくなるだろう、という彼女なりの計算からだった。

本部の大部屋で座っているだけでも、怪我――火傷《やけど》する可能性はあるのだが。

〈2〉

三田線の蓮根駅で降り立つのは、やはり生まれて初めてかもしれなかった。二十三区の西の外れで生まれ育ち、最初に配属された所轄が有楽町《ゆうらくちょう》駅にも近い日比谷《ひびや》署だった一之瀬は、東京の北西部にはほとんど縁がない。

地味な駅、地味な街だな、というのが第一印象だった。幸い改札は一箇所しかないので、ここで張っていればターゲットを見逃す恐れはまずない。改札を出ると、高架下に短い自由通路があって、東口と西口がつながっていた。

退屈さだけはどうしようもないが……それでも、駅での張り込みはまだましだと思う。これが誰かの家の前で帰宅を待つ場合だと、ほとんど動きがない中で、ひたすら立っているしかないのだ。駅では「出入り」両方の動きを見守らなければならないし、しかも人の動きは頻繁である。「退屈だ」などと言っている暇はない。特に出て来る人を見る時には……一之瀬は改札の右に、春山は左にポジションを取り、だいたい半分ずつの人を確認する、という手を使った。もちろん、駅へ入って行く人——降りる人に比べればずっと少ないが――のチェックも怠れない。

次第に電車の間隔が長くなる。午後十時半。時刻表を確認すると、下りの最終は午前〇時四十一分、上りは十一時五十五分だった。まだまだ先は長い……一之瀬は、春山が不機嫌な表情を浮かべ、しきりに拳《こぶし》で胃の辺りを押さえているのに気づいた。

乗降客の流れが途絶えた隙《すき》を狙《ねら》って、春山に近づく。

「胃でも痛いのか？」

「いや、その……夕飯を食べ損ねまして」

「呼ばれたの、八時ぐらいだろう？　食べてなかったのか？」

「たまたまですよ」言い訳するように春山が言った。「一之瀬さんみたいに、家に帰れば夕飯が待っているわけじゃないんですから」

「羨《うらや》ましいんだったら早く結婚しろよ」

「相手がいればしてますよ……もちろん」春山が唇を尖らせた。

一之瀬は小さな笑みを浮かべながら、「ここは俺が見てるから、その辺で何か仕入れてこいよ。コンビニぐらいあるから」と勧めた。

「一之瀬さん、何かいります？」

「いや、俺はいい」

額には汗が滲み、喉《のど》は渇いていたが、水分補給してトイレに行きたくなるのも面倒だ。

この駅のトイレは、改札の中にしかない。

春山が改札前から去ったところで、やはり少しは水分が欲しいな、と考えた。夏は、知らぬ間に熱中症になってしまうこともある。冷房は期待できないにしても、少しは水分を補給しておくべきではないだろうか。

そう言えば、西口を出たところに自動販売機が並んでいたはずだ。人の流れが途絶えたところでそちらへダッシュし、ペットボトルのお茶を買う。急いで改札へ戻ると、ちょうど春山が帰って来たところだった。一之瀬がペットボトルを持っているのに気づき、眉《まゆ》をひそめる。

「それぐらい、買ってきましたよ」

「後から欲しくなったんだ」我ながら変な言い訳だと思ったが、これは本当なのだから仕方がない。一之瀬はお茶をぐっと一口飲んだ。自分で感じていたよりも喉が渇いていたのを意識する。

春山がコンビニエンスストアの袋に手を突っこみ、カレーパンを取り出した。大口を開けてかぶりつき、ゆっくりと咀嚼《そしゃく》する。そうしながらも、視線は改札に向けたままだった。ここで高澤が現れたら、あのカレーパンはどうするつもりだろう。

電車が到着する間隔はさらに広がり、改札を出入りする人も少なくなってきた。午前零時台になると、改札に入る人はほとんどいなくなり、出て来る人も数人ずつにまで減ってしまう。改札を通る人は、ほぼ例外なく酔っていた。数少ない素面《しらふ》の人は疲れた表情を浮かべているものの、一様に足取りは速い。できるだけ早く家に辿《たど》り着《つ》きたい——それしか考えていないのだろう。

帰りたいのはこっちも同じだよ、と一之瀬は密《ひそ》かに思った。里心がついたわけではないが、やはり深雪が心配だ。ただ寝ているだけでも、何が起きるか分からない……予定日はまだ二週間先なのだが、初産《ういざん》の時は予定通りに行かないことが多いというし。

それにしても怒濤《どとう》の日々だったな、と思い返す。籍を入れた直後、深雪は仕事の関係でドイツに赴任してしまった。去年の十月に、一時帰国した時に……そして十二月に妊娠が発覚したものの、今年四月まで一年間の赴任はきちんとこなした。帰国後に本格的に二人での生活が始まり、深雪の妊娠は一之瀬の生活に大きな影響を与えた。彼女の体調を気遣わなくてはいけないし、家族が一人増えるという事実が、気持ちを微妙に揺らしている。俺が親になっていいんだろうか……一之瀬の父は、家族を捨てて失踪した。そんな男の血を受け継いだ自分が家族を幸せにできるかどうか、自信はない。

一度、真顔で深雪にそう打ち明けたら、一笑に付されたが。

「だけど、何でこんなヘマをしたんですかね」

春山が発した疑問で、一之瀬は現実に引き戻された。

「どうかな」お茶を一口飲み、口元を指で拭う。「いろいろな理由が想定されるけど」

「油断ですかね」

一之瀬は唇の前で人差し指を立てた。捜査の秘密に関わるかもしれないことを、こんな場所で喋《しゃべ》ってはいけない。春山が慌てた様子でうなずき、カレーパンの残りを口に押しこんだ。それで余計なお喋りを自ら封じた、ということだろうか。

「基本的には、タイミングが悪かったんじゃないかな」話すべきではないと思いながら、一之瀬は自分から言ってしまった。やはり、暇には耐えきれない。どうせ周りに人はいないし……。

「タイミングですか？」頭を上下させてカレーパンを呑《の》みこんだ春山が訊ねた。

「呼ぶべきタイミングじゃないのに呼んだ……だから向こうにも、逃げるチャンスが生じたとか」

「いかにもありそうな話ですね」

「本人を呼ぶ前に周辺の情報を固めるのは大事だよな。言い訳できない状態にしておかないと」

「参考になります」

集中力が切れかけているのを意識する。終電まではあと二時間ほど。これが終わったらどこへ帰るのだろうとふと考えた。タクシーを奢《おご》るにしても、自宅へ帰り着いて午前二時はいかにもまずい。深雪はとうに寝ているはずで、途中で起こすのは気が進まなかった。

だいたい、今晩中に高澤が捕まらなかったら、明日の朝以降も捜索を続けなければいけないのではないか？　となると、署へでも泊まった方が効率がいい。

一之瀬があれこれ考えているのを見透《みす》かしたように、スマートフォンが鳴った。大城だった。

「異状はないな？」

「ありません」あったらとっくに電話してるよ、と思いながら一之瀬は答えた。

「予定通り、終電まで張り込み続行だ。その時点で何もなかったら、板橋中央署に戻って暫時《ざんじ》休憩してくれ」

「はい」

「明日の朝以降の作戦は、策定中だ。いずれにせよ、ある程度の人数で動かないと出遅れる」

「分かりました」

「人のミスのカバーで馬鹿馬鹿しいだろうが、仕事は仕事だ」

「はい……今のところ、他に動きはないんですか？」

「ない」

否定して、大城があっさり電話を切ってしまった。この人も愛想がないというか、無駄を嫌うというか……そう言えば、仕事の話以外はしたことがない。一緒に昼飯を食べれば、仕事とは関係ない話題が出たりするものだが。

「係長ですか？」春山が心配そうに訊ねた。二つ目のパン——サンドウィッチに手をつけている。

「ああ」

「何か……」

「いや、何もない」

一之瀬は事情を説明した。板橋中央署で泊まり、と言った瞬間に春山がげんなりした表情を浮かべる。

「今日は、風呂《ふろ》に入りたかったですね」

「俺もだよ」右肩を持ち上げて臭いを嗅《か》ぐ。シャツを着替えてきたのでそれほどでもないが、「汗臭くない」とは言い切れなかった。所轄には風呂もあるはずだが、使う暇があるかどうか。

結局——予想通り高澤は現れず、深雪からの連絡もないまま、下りの終電は行ってしまった。下りてきたのは五人だけ。ほっと息を漏らし、一之瀬は肩を上下させた。立ちっぱなし、目を凝《こ》らしっぱなしで、さすがに疲れている。今夜は仮眠を取るしかないわけで、この疲れは明日に持ち越しだ。

だいたい、こんな奇妙な仕事があるものだろうか。大城が言う通り、「人のミスのカバー」。担当していた隣の係の刑事たちは、生きた心地がしないだろう。他山の石にしないと……と思う反面、自分だったらこんなヘマはするはずがないとも考える。

タクシーを奢って板橋中央署に戻る間、春山は早くも居眠りを始めていた。しかし一之瀬は、疲れているものの眠れない。割りを食った、と思うとかすかな怒りさえ感じていた。自分が最初からこの事件を担当していたら、絶対に人に迷惑をかけるようなことはしなかった。

板橋中央署に戻ると、最初に入った会議室は人で溢《あふ》れていた。特捜本部の雰囲気《ふんいき》ではなく、刑事たちが取り敢えずそこで時間を潰している感じ。トレーニングウェア姿の若杉だけが浮いていた。

「ちょっと全員、聞いてくれ」

野太い声が響く。管理官の小野沢《おのざわ》が、部屋の一番前で仁王立ちしていた。会議室なのでテーブルと椅子《いす》はあるが、あぶれて立っている連中――最後に入って来た一之瀬も当然立つことになった――もいる中、ざっと刑事たちの顔を見渡してから話し始める。

「急な話で申し訳ない。いきなり来てもらった人もいるから、ここでもう一度、事情をまとめて説明する」

こんな小野沢を見るのは初めてだ、と一之瀬は驚いた。小野沢はどちらかというとクール――何に対しても冷ややかな男なのだが、今日に限っては顔が赤く、興奮しているのが分かる。話す声も、普段よりかなりトーンが高かった。小野沢は管理官として複数の係を統括しているのだが、今回ヘマをしたのはその一つの係である。いち早く身柄を捕捉していればまだしも、時間が経つに連れて傷口は広がる一方だ。間違いなく小野沢自身の責任問題にも発展するだろう。

そんな状況にもかかわらず、小野沢は理知的に、かつ淡々と、まず事件の概要について説明を続けた。隣の係が担当している事件だし、マスコミでも大きく扱われていたから、一之瀬も細かく内容を覚えていた。

発生は、二週間前の六月二十一日午前零時半頃。現場は港区高輪《たかなわ》のマンションの一室だった。被害者は小田彩、二十七歳。芸能事務所勤務——一風変わった職業なので、一之瀬の記憶に刻みこまれたのかもしれない。千代田《ちよだ》署に勤務していた時にも、タレント絡みの事件を捜査したことがあり、嫌な想い出になっていた……自分の係がこの件の捜査に投入されていたら、芸能事務所で事情聴取をしていたかもしれない。独特の雰囲気があり、何ともやりにくかったことだろう。

高澤は深夜に彩の部屋に侵入し、乱暴しようとして騒がれ、慌てて殺してしまったらしい。近所の人が悲鳴を聞いていて、事件はすぐに発覚したのだが、警察が駆けつけた時には、犯人はとっくに逃げていた。被害者の部屋を調べてみると、スマートフォンなどが盗まれていたことが分かったが、犯人の意図は不明だった。

捜査は常道通り、交友関係の調査から始まり、やがて「被害者につきまとっていた男がいた」という匿名《とくめい》の情報提供があったことから、捜査線上に高澤が浮かんだ。実際、被害者の彩は周囲にも相談しており、警察に届け出る直前だったようだ。いよいよ事情聴取――その初日、自宅近くで高澤は逃げ出したのだ。

小野沢の説明を聞いた限り、逃走方法はあまりにも単純で、どうして刑事たちが引っかかってしまったのかが理解できなかった。普通に警戒していれば、絶対にこんなことにはならなかったはずだ。

「事情聴取終了後、自宅近くまで高澤を車で送り、頼まれてコンビニの前で車を停めた。高澤は店に入ったが、五分経っても出て来ないので確認すると、裏口から出て行った、と店員が証言した」

小野沢の言葉に、無言のうなり声のようなものが部屋に満ちる。雑居ビルに入っているコンビニの場合、出入り口が複数ある場合も珍しくない。そういうことを予期して、刑事も店について行くべきだったのだ。そうすれば逃げられることもなかったわけで、基本中の基本を無視したが故の単純ミスである。

「高澤は、現金の他にクレジットカード等を持っていると予想される。スマートフォンの電源は切っているようで、所在は確認できていない。そこで、だ」小野沢がぐるりと周囲を見回す。「明日以降、立ち回り先、自宅の張り込み等を続けて、高澤が姿を見せそうなところを割り出す。必ず追いこんで、もう一度きっちり事情聴取するんだ。わざわざこういう形で逃げ出したのは、後ろめたいことがあったからに決まっている」

一之瀬は反射的に手を挙げた。小野沢が無言でうなずいて発言を許可する。

「高澤は、容疑は認めていなかったんですね？」

「認めなかったから帰したんだ」むっとした口調で小野沢が言った。

「これまでの周辺捜査で、直接犯行に結びつく材料は――」一之瀬は質問を継いだ。

「はっきりしたものはまだない」小野沢がぴしりと言った。

一之瀬は一礼して、「質問終わり」を無言で表明した。小野沢は焦っている……当然だが、あまりにも焦ると、また失敗を犯す可能性もある。

小野沢は明日以降の捜査の割り振りを指示した。本来捜査を担当していた係の刑事たちは、高澤の自宅などでの張り込みを担当。これは一種の罰ではないか、と一之瀬は推測した。お前らには任せておけないから、せいぜい力仕事でもしておけ――とか。機動捜査隊も今夜と同様、高澤の捜索に当たり、状況によっては失踪人捜査課の助力も仰ぐ、とまで小野沢は言い出した。これもまた、追いこまれている証拠だろう。失踪課は刑事部内の「盲腸」とも言われる部署である。そこにまで助けを求めるとは……。

高澤の周辺捜査には、一之瀬の係が振り分けられた。代打というか守備固めというか、とにかく、隣の係の仕事を引き継ぐことになる。本来は、最初に着手した人間がそのまま捜査をするのが一番効率的なのだが、それを取り上げるぐらい、小野沢は部下のミスに腹を立てているのだ。捜査の方針としてはどうかと思うが。

簡単な会議を終えて解散になった。一之瀬は自宅には連絡を入れず──とうに寝ているはずの深雪を起こしたくなかった──に、手早く署のシャワーを使った。板橋中央署の庁舎は昭和の終わり頃に建てられたもので、シャワー設備もだいぶ古かったが、それでも汗を洗い流せるだけましだった。何とかさっぱりして、午前二時半。明日は八時頃から動き出すとして、五時間ぐらいは眠れるだろう。徹夜にならなくてよかったんだ、と自分に言い聞かせながら、一之瀬は道場へ向かった。特捜本部が設置された時のために用意されている布団を自分で敷き、あとは寝るだけ……そう考えると、何だか目が冴《さ》えてくる。

喉の渇きを覚えたので、一階に降りて自販機でミネラルウォーターを買った。そこへ、同じ係の先輩、宮村《みやむら》がやって来た。目は赤く、無精髭《ぶしょうひげ》が顔の下半分を黒く染めている。

「参ったねえ」

「参りましたね」応じながら水を一口。宮村もスポーツドリンクを買って、ごくごくと飲んだ。ボトルを口から離して声を上げると、「まったく、参ったよ」と漏らす。

「ひどい話ですよね」

「去年の俺たちのヘマに匹敵するぞ」

一之瀬は、頬が引《ひ》き攣《つ》るのを意識した。去年のヘマ──福島まで被疑者を引き取りに行き、まんまと犯人グループに奪還されたのだ。あれほどひどいミスもあるまい。よく重い処分を受けなかったものだと、今でも不思議に思う。

「逃げられた、という点では同じですけどね」そう反論するのが精一杯だった。「ちなみに、ここを使うのは今日だけですよね？」

「だろうな。板橋中央署は、今回の件にはまったく関係ないんだから、いい迷惑だよ……それにしてもこういう地味な捜査の実態は、刑事ドラマでも取り上げられるべきだよな」

その話を枕に、宮村は現在放送中の刑事ドラマへの批判をぶち上げ始めた。なかなか好評で視聴率も高いようだが、宮村に言わせると「嘘が多い」。子どもの頃から筋金入りの刑事ドラマファンである宮村は、最近はリアリティに注目して観ているようだ……特捜本部がなくて時間に余裕がある時には、暇潰しに刑事ドラマを観る刑事も少なくない。

「まあ、ドラマはドラマですから」面倒な人だな、と思いながら一之瀬は言った。

「そうだけど、リアリティ完全無視で作られたドラマのせいで、警察がこんなものだと思われたら困るだろう？」

「観てる方だって、嘘か本当かぐらい、分かるんじゃないですか。メディアリテラシーってやつですよ」この言葉は合っているだろうかと思いながら一之瀬は話を合わせた。

「本当は……こういうミスの連続なんだよなあ」宮村が低い声でつぶやく。

「だったら、リアリティを追求されたら困るんじゃないですか？　警察はミスばかりしてると思われたら、それは大変なイメージダウンですよ」

「まあな」宮村が渋い表情でうなずく。「ま、今回は人の尻拭いだから多少は気が楽だけどな」

一之瀬もうなずき、歩き出した。こちらにダメージはないにしても、警察としては大ダメージ——とにかく重要なのは、外部に情報が漏れないうちに高澤を捕捉することだ。

ただしそれでも、捜査はスタートラインに戻ったに過ぎない。あるいはスタートラインにも立っていない——高澤が本当に犯人かどうかすら、まだ分かっていないのだから。

〈3〉

短い仮眠の後、一之瀬は自宅に電話をかけた。電話は寝室のサイドテーブルに置いてあるから、わざわざ起き出さなくても深雪は電話に出られる。

「寝てた?」

「今起きたところ」深雪の声は寝ぼけていた。「あなた、寝られたの?」

「何時間かは……今夜は帰れると思うけど」実際、こんな手伝いをずっとさせられたらたまらない。

「無理しないでね」

寝ぼけていても、深雪の声は心に沁《し》みる。つき合いが長いと——学生時代からだからもう十年だ——相手の存在は柔らかく温かな空気のようになるのだ。生きていくための必需品。

「君も……体調が悪かったら、すぐに病院に連絡をして——」

「分かってるわよ」深雪が一之瀬の言葉を遮《さえぎ》った。「あなたも、ちゃんとご飯、食べてね」

「もちろん」

電話を切り、昨夜《ゆうべ》——数時間前に飲み残したミネラルウォーターを一気に飲み干す。生ぬるい水でも、半分眠った体を一気に目覚めさせる効果はあった。よし……今日は高澤の周辺捜査だ。その下準備として、被害者の彩の身辺を再度洗うことになっている。始める前に調書を読みこんで、分かっていることと分かっていないことを切り分けないと。

昨日の会議室に行くと、既《すで》に大城がいた。テーブルにつき、新聞を広げている。朝刊各紙をチェックしているのだろうが、これも無駄な作業に思えた。スマートフォンがあれば、各紙の内容はほぼ同時に確認できるのに。大城はまだ四十歳、紙の新聞よりはネットという世代のはずだが。

それにしても大城は、朝からシャキッとしている。昨夜は同じ道場に泊まったはず……

しかし、昨夜とは違う、薄青のワイシャツに着替えていた。準備がいいことで、と一之瀬は感心した。自分は慌てて出て来てしまったので、着替えのシャツを忘れていた。

「おはようございます」

挨拶《あいさつ》すると、大城が新聞からすっと顔を上げる。

「何か出てました？」

「何もない——不幸中の幸いだな」

「特捜のある港南《みなとみなみ》署へ行こうと思いますが……調書を確認したいので」

「分かった」

「ストーカー被害の実態は、どの程度分かっていたんですか？」

「周辺からの聞き取りだけだな……必要なら、被害者の知り合いからの事情聴取を続けてくれ」

「はい……そのつもりでした」

「ああ」

会話が上手く転がらない……大城は人を寄せつけないというか、他人との間に壁を築いてしまうタイプなのかもしれない。その点、前の係長の岩下《いわした》は——まずい。ふいに、今まで見逃していた事実に気づいた。どうして昨夜のうちに考えつかなかったのだろう。

この事件は、捜査ミスとは関係なく、一之瀬にとって大問題になりかねない。

岩下はこの春、港南署の刑事課長に栄転していたのだ。つまり、この捜査の中心的存在。昨夜は顔を見なかったが、今日はどうだろうか。会った時に、どう対応すればいいのだろう。重大なミスの責任を負わされるべき立場にいる、かつての上司……やりにくいのは簡単に想像できた。馬鹿にするわけにもいかないし、同情するのも筋違いな感じがするし。まあ、しょうがない。岩下に気を遣うより他に、自分にはやることがあるはずだ。

港南署へ行くと、すぐに懸念が現実になった。挨拶のために刑事課に顔を出した瞬間、岩下と目が合ってしまったのだ。慌てて素早く黙礼する。岩下もうなずきかけてくれたが、心ここにあらず、といった感じだった。まさか、自分を認識していないとは思えないが……特捜本部に使われている上階の会議室へ向かうために階段を上っている時に、宮村がぼそりと言った。

「岩下さん、ダメージでかいみたいだな」

「そうですね」一之瀬は応じた。

「この後の展開によっては、さらに面倒なことになる。ダメージがこれ以上大きくならないうちに、何とかしないと」

「はい」

言わずもがなだ。警察官は互いに助け合うもの——本部だろうが所轄だろうが関係ない。

誰のミスであっても、世間からすれば「警察のミス」なのだから。

特捜本部には、一之瀬と宮村、春山、若杉の四人が入った。午前の半ばまでを調書の読みこみに費やすことにする。

昨日行われた高澤への事情聴取は、中身がほとんどないことがすぐに分かった。彩につきまとっていたかどうか——否定。そもそもそんな人は知らない、という証言だった。調べていた刑事は、彩のマンション近くの防犯カメラに高澤が映っていたのが決定的な材料になると判断していたようだが、本人の言い分は「近くを通りかかったことはある」。実際、高澤の現在のバイト先は彩の自宅近くで、あの辺りが普段の行動範囲に含まれていることは分かっていた。

「バイト先でたまたま見かけた女性につきまとい始めた——それが本当だったら、被害者は可哀想《かわいそう》としか言いようがないな」宮村が言った。

高澤は、六本木《ろっぽんぎ》のコンビニエンスストアでバイトしている時に、彩を見かけて一気に引きつけられたらしい。その後、どういう手を使ったのか彩の自宅をつきとめ、バイト先をそこに近いスーパーに変えていた。自宅近くで高澤を見た彩は驚き、会社の同僚には相談していた——しかし警察にはこの話は通っていなかった。

「ストーカーなんて、そんなもんでしょう」若杉が醒《さ》めた口調で言った。この男は、体育会系の割に熱くならない。被害者に対する同情の意識をあまり露わにしないのだ。どうも若杉は、警察の仕事もスポーツだと思いこんでいる節《ふし》がある。犯人を割り出し、追い詰める——一種のハンティングというところか。

「この、『オフィスP』——被害者の勤務先って、結構有名なところですよね」春山が唐突に言い出した。

「そうか？」一之瀬は聞き覚えがなかった。

「あれですよ、社長が田原《たはら》ミノル」

「田原ミノルって、『レイバー』のヴォーカルの？」

「ええ」

「何だい、それ」宮村が話に割って入ってきた。

「九〇年代の前半に、馬鹿みたいに売れたビジュアル系のバンドです」一之瀬は説明した。

「知らねえな」宮村が首を傾げる。

「宮さんは、刑事ドラマばかり観てたからでしょう」一之瀬は指摘した。

「じゃあ、お前はそのバンドに詳しいのか？」宮村が突っこんできた。

「いや、日本のバンドのことはそれほど……」アマチュアギタリストの一之瀬は、洋楽はよく聴く。というより、洋楽は自分の体を作る一部だ。特にジミ・ヘンドリックスなど、六〇年代後半から七〇年代のギタリストをずっと聴いてきた。自分が演奏するのも、古いタイプのロック。それ故、日本のバンド事情には疎《うと》い。

「『レイバー』って、もう活動してないよな？」一之瀬は春山に確認した。

「……と思いますけどね」自信なげに言って、春山がスマートフォンを取り出した。考えてみれば、「レイバー」の全盛期には、春山はほんの子どもだったはずである。一之瀬だって、十歳ぐらいだったのではないだろうか？　ジミ・ヘンドリックスに出会ってギターにのめりこむ前だ。

「そうですね」スマートフォンに視線を落としたまま、春山が言った。「活動停止は九六年十二月。ヴォーカルの田原ミノルは、その後芸能事務所『オフィスP』を立ち上げ、現在も同社代表取締役社長を務めている」

「田原って、今何歳だ？」一之瀬は確認を求めた。

「ええと、四十九歳……間もなく五十歳になりますね」

となると、生まれは一九六六年前後。活動停止時は、三十歳になったばかりだったわけだ。それから既に二十年……自分は音楽活動から完全に身を引き、人をマネジメントする側に回ったのだろうか。日本のミュージシャンとしては、比較的珍しいキャリアだと思う。プロデューサーに転身する話はよく聞くが。

「これ、昔の写真です」

春山がスマートフォンのディスプレイを見せてくれた。ああ、こういうバンド、昔はたくさんいたな……様々な色に塗り分けた髪を天高く逆立て、メイクも派手。服はひらひらしていて、演奏の邪魔になりそうな感じがする。ビジュアル系バンドの全盛期は八〇年代後半から九〇年代にかけてだったはずだが、一之瀬の学生時代――十年ほど前、二〇〇〇年代の前半にも、この手のアマチュアバンドは結構多かった。機材よりも衣装やメイクに金がかかるタイプ。知り合いのビジュアル系バンドのギタリストは、「ステージの度にヘアスプレーを半分使ってしまう」とぼやいていた。

スマートフォンをいじっているうちに、最近の写真が出てきた。髪の長さは現役時代の半分以下になっている――耳を覆う程度で、綺麗な漆黒だった。黒いスーツに黒いシャツ、薄く色のついた眼鏡という格好で、現役時代の派手な印象とはがらりとイメージを変えている。この雰囲気を何と言ったらいいのか……芸能事務所の社長というより、年齢を重ねて渋さを身につけたベテランミュージシャンの風格である。

「今は、本人は音楽活動はしてないんだな？」一之瀬は春山にスマートフォンを返した。

「そうみたいですね。ただ、ウィキペディアに書いてあることが全部正しいとは思いませんけど」

「まあ、社長は関係ないだろうな」宮村が話をぶった切った。「被害者がこの会社の人間だった――それだけの話だから。ただ、被害者の身辺調査のために、もう一度話を聴くべき人は何人かいるな」

「そうですね」一之瀬は、手元の調書に視線を落とした。たまたまだが、「被害者の友人」

である女性の調書が目の前にあったのだ。「まず、この人から行ってみますか」

「俺は、高澤のバイト先で話を聴く」若杉が宣言した。

「そこでは散々話を聴いてるはずだぜ」一之瀬は釘を刺した。

「別の人間が話を聴けば、別の情報が出てくるさ。だいたい、隣の係の連中や所轄は、レベルが低過ぎるんだ。信用できるかよ」

「そうかもしれないけど、そんなこと、でかい声で言うなよ」一之瀬は慌てて周囲を見回した。人の悪口が飛び出すのは日常茶飯事だが、警察官というのは基本的に気性が荒い。些細《ささい》なことから怒鳴り合いに発展することも珍しくないのだ。さすがに最近は、殴《なぐ》り合《あ》いは見ないが……先輩たちの武勇伝を聞くと、昔は本当にガツガツやり合っていたらしい。よくそれで仕事になったものだと思う。

一之瀬は春山と組んで「オフィスＰ」へ向かい、若杉と宮村は高澤のバイト先への聞き込みを担当することになった。最近は、この組み合わせでの仕事になることが多い。春山はまだ頼りないが、筋肉馬鹿の若杉と組んで仕事をするよりはましだ。

「オフィスＰ」の最寄駅は東京メトロの六本木——実際には、六本木駅と六本木一丁目駅の中間地点だった。都営浅草《あさくさ》線の高輪台《たかなわだい》駅近くのマンションに住んでいた彩は、どういうルートで通っていたのだろうか。

「ええと……『オフィスＰ』って、給料はいいんでしょうね」行きの地下鉄の中で、春山がぽつりと漏らした。一之瀬たちは、大門《だいもん》まで出て大江戸《おおえど》線に乗り換えるルートを選択していた。

「どうしてそう思う?」

「だって、港区内のマンションなんて、金がかかってしょうがないでしょう」

「そりゃそうだ」

調書で確認した限り、彩の借りていたマンションはそれほど広くはない1LDKだったが、家賃はどれぐらいだったのだろうか。給料の大部分を家賃に費やしていたら、生活にも困窮しそうなものだが……ただし民間の会社の場合、公務員と違って「経費」の裁量幅はかなり広いはずだ。友人と食事をして、その代金を経費で落とすことだってできるのではないか。芸能事務所など、そういうことには緩そうだし。

「かなり給料を貰《もら》ってないと、あんなところには住めないはずですよ」春山はやけに家にこだわっていた。

「十万……はするだろうな」当てずっぽうで一之瀬は言った。

「もっと高いんじゃないですか? 芸能事務所って、やっぱり儲《もう》かるんでしょうね」

「実際のところはどうなんだろうな」一之瀬は首を傾げた。CDの売り上げピークは、九〇年代後半である。その後は音楽配信などが主流になって、「CDを売って稼ぐ」ビジネススタイルはあっという間に衰退した。とはいえ、人気のあるミュージシャンなら、ライブで稼げるはずだ。チケットの値段は昔に比べて高くなったし、グッズの売り上げも馬鹿にならないと聞く。

「まあ、給料の問題と事件は関係ないから」一之瀬はこの話題を打ち切った。

代わりに、事件のことを考える。今回、容疑が「強盗殺人」になっているのは、スマートフォンが盗まれた可能性が高いからだ。これで強盗殺人にするのはかなり無理があるのだが、少しでも犯人の罪状を重くするためには、こういう作戦もある。

スマートフォンか……今やスマートフォンは、個人情報の宝庫である。犯人は、彩のプライベートな写真などが欲しくてスマートフォンを盗んだのではないだろうか。殺した相手の私生活をなおも知ろうとする感覚は、一之瀬には理解できなかったが。故人の想い出を一人で独占しようとでもしたのか……。

六本木駅を出て、首都高沿いに六本木通りを歩いて行く。昼近く、気温はぐんぐん上がって、歩いているだけでも汗が流れ出してきた。途中、参院選のポスター掲示板が目に入る。今年は政治の年——参院選に続き、来週には都知事選も告示される。参院選はともかく、知事選はアクシデントによるものだが。とにかくこの夏、東京は選挙一色だ。

「オフィスP」は、六本木通り沿いにあるオフィスビルの七階と八階を占めている。事前に連絡を入れておいたので、受付に行くとすぐに、会議室に行くよう指示された。社員が絡んだ事件に関して腹を探られるのを嫌がる会社は多いのだが、「オフィスP」はあまり気にしないのだろうか。

エレベーターの前で待っていた彩の同僚、花田真咲《はなだまさき》は、不安そうな表情を隠そうともしなかった。これまでに何度か事情聴取は受けたはずで、「またか」という思いもあるだろう。

一つだけ気をつけよう、と一之瀬は事前に春山と打ち合わせていた。高澤が行方不明《ゆくえふめい》になっていることは伏せる。何もこちらから、ミスを明らかにすることはない。

真咲の案内で会議室に向かったのだが、その途中で一之瀬は意外な人物に会った。社長の田原。社長だから会社にいてもおかしくはないのだが、一世を風靡《ふうび》したロックバンドのヴォーカルが、目の前に突然現れるというのは、なかなか貴重な経験だ。挨拶ぐらいすべきかと一瞬迷ったが、無視することに決める。ところが向こうで、こちらに気づいてしまった。緊張しきった真咲の異常な様子が目に入ったのかもしれない。

真咲が素早く頭を下げると、田原が声をかけた。

「警察の人か？」

一之瀬たちの存在を完全に無視して真咲に訊ねる。

「はい」

真咲が答えると、田原は両の掌《てのひら》を胸の前で立てて、ぐっと近づけるような動きをした。

「圧縮しろ」――いや、「話は短く」だ。どうして社長がこんなことを言い出すのか、さっぱり分からない。田原はさっさと立ち去ってしまい、真咲は溜息を一つついて、会議室へ向かった。

四人がつけるテーブルがあるだけの、小さな会議室だった。会議というか、打ち合わせ用の部屋だろう。テーブルの真ん中にLANケーブルが挿《さ》せる端子があるだけだった。

真咲は小柄な女性——身長は百五十センチに届くかどうかだろう——で、それをカバーするための高いヒールの靴も履いていなかった。濃紺のカットソーに白いパンツ、コンバースのスニーカーというラフな格好で、首からは社員証の入ったケースをぶら下げている。最近の会社員の平均よりも、もう少しカジュアルな格好だが……これでノートパソコンを持っていれば、それこそこれから打ち合わせの感じになるだろう。

椅子に座るなり、真咲は「犯人はまだ捕まらないんですか？」と訊ねた。

「残念ながら、まだです」

「犯人は分かっているのに？」真咲がさらに突っこんだ。

「一人の人間を逮捕するためには、どうしても慎重にならざるを得ないんです」まずい。この話題からは早く離れないと……。

「この前の刑事さんじゃないんですね？」

「ええ。違う人間が話を聴くことで、情報をクロスチェックするんです」

「そうですか……」真咲が溜息をつく。同じ話をさせられるのは面倒でしょうがない、とでも思っているのだろう。警察的には必要な仕事ではあるが。

一之瀬は、調書で読みこんでいた真咲の証言を確認した。この場面は、できるだけ手早く済ませる。彩が打ち明けていたストーカー被害——真咲の証言に揺るぎはなく、前回の事情聴取でも、かなりきちんと話していたことが分かった。それは、一言二言話しただけで分かっていたのだが……真咲は非常にてきぱきした女性だった。同僚が殺されたにしては冷静で、矛盾のない話を続ける。

「小田さんは、あなたの一年後輩なんですね」一之瀬は調書の話から脱線することにした。

「ええ。でも、こういう会社ですから、先輩後輩というのはあまり関係ないんです。随時社員は募集しているわけじゃないから、毎年新入社員が入って来るとも限りません」

「辞める人も多いんですか？」

一瞬間が空いた後、真咲が苦笑しながらうなずいた。

「やっぱり、いろいろ理不尽なこともありますから」

「そうなんですか？」

「ミュージシャンのお世話は大変なんですよ」

「最近は、昔のロックスターみたいに非常識な人はいなくなったと聞きますけどね」七〇年代は凄《すさ》まじかったらしい。ホテルの一室を完全に破壊したり、プールに車を突っこませたり——ホテルで出入り禁止になっていたバンドもかなりあったらしい。もっともそれは海外のミュージシャンの話で、日本の場合はそれほど極端な「事件」は聞かない。

「それでも、やっぱり特殊な人たちですから。特にマネージャーは、辞める人が多いですよ」

「彩さんもマネージャーをやっていたんですか？」

「昔はね……今は企画担当です」

「こういう会社で企画というのは、どういう仕事ですか？」いまいちピンとこない。

「会社としてたくさんイベントを仕かけていますから、そっちの方ですね。私も同じ仕事です」

「イベント、ですか？」

「『Ｐフェス』なんか、大変なんですよ」

「なるほど」ようやく合点《がてん》がいった。大規模な夏フェスの一つである「Ｐフェス」は、この事務所が主催だったのか……所属アーティスト全員集合で繰り広げられる二日間の饗宴、というところだろう。イベント会社に任せずに自分たちで企画から運営までやっているとしたら、一年の半分ぐらいは潰れてしまうのではないだろうか。

「今年は……」

「来月です」真咲の顔が急に暗くなる。「実質的に彩が仕切り役で……だから、今大変なんですよ」時間がない、さっさと終わらせてくれ、と暗黙のうちに急《せ》かしている感じだった。

「誰が後を引き継いだんですか？」

「私です。そのせいでこのところ、毎日三時間睡眠なんですけど」

軽い不満に対して、一之瀬はさっと頭を下げた。できるだけ早く終わらせます……。

「どんな人でしたか？　性格的に」

「仕事第一ですね。音楽イベントにかかわりたくてうちの会社に入ったんです。マネージャーの仕事は修業みたいなもので、誰でもやるんですけど、とにかく早くイベントの仕事をしたいってアピールが強烈で」

「上昇志向が強かったんですかね」

「そう言っていいと思います。仕事熱心なんですよ」

「ストーカー被害については、五月ぐらいから聞いていたんですね？」

「ええ。前にも話した通りです」

「あなたは、最初に相談を受けた人だったんですか？」

「どういう意味ですか？」真咲が目を細める。

「いや、そういう時には最初に誰に相談するのかな、という疑問です。一人暮らしの女性なら、両親とか……」

「彩は、沖縄出身です」

それは把握《はあく》している、という意味で一之瀬はうなずいた。

「ご両親、確かかなりご高齢なんですよね。彩は、四人兄弟の末っ子ですし」

「ええ」

「子どもとしては、いつまでも親には頼りたくないと思うでしょう。親に衰えが見えてきたら、特に」

「あとは恋人でしょうかね」

「恋人は……どうかな。そんな話は聞いたことがないけど」

「いなかったんですか？」

「いなかったかって聞かれたら……」真咲がうつむく。「いないって言い切れる自信はないですけど」

「そういうこと、女性同士はよく話すものじゃないですか？」

「彩はあまり言わないタイプだったので」

「でも、恋人がいれば、何となく雰囲気は分かりますよね」一之瀬はさらに突っこんだ。

「言わない人もいますよ」真咲も譲らない。

「小田さんはそういうタイプだったんですか」

「ええ。仕事第一なので」

そんなものだろうか。一之瀬は、別に知りたくもないのに、深雪の会社の恋愛事情にやけに詳しくなってしまっている。深雪が話すからだが、そういう話はどこの会社でも日常茶飯事で飛び交っているものだと思っていた。もしかしたら深雪は「コミュニケーションモンスター」で、他人には言えない秘密も、彼女にはつい明かしてしまうとか……それを聞かされる立場の自分は何なのだろうと思う。

「あなたの感触ではどうなんですか？」一之瀬はさらに食い下がった。

「私は……いないことはないと思いますけど、どうかな……」真咲が首を傾げる。

「何か、具体的な情報でもあるんですか？」

「それはないですけど、雰囲気で」

「社内の人ですか？　外の人ですか？」あるいは自分の事務所のミュージシャンとか。もしもそうだったら、話が厄介になりそうだ。

一之瀬はなおも真咲を突《つ》き続《つづ》けたが、それ以上の答えは出てこなかった。ただし、彼女は何か知っているだろうというぼんやりとした確信を抱く。言うべきではないと決めて、言葉を呑みこんでいるような感じだ。

しかし実際に恋人がいたら、彩が殺された時点で大騒ぎしているはずだ。特捜本部もとっくに存在を確認していただろう。葬儀で一人だけ不自然に大泣きしている若い男とか……しかし今のところ、そういう存在は浮かび上がっていない。特捜本部では、葬儀と遺体の引き取りのために上京した両親からも話を聴いているのだが、恋人の存在は両親も把握していなかったようだ。

訳ありの恋人だ、という考えが頭に浮かんでくる。

会社を辞して六本木通りに出た瞬間、一之瀬は春山に「どう思った？」と訊ねた。

「恋人の話ですか？」

春山が敏感に反応したので、一之瀬は思わずニヤリとした。春山は生真面目で、命じられた仕事は必死でこなすタイプである。そういう粘り強さ、我慢強さと引き換えに鋭さはないタイプかと思っていたが、最近は時々「打てば響く」反応を見せることがある。

「いないと思うか？」

「いや……花田さんは本当のことを言ってないと思います」

「俺もそう思った」うなずき、一之瀬は歩き出した。冷房の効いたビルから外に出ると、その分暑さが強烈に襲いかかってくるようだった。すぐにハンカチが必要になる。「どういう恋人だと思う？」

「それは……そこまでのヒントはありませんでしたよね」

「ああ。だから、君の想像で」

「不倫とか」

直後、春山が怪訝《けげん》そうな表情を浮かべた。自分がニヤリとしたせいだと一之瀬はすぐに気づいた。

「意見一致、だ。よし……飯でも食ってから次に行こうか」

「こう暑いと、蕎麦《そば》ぐらいでいいですね」春山がワイシャツの襟《えり》を引っ張った。「立ち食い蕎麦か何かで……」

「六本木で立ち食い蕎麦？　そんなの、あるのかな」

あった。一之瀬は迷わず天ぷら蕎麦を「冷やし」で頼む。ざる蕎麦だけではさすがにスタミナが持たないから、かき揚げで油分を補い、今日の後半戦に備えるつもりだった。春山はカツ丼にもり蕎麦のセットにして、ガツガツと食べている。

「軽く食べるだけだと思ってたけど」

「店に入ったら、急に腹が減ったんですよ」

「元気だなあ」

「夏になると、いつも太るんですよね」春山が胃の辺りを掌でさすった。今のところ、太り始めている気配はないが。「この後、どうしますか？」

「もう一人、もう話を聴いている人に改めて会いに行く」

「動きはないんでしょうね」春山が腕時計を持ち上げた。

「心配するなよ。何かあれば、連絡は入ってくるから」

「高澤……見つかりますかね」

「どうかな。隠れようと思えば、案外簡単に隠れられるものだし」

言うと、春山の表情がどんよりと暗くなる。人の尻拭いばかりをさせられるのはたまらない、とでも思っているのだろう。実際、この件について、隣の係の人間といつか笑い話にできるとは思えない。気をつけないと、変な禍根を残しそうだ。警察官には異動がつきものであり、いつかどこかで一緒になる可能性は常にあるから、人間関係では揉《も》めたくない。

常にフラット。精神状態を平静に保っていてこそ、厄介な事件に取り組めるのだ。

〈4〉

次のターゲット、根《ね》川《がわ》麗《れい》香《か》は、真咲とも関係のある人物だった。真咲の高校時代の後輩で、大学では彩と同級。ずいぶん狭い範囲で人間関係がつながっているように思えるが、こういうこともあるのだろう。彩は最初、麗香の存在を媒介にして真咲と近しくなったようだった。

麗香は専業主婦だった。一年前に結婚して、勤めていた旅行会社を辞めて——というデータは手元にある。一之瀬は頭の中に小さな疑問符が浮かぶのを感じた。今時、東京で結婚した人は、共働きが圧倒的に多いのではないだろうか。

その疑問は、彼女の自宅に到着した時に少しだけ解《ほぐ》れ始《はじ》め、会った瞬間に完全に消散した。どうやら彼女は、自分で働く必要がないぐらい、稼ぎのいい夫を摑《つか》まえたようだ。

自宅は豊洲《とよす》のタワーマンションだった。ロビーは、さながら高級ホテルのよう……自分の小さなマンションとは大違いだ、と一之瀬は半ば呆れた。コンシェルジュが常駐し、いかにも高価そうなソファが置いてある。こういう場所で刑事と話している時に、顔見知りに会うのは嫌ではないかと思ったが、麗香は一向に気にする様子がなかった。これだけ大きなマンションだと、隣に住んでいる人の顔すら分からないのかもしれない。

麗香は、身長百六十センチぐらいのスレンダーな女性だった。自宅にいたのに完璧《かんぺき》にメイクしていて、服にも金がかかっているのが分かる。左の手首にはカルティエの金時計。これはいくらぐらいするのだろう……ピアスとネックレスもシンプルな金だが、やはり相当高そうだ。

「何度も申し訳ないんですが、確認です」一之瀬は切り出した。

「はい」

麗香は、真咲と違ってそれほど嫌そうな表情は見せなかった。もしかしたら、昼間は家で退屈を持て余しているのかもしれない。

「亡くなった彩さんなんですが、誰かつき合っている人はいませんでしたか？」

「え？」麗香が目を見開く。

「そういう情報もあるんですが」

「それ、ストーカーの件と何か関係があるんですか？」

「はっきりしませんが、分からないことがある場合は調べておきたいんです。どうですか？　彩さんには誰か、つき合っている人がいたんですか？」

「たぶん……」

一之瀬は思わず身を乗り出した。こうもあっさりと肯定する人にぶつかるとは。

「相手はどんな人ですか？　具体的な話を聞いたことはありますか？」

「直接はないですけど……あの、雰囲気だけの話ですから」

「そういう感じがした、ということですね」一之瀬は一歩引いた。勘で物を言われても……。

「ええ」

「その人とは、どれぐらい前からつき合っていたんですか？」

「そういうことは分からないんです」

麗香が首を傾げる。微妙に語尾を伸ばす喋り方が鼻についてきた。

「ストーカーは、まだ見つからないんですか？」麗香が逆に質問してきた。

「残念ながら」

「彩も、人の言うことを聞かないから……」麗香が溜息をついた。

「何か、忠告したんですか？」

「あの子、夏は部屋の窓を閉めないんですよ。学生の頃からそうで、私、何度も危ないからって忠告したんですけど」

「沖縄出身ですよね」

「向こうでは窓を閉めないからって……冷房が嫌いだから、夏は窓を開けるのが普通だって言ってました。でも、ここは東京なんですよね」

今となっては、麗香の忠告は極めて正しかったわけだ。高澤――犯人は、三階にある彩の部屋のベランダから侵入していた。無理にこじ開けた形跡はなく、最初から鍵はかかっていなかったと推測された。犯行当日はまだ六月だったにもかかわらず、熱帯夜……冷房を嫌う人は多いから、自然の風が欲しくて窓を開ける人がいるのも理解はできる。しかし女性の一人暮らしとしては、あまりにも用心が足りない。

「それで、小田さんのつき合っていた人のことなんですけど……」

「あの、彩のことを悪く言いたくないんですけど、人に言えない関係だったんじゃないかと思います」

「不倫とか？」一之瀬は思い切って聞いてみた。

麗香は何も言わなかったが、かすかに――顎を引くようにうなずいた。

「私、学生時代からの彩の歴代の彼氏を、全部知ってるんですよ」

「そうなんですか？」

「それぐらい、開けっぴろげだったんです。私に対してだけかもしれませんけど」

「でも、今つき合っている人のことは教えてもらえなかった？」

「ええ」

「それがつまり、『人に言えない関係』だった、ということですか」

「たぶん……最近、感じも変わりましたしね」

「変わった？」一之瀬は目を見開いた。「どんな風に？」

「ちょっと派手になったというか……持ち物なんかで分かるでしょう？」

「ああ、いい服とか高いバッグとか、アクセサリーとか？」

「そうです」

不倫というより、誰かの愛人になっていたのではないかと一之瀬は想像した。「お手当」として高価なブランド品を貰っていたとか。

「そういうのに気づいたの、いつ頃ですか？」

「一年ぐらい前……そうですね。私の結婚式の時に」

「彼女も出席したんですね？」

「そうです」麗香がうなずく。「その時に、アクセサリーが結構派手だったんです。元々、そういうのはあまり身につけない方だったんですけどね。その後も何回か会ってますけど、やっぱり昔に比べてかなり雰囲気が変わってました」

「ああいう業界の人ですから、派手になるのも普通じゃないですか？」言いながら一之瀬は、先ほどの真咲の服装を思い出していた。「業界人」という言葉から想起される派手さとは無縁だった。

「彩は元々地味な子でした。地味というか、そもそもファッションなんかに興味がないような……そういう人、いますよね？」

「分かります。でも、何年も東京に住んで、派手な業界にいたら、どうしたって本人も派手になるものじゃないんですか？」納得いかず、一之瀬は食い下がった。

「自分の意思でそうなったかどうかは、同性の目からは分かりますよ。ピンときたんです。私、『新しい彼、できた？』って聞いたんですけど、彩は誤魔化《ごまか》したんですよ。そういうこと、今まで一回もなくて」

「それで、人には言えないような相手とつき合っているんじゃないかと思ったんですね？」

「あくまで勘ですけどね。私の勘、結構当たるんですよ」麗華が邪気のない笑みを浮かべた。

「そんな勘は、犬にでも食わせちまえ！」

小野沢にいきなり雷を落とされ、一之瀬は思わず首をすくめた。特捜本部に戻って、再度の聞き込みの結果を報告した途端にこれである。小野沢は本来クールなタイプで、普段は声を荒らげるようなことはしないのだが……今回ばかりは違った。重大なミスでカリカリしているところへもってきて、捜査の本筋とはまったく関係なさそうなことを一之瀬が持ち出してしまったからだろう。

ただ一之瀬としては、どうしても引っかかっていた。確かに事件の本筋とは関係ないかもしれないが、特捜本部は、被害者の人となりを完全には把握していなかったのではないだろうか。

「今さらそんなことが分かっても、何にもならないだろう。被疑者は特定できてるんだから」小野沢が一之瀬を睨《にら》みつける。

「いや、あのですね……」一之瀬はつい反論してしまった。高澤が彩を殺した客観的な証拠はないのだ。

殺害現場に何かが残っていれば、と思った。犯人のＤＮＡ型が検出できれば、それが動かぬ証拠になることが多いのだが。

「あのもクソもない。今は高澤の行方を探すのが最優先だ。それにつながる材料は出てきてないのか？」小野沢が嚙《か》みつくように言った。

「残念ながら」聞き込みをしてきたのは被害者の友人です、という説明を呑みこんだ。部下がどんな捜査をしているかは把握しているはずなのに……今は余計な反論をしない方がいい。

「被害者の方は、取り敢えずいい。高澤の周辺捜査をするんだ」

「……分かりました。今のところ、手がかりはないんですよね？」

「ない。携帯の電源を入れた形跡もないし、クレジットカードも使っていない。地下に潜って大人しくしているようだ」

「いずれ金が必要になるでしょうし、携帯なしでは、今は何もできないと思いますが……」

「高澤は、社会から零《こぼ》れ落《お》ちた人間だぞ。携帯やカードを捨てて街に紛れこんでも、誰も困らない。そうやって一生生きていくこともできるかもしれない」

実際、そういうこともある。指名手配犯が、身元保証の適当な日雇いの仕事などをしながらあちこちを転々とし、何年も——時には何十年も捜査の網に引っかからないこともある。近頃は、痕跡を残さず生きていくのは難しいのだが、決して不可能ではないだろう。ただ、一定の利便性、あるいは人間らしさも捨てなければならない。

小野沢の説教は短く終わり、一之瀬は解放された。ちょっと飲み物を仕入れてこようと外へ出た瞬間、岩下とぶつかりそうになる。慌てて一礼し、後ろへ飛びすさった。目が合ったが、何を言っていいのか分からない。慰めの言葉も、この場にはそぐわないだろうし。

「参ったな」岩下の口から出てきた第一声がそれだった。

一之瀬は無言で頭を下げた。「お疲れ様です」「大変でした」と言うのは簡単だが、それで会話が転がり始めるとは思えない。

「迷惑かけるな、今回は」

「いえ」短く否定するのがやっとだった。岩下にしては珍しい……本来はせっかちで怒りっぽい人なのだ。

「こっちのヘマにつき合わせて申し訳ないが――」

「やめて下さい」一之瀬は反射的に言った。「ミスは誰にでもありますよ」俺だって、と言おうとして口をつぐむ。去年の失敗をここで蒸し返すのは馬鹿馬鹿しい。

「しかし今回は、致命的だ」

「そもそも、高澤は本当に犯人なんですか?」

「そういう前提で動いてこうなった」岩下の言い方は微妙だった。

「客観的な証拠は――」

「それはまだない」

どうにもちぐはぐな上に強引な捜査、その結果としての失敗だったのでは、と一之瀬は疑った。物証もないまま高澤を攻め続けるのは、基本的に間違っている。やはりきちんと物証を揃《そろ》えた状態で被疑者に対するのが、取り調べの王道なのだ。それを省いて、いきなり自白を迫るようなやり方は冤罪《えんざい》を生む。しかし高澤は刑事を騙《だま》すように姿をくらましたのだから、やはり何かあったのではないかと考えてしまう。

もっとも、この一連の流れの中で一番まずいのは、高澤を見逃した刑事の行動だ。岩下を傷つけることになるかもしれないと思いながら、つい訊ねてしまった。

「高澤を家まで送っていったのは、本部の刑事ですか？」

「いや、うちの若い奴だ」岩下の顔がすっと暗くなる。「認識が甘過ぎた。教育が間違ってたよ」

一之瀬は、またも無言で目を細めるしかできなかった。迂闊《うかつ》にうなずいてしまえば、岩下を責めることになる。

「それより、これから高澤の家のガサをやるんだが、お前もつき合うか？」

「いいんですか？」

「お前は目がいいからな。それは信用してる」

「そう言ってもらうのはありがたいですが……今、小野沢さんに怒られてきたばかりなんですよ」

「おいおい、何をやらかしたんだ？」岩下が目を見開く。

一之瀬は事情を説明した。ついでに、特捜本部のこれまでの捜査で、彩の事情をどこまで摑んでいたかを引き出してやろう、と決める。

「不倫とか、愛人とか……被害者に関して、そういう話は出なかったんですか？」

「それはなかったな」岩下があっさり言った。

「そうですか……」

「捜査ミスだと思ってるのか？」岩下が鋭い目つきで訊ねる。

「いや、そこまでは捜査が進んでなかったんだな、と思って」同じ人間に話を聴いても、同じ答えが返ってくるとは限らない。事情聴取する側のテクニック、さらに人間的な「相性」もある。事情聴取される側が警戒してしまうと、無意識のうちに大事な情報を隠してしまったりするものだ。

「まあ、そういうことだ。ただ、そういう情報は必要なものとは思えないけどな」やんわりとした言い方だが、岩下は小野沢と同様、彩の男性関係を調べることは無駄だと判断しているようだった。「ストーカー行為がエスカレートしての犯行」一択——一之瀬は微妙な引っかかりを感じていた。それこそ根拠のない勘としか言いようがないのだが、この捜査はかなり「雑」だったのではないだろうか。被害者の人生を、完全に丸裸にしたのだろうか……丸裸という言い方は品がないが、交友関係等を全て把握した上で、「ストーカーによる犯行」という結論を出したわけではなかったようだ。タレコミという有力情報に引っかかって、一気にそちらへ突っ走ってしまったのだろう。

あらゆる可能性を潰した後に残るのが、真相のはずなのに。

ゴミ屋敷一歩手前だ。

一之瀬も様々な家宅捜索を経験して、多少のことでは驚かなくなっていたが、これはかなりひどい……ゴミ屋敷と言い切れないのは、辛うじて「通路」が残されていたからだ。ワンルームの部屋の床は、雑多なもので埋《う》め尽《つ》くされている。コンビニのレジ袋、ピザの空き箱、様々なペットボトル、汚れた服、ゴミを一杯に入れたビニール袋……玄関から部屋の奥に向かって、幅五十センチぐらいだけ床が見えていて、その奥に布団があった。

「いやはや」宮村が溜息をつく。「こいつは相当なもんだな」

「九十パーセント、ってところじゃないですか」一之瀬は話を合わせた。「まだ床が見えている部分がありますから」

「俺は、あの布団に寝るぐらいなら、死んだ方がましだね」

玄関からかすかに見えている布団は、確かに寝る目的にはそぐわないものに見えた。分厚いかけ布団が足元——それが足元だとすれば——で丸まり、薄いかけ布団がぐしゃぐしゃになっている。枕は見当たらない。

「取り敢えず、やるか」宮村がまた溜息をついた。「これじゃ、掃除の業者と同じだけどな。別料金をもらいたいよ」

この現場に来たのは、一之瀬と宮村、それに春山の三人だけだった。ワンルームマンションなので、人数が多いとかえって捜索はやりにくくなる。それにしても貧乏くじを引いたものだ。もしかしたらこれは、上層部の嫌がらせなのでは、と一之瀬は想像した。いや、まさか……警察がこの部屋に入るのは初めてのはずで、こんな風になっているとは誰も想像もしていなかったはずだ。

床にある雑多なゴミ――ゴミ扱いでいいと思う――を全て取り除いて調べるには、相当な時間がかかりそうだ。一之瀬は取り敢えず、布団近くで見つけたパソコンに着目した。電源スウィッチを押すと起動音がかなり大きく響き、パスワードなしで立ち上がる。セキュリティ面では問題ありだが、一人暮らしで誰かを家に呼ぶような習慣がなければ、パスワードは設定しないものだろう。

「写真」アプリを立ち上げる。左側のメニューの「写真」をクリックすると、日付別に並んだ写真がずらりと現れた。女性――一之瀬は思わず「宮さん」と声を上げた。

宮村が布団を跨《また》ぐようにして身を屈め、後ろから写真を覗《のぞ》きこむ。振り向き、「これ、被害者ですよね?」と確認する。宮村は手帳を開いて写真を一枚取り出した。免許証から取られた、被害者の顔写真。

「間違いないな」宮村が暗い声で言った。「しかしこれ、何枚あるんだ」

数百枚……デジカメで撮影した写真だろうか、スマートフォンのカメラでは捉えられないようなアップの表情も何枚もあった。全部確認するには、かなり時間がかかるだろう。バッグに仕込んでの隠し撮りだったら、こんな風に綺麗には撮れない。一之瀬は、近くにデジカメがあるのを見つけた。本格的な一眼レフで、二百五十ミリの望遠レンズがついている。これなら、野鳥やスポーツの撮影にも十分耐えうるだろう。しかし高澤は、邪《よこしま》な目的に使っていた——。

電源を入れると無事に起動した。しかし、メモリーカードには一枚も写真が残っていない。念のために、持ち歩くカメラには写真を残さないように気をつけていたのだろう。職務質問を受けて、中身をチェックされたらアウトだ。

それにしても、こんなカメラを街中で持ち歩いていて、職質を受けなかったのだろうか。外国人観光客なら不自然ではないだろうが……パソコンで確認できる写真はどれも、きちんと撮影されたものだった。

「これで、高澤が犯人である確率が高まったな」宮村が言った。

「いや、ストーカーであることが確認できただけですよ」一之瀬は指摘した。

「拙速な判断は危険か……」宮村が髭の浮いた顎を撫《な》でる。

写された彩が、まったく気づいていないのは明らかだった。表情が自然である。カフェのテラス席に座って誰かとお喋りしているところ。スマートフォンを耳に当て、話しながら歩いている様子。絶妙のタイミングで撮られたものばかりで、高澤の腕の確かさが見て取れる。

「まったく、気色悪い奴だな」宮村が顔をしかめる。

「一之瀬さん」クローゼットの方から春山が声をかけてきた。ゴミに触れないように慎重に歩いて近づくと、春山がクローゼットの前からどいて一之瀬に中を見せた。

「おいおい……」途端に異変に気づき、一之瀬は顔をしかめた。男物のコートやシャツに交じって、明らかに女性もののブラウスが何枚かある。

「マジかよ」宮村も嫌そうな声を上げた。「これ、絶対に被害者の服だよな」

「そうでしょうね」

ストーカーの特徴は、一人の相手に執着することだ。狙った人間の全てを知って、自分の支配下に置こうとする——多数の相手を狙う下着泥棒などとはメンタリティが違う。

「被害者は、盗まれたことには気づいていたのかな」と宮村。

「どうでしょうか。家にいる時は、窓を開け放しておくような人だったそうですから……気づいていなかったかもしれませんね。気づいていたら、とっくに警察に届け出ていたでしょう」

「少しでも早く警察に来てくれていればな……」

ストーカー被害に対する警察の対応は、しばしば「後手《ごて》に回りがち」と非難を浴びる。しかし、相手が家に侵入して服まで盗んでいるのが分かったら、所轄だってすぐに動いていたはずだ。警告するだけでも効果はあるし、もしも高澤の家に服があるのを確認できれば、窃盗罪での逮捕へ持っていけただろう。彩も、思い切って相談してくれればよかったのに。

ほんのわずかなタイミングのずれで、人生の先行きは百八十度ずれてしまう。

最初に心配した通り、ゴミの片づけをしているのか捜索しているのか分からなくなってきたが、ほどなく一之瀬は、重大な手がかりになる可能性があるものを見つけ出した。カード入れ——しかし銀行のカードやクレジットカードは入っていなかった。それらは、財布に入れて持ち歩いていたのか……高澤は、特捜本部の急襲を受けて引っ張っていかれたので、このカード入れまで持っていく余裕はなかったようだ。

しかしこのカード入れには、大きな手がかり——PASMOがあった。定期ではなく、無記名式のもの。使用記録を調べれば、高澤の最近の足取りが分かるかもしれない。アリバイを調べるためには、かなり有効な手がかりだ。

とはいえ、他に手がかりはまったくない。一人暮らしでバイト生活を続ける男の、荒《すさ》んだ生活実態が明らかになっただけだった。

アパートを出ると、早くも陽が沈みかけている。春山に元気がない。

「どうかしたか？」

「いや……俺の部屋も下手《へた》するとあんな感じになるかもしれないんですよね……」

「そんなに汚いのか？」宮村が顔をしかめる。

「さすがにあそこまでじゃないですけど、掃除が面倒臭くなることもあるじゃないですか。今、ゴミ屋敷への第一歩を踏み出してる感じです」

「独身の男なんて、誰でもそんなもんだぜ。それが嫌なら、さっさと結婚すればいい」

「いや……でも、嫁さんが掃除してくれるとは限らないじゃないですか」

「お前は気を回し過ぎなんだよ」宮村が鼻を鳴らす。「あれこれ考える前に走り出せばいいんだ。最近の若い奴は、いつも最悪の事態ばかりを想定してるから、ビビって走れなくなるんだよ」

宮村が、春山の背中を平手で思い切り叩く。その勢いで春山がよろめいた。何だか頼りない……でも、二十代のうちはこんなものだろう、と一之瀬は思った。自分だって、ちょっと前まで私生活はだらしないものだった。部屋の掃除はろくにせず、洗濯物はきちんと畳《たた》まないのでいつもしわくちゃ、家で料理を作ったこともなかった。しかし結婚して、すっかり変わったと思う。深雪に全て任せるわけではなく、自分でもできることは手伝っているのだ。しばらく日本とドイツで離れて暮らし、妊娠が発覚してから同居生活を始め——と普通の新婚夫婦に比べればだいぶ変則的な成り行きだが、それでも二人のリズムは出来上がりつつあると思う。

悪くない——というより、いい。ここに間もなく、新しい家族が加わるわけだ。出産に立ち会えという母親の脅迫は鬱陶《うっとう》しい限りだが、親子三人での生活を考えると、楽しみでならない。

人生の途中から父親がいなくなって、普通の家庭生活を送れなかった――その穴が、これでようやく埋まる。

〈5〉

夜になって初めて、一之瀬は本格的な捜査会議に参加した。これまで経験したことのないほど、ピリピリした雰囲気……高澤の行方は依然として知れず、刑事たちの意気も上がらない。昨夜から激怒し続けていた小野沢もさすがにエネルギー切れになったのか、もう声を張り上げることもなかった。

捜査会議は九時過ぎに終わった。深雪が待っているからさっさと帰らないと……と思ったが、もう少し高澤という人間について知っておきたい。本来捜査を担当していた隣の係にはあまり親しい刑事がいないので、一之瀬は結局岩下に話を聞くことにした。

本来の持ち場である所轄の刑事課に戻る岩下にくっついて行く。

「話をするような気分じゃないんだけど」足取り重く廊下を歩く岩下が、気乗り薄な様子で言った。斜め後ろにいた一之瀬は、岩下の髪に白いものが交じっていることに気づいた。捜査一課時代にはなかったもの……所轄の課長には、本部にはない苦労もあるわけか。

刑事課はがらんとしていた。岩下が自席についたので、一之瀬は近くのデスクから椅子を引っ張ってきて座った。

「高澤って、相当悲惨な人生を送ってきたんでしょう？」

「まあ、今時は珍しくないタイプかもしれないが……最初の会社を辞めてつまずいたんじゃないかな」

「イベント運営会社でしたよね」

「ああ。コンサートなんかの運営が仕事……高澤は、大学時代からそこでバイトしてたんだ」

「そうなんですか？」

「コンサートで、よくバイトが観客整理をやったりしてるだろう？　そういう仕事から始めて、最後の頃はライブの企画まで担当するようになっていたそうだ。あまりにも熱心に首を突っこみ過ぎて、大学は一年、余計に通ったようだ」

「となると、バイトの延長で就職したわけですかね」だとしたら、奇妙だ。一之瀬は感じたままに口に出してみた。「四年も五年もバイトしていたら、その仕事のいいところだけじゃなくて嫌なところもよく分かっていたはずですよね？　大丈夫だと思ったから就職したはずなのに、すぐに辞めるなんて、何だか妙じゃないですか？」

「理由ははっきり分からないんだが、何かトラブルがあったようだ」

「トラブル……」一之瀬は繰り返した。「そのトラブルが、今回の事件につながってる、なんてことはないですか？」

「まさか」岩下が鼻を鳴らした。「もう二年ぐらい前の話だぞ？　それに、ストーカーは人格の問題で、仕事とは関係ないだろう。まあ、イベント運営会社を馘《くび》になって、バイトを転々とするような生活をしてたから、精神的に荒んでストーカーを始めたのかもしれないが……そういう意味では関係あると言えるかもしれないな」

「いったい何があったんですかね」

「クライアントとのトラブルらしい、とは聞いている。よくある話らしいけど——大きなコンサートをやると、トラブルはつき物みたいだな」

「そうでしょうね」

規模の差こそあれ、一之瀬にも記憶がある。よく出演していたライブハウスでは、スタッフ側と出演者の些細なトラブルは無数にあった。モニターの返りが悪い、ライティングが打ち合わせと違う、告知が雑だ……アマチュアでもこんな具合だったのだから、大金が動くプロの場合はどれほどピリピリした現場になるか、簡単に想像できた。

「詳しいことは分からない――イベント会社の方も話そうとしなかったんだが、どうも高澤が詰め腹を切らされたみたいだな」

「新入社員に詰め腹を、ですか？」一之瀬は思わず目を見開いた。末端の新入社員を犠牲にして、会社としては責任を逃れようとする――まさにブラック企業のやり方そのものではないか。

「会社としても、あまり表沙汰《おもてざた》にはしたくないことみたいだ」

「突っこむ必要は……なさそうですね」

岩下が無言でうなずく。表情は深刻で、疲れが透けて見えた。静かに目を閉じ、人差し指でデスクを軽く叩き始める。ほどなく目を開くと、溜息を一つこぼした。

「しかし、参ったな」

「あの……こういうこともありますよ」つい、慰めの言葉が口を突いて出る。

「奴の部屋、写真だらけだったんだな」

「だらけ、というわけではないですが」彩の写真をプリントアウトして、壁中に貼っていてもおかしくはなかったのだが……執拗《しつよう》に相手を追うやり方は、人それぞれということだろう。「パソコンの中の写真、枚数がかなりありましたよ」

「追い回す暇だけは十分にあった、ということなんだろうな」

「被害者にとっては運が悪いことでしたね」

「まったくだ」岩下が両手で顔を擦る。

被害者と加害者——接点は極めて偶然に生まれたのだろう。たまたま高澤のバイト先が彩の勤務先の近くで、客として来店した彩を見初《みそ》めた——そんなことからでも異様な執着は始まるのだ。

「被害者にすれば、悲劇としか言いようがないですよね。偶然出会った人間につきまとわれて、挙句に殺されて」

「殺されたかどうかは、まだ確定できない」岩下が一歩引いた発言をした。

「ストーカーだったのは間違いありませんよ」岩下の発言の真意が読めず、一之瀬は低い声で言った。

「確かに、男好きがするというか、こういう女性が好きな男もいるだろうな」

岩下がデスクに置いてあった写真を取り上げ、差し出した。一之瀬は身を乗り出し、写真を受け取った。どこで入手したのか、彩のスナップ写真……写真を見ただけでは身長が分からないが、何というか、全体のバランスがいい——顔にエキゾチックな雰囲気があるのは、沖縄出身だからだろうか。目鼻立ちがはっきりしていて、特に大きな目がチャームポイントだ。派手かつ可愛い顔立ちという珍しいタイプである。

「不倫していた、あるいは誰かの愛人だったという話があるんですけどね」一之瀬は、昼間聴いた話を蒸し返した。

「その件にこだわり過ぎるなよ。高澤の行為と彼女のプライベートには、直接の関係はないだろう」

「それはそうなんですけどね……」小野沢にも怒鳴りつけられたが、一之瀬はどうしてもこの線を完全に無視することができなかった。捜査の詰めが甘いというか——もちろん、事件に直接結びつく可能性は低いのだが。

「とにかく、問題は高澤だ」

「会社を辞めてからの足取りは完全に分かっているんですか?」写真を返しながら一之瀬は言った。

「ほぼ、だな」

「空白もあるんですか?」

「ああ。バイトとバイトの空白期間だと思う。この二年で、かなりの数のバイトをこなしていた——つまり、どれも長続きしなかったということだ」

「会社を馘になったことで、気持ちが折れたのかもしれませんね」

「その可能性は高いな」岩下がうなずく。「最近は、ちょっと前に比べると就職も楽になってきたはずだけど、一度辞めた人間——しかもあんな辞め方をした人間の再就職は不利なんだろう。くさくさしている時に、自分の好みにぴったり合った女性と偶然会ったら、惹《ひ》かれるのも分かるよ」

「ええ」

「目をつけられた方は、本当に不運としか言いようがないけどな。とにかく、奴がストーカー行為をしていたのは間違いない」

「今回の件は……」ミスなのだが、そうは言えなかった。「ちょっとしたタイミングのずれが原因でしたね。奴がストーカーをやっている件を事前に把握できていれば、突っこむ方法はあったはずです」

「届け出があればな……」岩下が嫌そうな表情を浮かべる。「しかし、ミスはミスだ。お前に言われなくても、重々反省してる」

「そんなつもりで言ったんじゃないですよ」一之瀬は慌てて弁明した。

「ま、仕方ない——この件は後々問題になるにしても、今は歯を食いしばって捜査を進めるしかないんだ」

「ええ」

「去年の一件を思い出すな」

「やめて下さいよ」今度は一之瀬が顔をしかめる番だった。単純な指名手配犯の護送から、とんでもなく大きな事件へ——その「大きな事件」を解決することには成功したのだが、指名手配犯を奪還されたことは、今でもトラウマになっている。

「お互いにあまりいい想い出じゃないな」言って、岩下が咳払《せきばら》いした。「とにかく、明日以降もよろしく頼む。迷惑かけて申し訳ないけど」

　岩下に頭を下げられ、一之瀬は仰天《ぎょうてん》した。つい数か月前までは、本部の捜査一課で強面《こわもて》の上司だったのに……立場は人を変える。それでも一之瀬が岩下のためにしっかり仕事をしてやろうと思うのは、彼の下で働いていた時に悪い想い出がないからだ——福島の事件を除けば。


　自宅へ戻って十時半。深雪がまだ風呂にも入っていなかったので、一之瀬は驚いた。テレビでも観てゆったりしているならまだしも、部屋着のままダイニングテーブルについて、ノートパソコンに向かって屈みこんでいる。

「あ、お帰り」

　深雪が立ち上がろうとしたのを、一之瀬は慌てて制した。

「いいから……それより、何か調べ物でもしてるのか?」

「ちょっと仕事のやり残し」

「仕事って……勘弁してくれよ」一之瀬は鼻に皺を寄せた。

「仕事は仕事だから」顔を上げ、深雪がにっこり笑う。彼女にはどこか浮世離れした一面があり、一之瀬は今でも戸惑うことがある。

　深雪は、総合食品メーカーの研究職なのだが、今は産休に入って仕事から完全に離れている。こんな夜遅くにパソコンなんか使ってたら、体にいい訳がない……一之瀬は深雪の背後に回りこんで、パソコンの画面を覗きこんだ。数式の羅列――普段一之瀬が使うパソコンでは絶対に見ないようなソフトを使っている。

「産休中でもやれることがあるし……っていうか、自分の研究は自分のものだから」

「無理しないでくれよ、頼むから」

「別に胎教には悪くないと思うけど……何か食べた?」

「ああ、いや……」一之瀬は言葉を濁《にご》した。夕飯は食べ損なってしまったのだ。途中で食べて帰って来てもよかったのだが、昨夜深雪を一人残して出て来たので、何だか心配になって、寄り道せずに帰って来てしまったのだ。まあ、非常用にカップ麺があるから、それで何とか済ませよう。どうせ明日も早いのだし、今から腹一杯食べても仕方がない。

「着替えてきたら?　サンドウィッチぐらい用意できるけど」

「材料があるなら自分でやるよ」

「サンドウィッチぐらい、すぐよ」

笑いながら深雪が立ち上がる。そう言えば眼鏡姿か……交際期間中、一之瀬は深雪の眼鏡姿をほとんど見たことがなかった。昼間はコンタクトレンズをしているので、一之瀬の前に眼鏡をかけて現れることはまずなかったのである。それが今は、家にいる時は常にコンタクトレンズを外して眼鏡姿だ。いい加減慣れてもいいのに、未《いま》だに新鮮な感じがする。

な気分だった。

「じゃあ、先にシャワーを浴びていいかな？」さすがに、ボロ雑巾になってしまったよう

「もちろん」言って、深雪が鼻をひくつかせる。「確かに、ちょっと汗臭いわね」

「マジか」これは相当まずい。帰りの電車も結構混んでいたから、周りの人に迷惑をかけたかもしれない。こういうの、スメハラって言うんだっけ？

入念にシャワーを浴びた。体を隅々までしっかり洗い、シャンプーは二回。髭も伸びているが……これは明日の朝にしよう。体が綺麗になったら一気に腹が減り、我慢できなくなったのだ。

ダイニングテーブルに戻ると、見慣れぬ料理が皿に載っていた。ポテトサラダのようにも見えるが……上にはパセリが載っている。

「これは？」

「フムス」

「フムス？」

「ひよこ豆のペースト」

「初めて聞くな」

「ヨーロッパではそんなに珍しくないわよ。元々中東の料理なんだって。ドイツでも結構食べられてて、美味しかったから、作ってみたの」

「フランスパンがあるから、今食べられる分だけ切ってくれる?」

「了解」

一之瀬の家では、深雪の好みで、朝は様々なパンが出ることが多い。フランスパンの場合、切るのはだいたい一之瀬の仕事だ。今日のフランスパンはフルサイズ……さすがに半分は食べられないだろう。三分の一の場所にパン切りナイフを当て、ぐっと押し切る。このサイズが今日の夕飯分で、残った部分は適当な長さに切り分けておいた。

ドイツの研究所に赴任していた一年弱の間に、深雪はパンの魅力に目覚めたようだ。ドイツのパンなど、硬くて重たいだけだと思っていたのだが、当然他の国のパンも食べられるわけで……彼女曰《いわ》く「日本とは小麦の味の濃さが違う」。元々スイーツ作りが趣味なのだが、そのうちパンも焼き出しそうだ。一之瀬としては、炊きたての白い飯の方が好みなのだが。

三分の一だけ切り分けたフランスパンの脇に切り込みを入れ、フムスをたっぷり挟んでかぶりつく……特に味がしない。フランスパンのパリパリした歯ざわりに続いて、マッシュポテトのような柔らかい感触が口蓋に触れる。歯ごたえの違いは面白いのだが、味の薄さにはまいった。

一之瀬は、皿に残ったフムスをフォークで直接一口食べてみた。ねっとりとなめらかで、塩味は控えめ。オリーブオイルの香りが遠くに感じられる。

「ポテサラみたいなものだね」

「味つけ、大丈夫だった？」

「うん」本当はもう少し塩を振りたいのだが……最近、深雪の料理は味つけが薄くなっている。妊娠中は、塩分の取り過ぎはよくないらしい。

「仕事、大丈夫だった？」深雪がノートパソコンを閉じる。

「何とかね。というか、こっちには関係ない話なんだ」

「どういうこと？」深雪が眉をひそめる。

「他人の失敗の後始末。要するに尻拭いなんだ」

「前にもそう言ってたけど、そんな仕事、あるの？」

「これがあるんだよな……警察一家ってよく言うけど、誰かがミスをしたら、全員でカバーしないといけないから」

「そうなんだ……」

深雪が相手でも、あまり詳しいことは説明できないのだが……彼女はあまり突っこまない。つき合いが長いと、話していいことと悪いことが自然に分かってくるのだ。

「明日も早いわよね？」

「ああ」

「じゃあ、そろそろ寝ないと……私、お風呂、入るから」

「一人で大丈夫か？」

「何言ってるの」深雪が笑う。

「転ばないように気をつけて」

「大丈夫よ。もう慣れてるから」

そう言われても心配ではある。一之瀬はさっさとパンとフムスを食べ終えて、風呂に近い寝室に移動した。ここなら、何かあってもすぐに助けに入れる。そこで髪を乾かしながら、シャワーの音が途絶えるのを待った。

こういうのが些細な幸福なんだよな、と思う。出産間近の妻の体は本当に心配なのだが、こんな風に人を心配する機会など、なかなかない。誰かに心配されるのではなく、心配する幸せ……たぶん、高澤はこういう幸せを知らなかったのだろうと思う。いや、彩を追い回していたことは、ある意味彼女を心配するようなものだったのかもしれない。僕がいつも近くで見守ってあげるから——思わず身震いした。本当にそうだとしたら、あまりにも身勝手な考えと行動ではないか。

高澤はどんな風に失敗して、どんな風に転落していったのか。その過程を詳しく知りたい、と一之瀬は強く思った。刑事は基本的に、「知りたがり」なのだ。

〈6〉

翌日一番で、一之瀬は高澤のPASMOの履歴を照会した。ずらりと並んだ数字は、使用日と改札の出入りや買い物の支払いなどの使用内容、残額等である。すぐに一之瀬は、高澤の犯行説を揺るがしかねない情報に気づいた。

事件が発生した六月二十日、高澤は秩父《ちちぶ》に行っていた。時刻までは分からないが、仮に西武秩父駅に着いたのが夜遅い時間だったら、犯行までに彩の家に辿り着かない可能性が出てくる。一之瀬はすぐに、西武線の時刻表を調べた。上りの最終電車は午後十時三十五分。飯能《はんのう》で池袋《いけぶくろ》線に乗り換えると、池袋着は午前零時二十七分になる。そこから先、彩の自宅がある高輪台駅までは、直接は電車で行けない。山手《やまのて》線で最寄りの五反田《ごたんだ》駅まで出て、そこから先は歩き……午前一時半ぐらいに、ようやく辿り着くことになる。タクシーを飛ばしたとしても、午前一時ぐらいになってしまうだろう。

しかし、事件の発生は日付が変わった直後——午前零時半ぐらいと見られている。この時間に、隣室の人が彩の悲鳴を聞いているのだ。誰かの家に侵入しようとするにはかなり早い時間なのだが、彩はこの日、早く寝た可能性が高い。翌日は朝から大阪出張が入っており、自宅を午前六時ぐらいに出ないと間に合わなかったはずだという。

この事実をどう判断すべきか……そもそも高澤はどうして秩父に行っていたのか。向こうに知り合いがいるとか、あるいは仕事の関係か——仕事ではないだろう。事件発生当時、高澤はバイトとバイトの「隙間」のような時期を過ごしており、一日中暇だったはずだ。だからこそ、ストーカー行為をエスカレートさせた可能性が高く……人間、暇だとろくなことをしない。

一之瀬は鉄道会社と電話でやりとりし、PASMOの情報では電車の乗降時刻までは分からないことを知った。現地で直接確認するしかないか……この件を小野沢に報告する。嫌な顔をされるだろうと思っていたのだが——高澤のアリバイを成立させてしまいかねない情報だ——小野沢は冷静だった。高澤の遁走《とんそう》から時間が経ち、多少は落ち着いてきたのかもしれない。

「分かった。駅で確認できるかもしれないんだな？」

「はい。防犯カメラをチェックできると思います。映像もまだ残してあるそうです」

「だったらすぐ現地に飛べ。向こうで確認できることは全部やってこい」

「分かりました。春山を連れて行きますが——」

「誰でも自由に使え」自棄《やけ》になったような口調だった。まだ完全には冷静になっていないようである。

さらに、係長の大城にも報告する。話を聞き終えた大城の目が、一瞬光ったように見えた。何だ？　どうしてこの話にそんなに食いついてくる？

大城が廊下に向かって顎をしゃくる。何を言われるのかと首を傾げながら、一之瀬は彼の後に続いた。廊下に出ると、大城が振り返って、いきなり「高澤が犯人でなくてもいいわけだ」と低い声で言った。

「どういう意味ですか？」

「こっちが真犯人を見つける可能性もあるだろう」

「今のところ、高澤が犯人でない可能性をあぶり出すだけで――」

「そこから先を考えろ」大城が一之瀬の言葉を断ち切った。

「どういう意味ですか？」

「敵失でこっちに得点が入ることもあるんだ」

「……そうですかね」敵失、というマイナスの言葉が引っかかる。

「手柄を立てられると思ったら、その時は全力でいけ。隣のミスに対して、こっちの手柄が際立つぞ」

こういう人だったのか、とようやく合点がいった。自分の個人的な手柄が何より大事なタイプ。警察は基本的にチームプレーの世界とはいえ、こういう人が一定の数はいる。特に出世を第一に考えている人は……大城は四十歳にして警部になっているわけだが、今後の出世を考えれば、なるべく早く警視になりたいだろう。ただし警視への昇進は試験では決まらず、仕事の評価だけで決定される。だから部下に必死に仕事をさせて、その手柄を自分のものとして周りに認めさせる——民間の会社だったら「嫌な上司」の一言で片づけられるところだが、警察の場合はそれほど嫌われるわけではない。警察は利益を求められているわけではないからだ。部下の尻を上手く叩く上司の存在があってこそ、事件は早く解決するとも言える。

この人は、尻の叩き方が人とは違うだけではないのか？

春山を連れて車で走りながら、一之瀬はずっと、大城の言葉について考えていた。「手柄を立てられると思ったら、その時は全力でいけ」。別に間違ってはいない。聞いた時にはその通りだとも思った。事件が早く解決する、イコール手柄になるのだから。しかしやがて、「敵失」という不穏な言葉が頭の中に再浮上してくる。同じ捜査一課で仕事をする者同士、隣の係のミスを歓迎するような発言はいかがなものか……。

「一之瀬さん、どうかしましたか？」春山が遠慮がちに訊ねる。

「ああ、いや……大城さんも、結構露骨な人だと思ってさ」

「そうですか？」

春山は大城とのやり取りを聞いていなかったわけか……簡単に説明しているうちに、何だか腹が立ってきた。

「出世至上主義って感じですかね」春山が感想を漏らした。

「四十歳で警部だと、その先のことも当然考えるんだろうしな」

「一之瀬さんはどうなんですか？」

「俺？」左手をハンドルから離して自分の鼻を指差しながら一之瀬は言った。「俺が何だって？」

「出世のことなんか、考えてませんか？　もう、警部補の試験、受けられますよね」

「まあな」規則では、巡査部長としての経験が二年以上あれば警部補の受験資格が生じる。一之瀬は捜査一課に上がるタイミングで巡査部長になったから、もう丸二年が経っていた。「今のところは、予定はないかな。何だか忙しかったし、プライベートもばたばたしてたから」

「奥さん、もうすぐ出産ですよね」

「そうなんだよ。だから今、とても落ち着いて試験勉強ができる環境じゃないんだ」子どもが産まれたら、もっと大変だろう。夜泣きする傍《かたわ》らで参考書を読めるほどの集中力はない。学生時代から、試験勉強はそれほど得意ではなかったし。

「でも、いずれは……」

「いずれは、ね」

「もっと上を狙ってますよね」

「何でそう思う？」一之瀬はちらりと春山の顔を見た。

「いや、何となくです。根拠はないです」春山が慌てて言い訳した。

自分はそんなに、出世欲の塊《かたまり》のように見られているのだろうか……どちらかというと欲はない方だと思っているのだが。警察官になったのも、父親のギャンブラー的な人生を反面教師にして、安定した職業を選んだに過ぎない。父親は会社に損害を与えて、そのまま姿をくらませてしまったのだ。詳しい話は知らないのだが、一種のギャンブル的な投資のせいだったのは間違いない。

しかし、警察官の「安定」とは何だろう。死ぬまで同じような仕事を続け、昇任試験は受けず、ただミスをしないように頭を下げて日々をやり過ごすこと？　それではいくら何でも悲しい。若杉のような男は、基本的に出世には興味がないだろう。自分と同じ巡査部長ではあるのだが、昇任試験のための勉強など大嫌いなのだ。そんなことに時間を費やすよりも、犯人を狩り、空いた時間は自分の体を鍛えるために使いたいタイプである。自分が求めている「安定」とは何なのか……分からなくなってきた。上に行けば行くほど、足場は不安定になるだろう。自分はミスしなくとも、部下のミスで責任を取らされる恐れもある。「上司は責任を取るためだけに存在している」などという妙な教訓もあるのだ。

将来のことなんか、何も分からない。しかし警察というのは、自分で「こうしたい」という希望が、昇任試験を通じてある程度は叶《かな》えられる組織である。民間の会社だったら、こんな具合にはいかないだろう。昇任や異動には、個人の希望などほとんど通用しないのではないか。

「ま、今はこの事件のことに集中しないと」

「ですね……でもやっぱり、『敵失』なんて言わない方がいいですよね」

「そうそう。金持ち喧嘩《けんか》せず、だよ」

今の台詞は合っているのかな、と一瞬考えた後、一之瀬は運転に集中した。西武秩父まで電車で行くにはかなり時間がかかるので、所轄の覆面パトカーを借り出してきたのだが、車でも遠いこと、遠いこと……高速道路の最寄りのインターチェンジは関越道《かんえつどう》の花園《はなぞの》なのだが、都心部にいると、関越道に乗るだけで結構面倒なのだ。今回も首都高を大回りして、外環道《がいかんどう》から大泉《おおいずみ》ジャンクションに向かわざるを得なかった。そこから先は一直線だが、花園インターを降りてからがまた遠い。途中、バイパスになっている有料道路でかなりショートカットできたのだが、車を降りた時には背中がすっかり凝《こ》っていた。そこから先もまだまだ遠い。もしかしたら圏央道《けんおうどう》を使った方が早かったかもしれない、と一之瀬は後悔し始めた。

西武秩父駅に着いた時には、昼前になっていた。さすがに、はるばる遠くまで来た、という感じがする。駅前は広々と開けていて、高い建物が見当たらない。駅前ロータリーの周辺には観光情報館などもあって、高齢の観光客グループの姿が目立った。交番さえ山小屋風の造りで、周囲の光景に溶けこんでいる。秩父と言えば山歩きや長瀞《ながとろ》渓谷の舟下りなどが名物……アウトドアにはほとんど興味がない一之瀬だが、都心より少しは気温が低いことだけは評価できた。

駅舎の隣の真新しい建物の看板を見ると、「祭の湯」とあった。駅前に温泉施設を作ったのだろうか、こちらも観光客で賑《にぎ》わっている。駅の構内にも観光ポスターが所狭しと貼られ、いかにも観光地の駅らしい雰囲気を醸《かも》し出《だ》している。こういうところでのんびりするのも悪くないなと思いながら、一之瀬は駅の事務室へ向かった。事前に話を通してあったので、すぐに防犯カメラのチェックに入れる。慣れた作業とはいえ、駅員がいる中での作業はやりにくい。そうでなくても、映像のチェックには集中力を要するのだ。コマ落としのような画面をひたすら見続けていると、どうしても目に疲れがくる。それがすぐに肩凝りにつながり、やがて頭痛に襲われる——というのがいつものパターンだった。映像をデータに落として貰っていく手もあったのだが、ここである程度分かるものならそうしたい。何か見つけたら、改めて特捜本部に持ち帰ればいいだけの話だ。

朝——始発電車が動き出す時間帯からずっと見続ける。早送りで見ているので、さらに目がちかちかしていたが、実際の時間に合わせて見ていたら、丸一日かかってしまう。春山は意外にこういう作業が苦にならないようだが、後輩に任せっ放しというのはさすがに申し訳ない。

秩父駅の乗降客はそれほど多くない。観光客はいるが、問題の日は平日だったので、基本的に改札を出入りする人は少なかった。これなら見落とすことはあるまい……新宿《しんじゅく》や東京などの巨大駅の防犯カメラだと、目当ての人物がいても、人の波に紛れてはっきり見えないこともよくあるのだ。

画面右上の時刻表示を気にしながら見続ける……春山が突然「いました」と低く声を上げた。クソ、完全に見逃していた。

「戻してくれ」

春山がパソコンを操作すると、画面が一分だけ戻った。そこからリアルタイムで再生する。

いた。一之瀬はキーボードに手を伸ばし、動画を止めた。時刻は午後二時過ぎ。他の客に交じって改札を出て来たのは、間違いなく高澤だった。Tシャツの上にボタンダウンのシャツを羽織った格好で、シャツのボタンは留めていない。小さめのショルダーバッグを提げ、さらにカメラを持っていた。このカメラは、高澤の部屋にあったのと同じものだろうか。望遠レンズがついているのは分かる。

「何かの撮影ですかね」春山がささやく。

「ストーカーじゃないと思うけどな」一之瀬は話を合わせた。「こんなところで……あり得ないだろう」

「ですね」

あれだけいい望遠レンズを持っているのだから、それこそバードウォッチングだったのかもしれない。高澤は、自然に親しむ趣味の持ち主だったのだろうか。ストーカーをやるような性癖とは合わない感じがしたが。

時刻表を確認すると、高澤は十四時二分に西武秩父駅に到着する下りの各停に乗ったものと思われた。この時間、乗降客は非常に少ない。問題は、高澤がいつ上りの電車に乗ったかだ。この日にもう一度、西武秩父線に乗って最終的に池袋で降りたことだけは分かっているのだが……実は池袋の「出」の時には、PASMOの残金は百円だった。日付が変わってから五千円分を入金したのは分かっているが……嫌な予感がした。嫌な予感というか、大城の言う「敵失」の可能性が高まってきた。

また早送りしながら防犯カメラの映像を見ていく。昼飯を抜くことになりそうだが、空腹も気にならなかった。一つ手がかりが確認できたので、意識は完全に集中している。夕方……夜……高澤の姿はない。列車の間隔が次第に長くなってきた。時刻表を確認すると、午後七時台、八時台が三本、九時台、十時台が二本ずつある。池袋まで直通で便利な特急が一時間に一本ずつあるのだが、それに乗った形跡もない。

二十二時三十五分発の最終が出る直前、駆け足で改札を抜ける高澤を見つけた。この時間になると、乗る人も極端に少なくなってくるので、カメラをぶら下げて目立つ格好の高澤を見逃すことはなかった。足元がふらついている。まるで酒でも呑んでいるような感じだが、この辺で呑めるような場所があるのだろうか……いや、秩父はそこまで田舎《いなか》ではないはずだ。もしかしたら、日帰り温泉でのんびりしつつの、写真撮影旅行だったとか。

しかし奇妙な話だ。「犯行があった日には夜遅くまで秩父にいた」と証言すれば、高澤は警察の追及を逃れられたはずなのに。何故、自分のアリバイをはっきり言わなかったのか……自宅のパソコンの再チェックが必要だ。そこには秩父で撮影した写真が保存されているかもしれない。それを示せばよかったのに——いや、あれを見せると、今度は彩を盗撮していたことが分かって、立場がさらに悪くなると考えたのだろうか。

「間違いないですね」映像を戻して画面を確認した春山がうなずく。「映像のコピーをもらいましょう」

「そうだな……ちょっと待ってくれ」

一之瀬はスマートフォンで時刻表を検索しつつ、手帳を広げた。特捜本部で調べたことの再確認……西武秩父線の上り最終に乗ると、飯能着が二十三時二十八分で、四分後の池袋行き準急に間に合う。池袋着は午前零時二十七分……こうなるとやはり、犯行が行われた時刻に現場に行くのはほぼ不可能だろう。

もちろん、午前零時半きっかりの犯行と決まったわけではない。ただ、隣人による一一〇番通報は零時三十五分である。犯人はベランダから忍びこんでいるので、実際にはこの時刻より前にマンションに到着していなければならないわけだ。

高澤はやはり、犯人ではないのか……一つの可能性が頭の中で持ち上がる。

「動画のファイルをコピーしてもらってくれ。俺は特捜に電話してくる」

春山に命じて駅の事務室を出る。外は七月の強烈な陽射し……頭がくらくらし、喉が渇いたが、何とか気を取り直して大城に報告する。小野沢に直接言ってもいいのだが、この情報——特捜の動きに関してはマイナスの情報なので、ワンクッション置くべきだと考えた。大城が出世の鬼であろうが何だろうが関係ない。こういう時には、上司として矢面《やおもて》に立ってもらわないと。

大城は一之瀬の報告を静かに聞いていた。話し終えると、「分かった」と短く一言発する。

「報告、お願いします」

「それで、高澤のアリバイは成立したと考えるべきなのか？」

「そこまではまだ……もう少し調べたいと思います」

「だったら、今の段階で報告する必要はないんじゃないか？」

「でも、重要な情報ですよ？」一之瀬は思わず眉をひそめた。この人は何を言ってるんだ？　警察の業務で何より大事と言われる「ホウレンソウ」の柱の一つである「報告」を控えろというのか？　これでは情報の流れが滞《とどこお》ってしまう。

「状況が決定的になるまでは、言わない方がいい。この件は、お前も胸の内にしまっておけ」

「他の人に聞かれたら、答えざるを得ませんよ」

「駄目だ。適当に誤魔化せ」

一之瀬は唖然《あぜん》として言葉を失った。いったい何なんだ……それまでの捜査の流れを覆《くつがえ》す劇的な発表シーンでも狙っているのだろうか。「バーン」と効果音つきで、全員の顔が蒼褪《あおざ》める場面を見たいとか。

あり得ない。時間の無駄だ。

高澤のアリバイが成立したら、特捜本部の半分、それに機捜隊員や失踪課まで動員している高澤の捜索は中止だ。その分、真犯人の捜査に人員を費やさねばならないのだが、リスタートが遅れれば遅れるほど、犯人に辿り着ける可能性は低くなってしまう。

「早く言った方がいいと思います」

「それは俺が判断する。俺に報告した以上、俺に任せろ」

「俺が直接、小野沢さんに言うかもしれませんよ」

「余計なことはするな。お前の直属の上司は俺だ」低い声で言うなり、大城は電話を切ってしまった。

おいおい、この乱暴かつ独善的なやり方は何なんだ……この人を信用してはいけない、と一之瀬は警戒した。こんなことなら、思い切って小野沢に報告してしまおうか。しかしここで自分が余計な動きをしたら、係の中をぎすぎすさせてしまう。結論――先送り。今晩にでも宮村に相談しよう。宮村は警視庁内の事情にやけに詳しいから、大城について何か知っているかもしれない。

大城のやり方は気にくわないが、自分にはやることがある――高澤のアリバイ調べだ。捜査がどう転ぼうが、これだけはきちんとやっておかねばならない。

〈7〉

二時過ぎ、秩父で遅い昼食を済ませてから、一之瀬と春山は板橋を目指した。ＰＡＳＭＯの記録によると、高澤は事件の翌日、自宅に一番近い新板橋駅で五千円を入金している。時間までは分からない。しかも無記名ＰＡＳＭＯなので、駅側に個人情報が残っている訳ではなく……この情報を確定させるためには、また防犯カメラの映像を見続けるしかないのかと思うとげんなりした。今日一日分、目は仕事をしてしまったと思う。

帰りの運転を春山に任せて、一之瀬は考えを巡らせた。

高澤は池袋で一度改札を出た。その後の動きは一切不明……事件現場に行った可能性も否定できないが、それでは時間が合わない。では自宅に帰ったのか？　それもあり得ない話ではない。ＰＡＳＭＯの残金が少なくなればすぐにチャージするのが一之瀬の感覚だが、財布の中身が乏しければ、チャージしないという選択肢もある。高澤の自宅の最寄駅は新板橋だが、かなり歩く気があれば、埼京線の板橋や東武東上線の下板橋も利用できないではない。しかし時間的に埼京線の最終には間に合わないから、東上線を使った可能性が高いだろう。一度ＪＲの改札を出て、東上線の切符を買って帰宅したのか……こうなると、防犯カメラを徹底的にチェックして足取りを追うしかないのだが、考えただけでも気が重くなる。

走り始めて間もなく、スマートフォンが鳴る。宮村だった。大城とのやりとりを聞きつけて電話してきたのかもしれないと思ったが、電話に出た途端、そんなことよりはるかに深刻な事態だと分かった。

「やばいぞ、状況が全面的に変わった」

「どうしました？」向こうが慌てている時はこちらはできるだけ落ち着いて……そう思ったが、宮村の慌てようは一之瀬に伝染してしまった。

「遺体だ」

「遺体？」春山に知らせるために繰り返し言ったところで、ピンとくる。「まさか、高澤じゃないでしょうね」

「どうやらそうらしいんだ。現場は神奈川県相模湖町《さがみこまち》……じゃなくて相模原市《さがみはら》緑区。とにかく昔の相模湖町だ」

相模湖近くの、かなりの山の中……一之瀬は取り敢えず停車するよう、春山に指示した。春山が路肩に車を寄せ、ちょうどそこにあったショッピングセンターの駐車場に乗り入れる。ここで少し話をするだけなら、迷惑にはならないだろう。先ほど乗ってきた有料道路の方に向かっているのだが、圏央道に向かうなら逆方向——どこかで方向転換しなければならない。

「現場の住所、教えて下さい」

「取り敢えず、現地の分かりやすい場所に集合する」

「どこにしますか？」

「それはこれから決めるそうだ。決まったらすぐ連絡するよ」

「遺体は、どういう経緯で見つかったんですか？」一之瀬は額の汗を指先で拭った。車内はエアコンが効いているのだが、この位置だと午後の陽射しがもろに射しこんでくるのが辛い。

「近所の人が、今日の午前中に発見した。街場からはかなり離れていたんで、県警がちゃんと確認するまでに時間がかかったんだが……」

「間違いないんですね？」

「本人名義のスマートフォンを持っていた。運転免許証も。顔が一致した」

「そうですか……」この事態をどう考えたらいいのだろう。「自殺なんですか？」

「状況的にそう見られている。酒と睡眠薬の瓶が近くで見つかった。それと……」宮村が言《い》い淀《よど》む。

「それと？」

「犯行を認める内容の遺書らしきものがあった」


クソ、結局自分たちの動きは無駄だったのか？　一之瀬はむっつり黙りこみ、顎に拳を当てたまま考えた。犯行を「自供」するような内容の遺書が残っていたなら、自白したに等しい。やはり特捜本部の読み通り、ストーカー行為をエスカレートさせた高澤が彩を殺したのか……捜査の手が迫ってきたので、逮捕されるよりはと自殺を選んだ——そういう行動は不自然ではない。

ただそれなら、犯行が行われた日に高澤が秩父にいた事実はどう考えればいい？　よく似た別人だった？　事実関係を詰めることはできると思うが、そのうち壁にぶつかりそうな予感がする。面倒臭い事実を引っ張り出してしまったな、と悔いたが、無実の人間に罪を押しつけるわけにはいかない。

結局、徹底して調べていくしかないのだ。壁にぶつかったら、乗り越えるか壊して前へ進む。

「遺体って、まさか高澤の遺体ですか？」春山が不安そうに訊ねる。

「ああ。身元はまず間違いないと思う」

「マジですか……」

「酒と睡眠薬を使って自殺したようだ。現場は相模原の山の中。取り敢えず、中央道《ちゅうおうどう》の相模湖インターを目指してくれないか？　その近くで、特捜の連中と合流することにしているから。集合場所は追って連絡が来るよ」

「分かりました。相模湖インターですね」

一之瀬の指示を聞いて、春山がナビをセットし直す。すぐに駐車場を出て、今来たばかりの西武秩父駅方面へ引き返した。さて……どうなることか。考えはあれこれ飛んだが、情報が少ないこの状態では何も分からない。とにかく現場で遺体を見なければ。そこから分かってくることもあるはずだ。

集合場所には、相模湖インターチェンジの近くにあるコンビニエンスストアが指定された。自分たちは近くにいるはずだと思っていたのだが、一番乗りはできなかった。考えてみれば、都心部にいればすぐに首都高に乗れるから、ほぼ高速に乗ったままで現場近くまで行けるわけである。一之瀬たちは高速に乗るまで、一時間近く一般道を走らねばならなかった。

既に宮村と若杉、それに所轄の刑事たちが何人か到着していた。渋い表情を浮かべる宮村に近づき、事情を確かめてみたが、先ほど聞いた時と状況はさほど変わっていない。遺体はまだ現場にあり、詳しいことは何も分かっていないようだ。神奈川県警にすれば、この件の処理はあくまで警視庁の担当、ということだろう。

一之瀬は、先ほど大城と話した内容を繰り返し宮村に告げた。大城が情報を胸の中にしまいこんでしまいそうなことも。

「ああ……」宮村の顔が暗くなる。「あの人、そういうところがあるらしいんだ」

「そういうところって、何ですか？」

「抱えこむんだよ。上に上げる情報も選別している。そして、その判断には一切間違いがない、という感じなんだ」

「でも、人間は間違えるもんですよね」一之瀬は指摘した。

「普通はな。でも、大城さんはそういう判断で間違ったことは一度もないみたいだぜ。一度でも間違えたら、とっくに問題になってるだろう」

「ですね」

「まあ、要注意だな。大城さんに報告を上げる時には、横の連絡も密にして、少なくとも俺たちは情報共有するようにした方がいい。全員が状況を分かっていれば、いざという時には……」宮村が、水平にした掌を、首のところで左から右へ動かした。

いざという時には、上司でも切る。

横並びで全員が情報を共有していれば、まずい状況になっても対応できる。勤め人としては、自分の身を守るために必要な策だ——いや、刑事として真実を埋もれさせないためにも、こうしなければならない。

余計なことで気を遣わなくてはならないと考えると、早くもげんなりしてきた。岩下が係長だった頃は、こんな心配はしなくてもよかったのに。

山の空気——と言っていい。この辺まで来ると、さすがに少しは標高が高いようだ。夕方五時近く、まだ陽射しは強いものの、かすかに涼しさも感じる。今は晴れているが、雲の流れが速い。夕立がくるかもしれないので、そうなる前に早く作業を進めないと。

五分ほど経ってから、大城たちが到着した。遺体が発見されたというので、管理官の小野沢も自ら乗りこんできた。大城と目が合ったが、一之瀬に対して何の反応も示さない。やはり先ほどの情報は、大城が胸の中にしまいこんでしまったのだろうか……。

「よし、行こう」小野沢が声を上げた。「遅れている連中は、自力で現場に来させればいい。一刻も早く遺体と現場の様子を確認だ」

低い声で「はい」と唱和。車が一斉にスタートし、細く緩やかな坂道を登っていく。中央道を渡る細い橋を抜けると、本格的な山道になってきた。民家が疎《まば》らに建ち並ぶ中、かなり飛ばして現場に向かう。最後に左折して行き止まり——道の左側の小さく膨らんだスペースに、数台の車が整然と駐車した。左側は鬱蒼《うっそう》とした森の斜面。そこに既に規制線が張られ、神奈川県警の制服警官が現場を見張っていた。一之瀬たちがぞろぞろと近づいて行くと、すぐにさっと敬礼する。この場の責任者である小野沢が一言二言話し、すぐに規制線の中に入って行った。

一之瀬は、森の中に分け入る前に、周囲の状況を確認した。はるか彼方では、相模湖の湖面が光っている。森のすぐ前にも民家があり、見知らぬ人間がうろついていたら目立ちそうなものだが、そもそも歩いている人がいない。

一つ引っかかったのは、高澤はどうやってここへ来たか、ということだ。この辺を動き回るならまず車だろうが、高澤は車を持っていない。レンタカーを借りたにしても、車は近くに見当たらなかった。最寄駅は……おそらく、中央本線の相模湖駅。遺体発見現場までは、直線距離にすれば二キロほどしかないはずだが、それでも山道を歩くのはきついだろう。タクシーを拾ったと考えるのが自然だ。範囲を広げて聞き込みをすれば、高澤の足取りは確認できるかもしれない。

かなり急な斜面の入り口には「神奈川県『水源の森林づくり』契約地」の看板がある。下生《したば》えはそれほど深くはなく、山登りに使うような靴は必要なかった。それに、ところどころに横向きに置いてある丸太が、階段代わりに使えるようだった。森の中は、ほぼ日光が遮られており、暑さも感じないほどだ。この陽気では、むしろありがたいぐらい……しかし、降り注ぐ蟬《せみ》の声が鬱陶しいことこの上ない。二十メートルほど急斜面を下って行くと、遺体発見現場に辿り着いた。

すぐに、異臭が鼻をくすぐった。この季節、遺体の腐敗は早い——とはいえ、高澤がこの場で死んでから二日は経っていないはずだ。腐臭というより死臭。オープンな場所なのだが、密生した木立が臭いを封じこめてしまうようだった。

見覚えのない刑事——神奈川県警の人間だろう——と小野沢が話し始める。一之瀬はすぐに遺体の検分を始めた。

高澤は、濃紺のTシャツにオリーブグリーンのコットンパンツというラフな格好だった。仰向けに横たわり、目は閉じている。傍に小さなバッグ。薬の小瓶とポケットウィスキーの瓶が横に転がっていて、どちらも空だった。睡眠薬とアルコール、同時に過剰摂取すれば死に至る。吐いてしまうことも多いのだが、上手くいけば——不謹慎な表現だが——楽に死ねる。

現場は基本的に鑑識に任せなければならない。一之瀬は少し下がって、邪魔にならないように気をつけながら周囲を観察してみた。しかし、高澤に関係ありそうなものはまったく見つからない。

死因などを調べるのも重要だが、それは刑事の仕事ではない。今一番大事なのは、この場での高澤の足跡を追うことだ。そう考えていると、すぐに小野沢から集合がかかった。

「高澤がどうやってここまで来たか、確認する必要がある。一之瀬と春山は、駅前で聞き込み。タクシー会社に当たれ」

「分かりました」

一之瀬は春山を引き連れて森を出た。道路に出ると、ほっと一息つく。森というのは奇妙な場所で、何故か息が詰まるような感じがするのだ。東京生まれで東京育ち、深い緑には縁がないまま三十歳になってしまったから、仕方ないかもしれないが。一方、東北出身の春山は、何も感じていない様子だった。

駅前のロータリーにはバス乗り場とタクシー乗り場があり、中央部分には案内板を兼ねた茶色いオブジェが立っていた。小原本陣《おばらほんじん》まで一・五キロ、嵐山《あらしやま》・弁天島《べんてんじま》まで一・六キロ――何のことかさっぱり分からない。

駅前にはタクシーが一台もいなかった。こういう駅のタクシー乗り場が賑わうのは、やはり観光客が多い昼間の時間帯だろう。タクシーがいないことには確認しようがない。思いついて、一之瀬は店じまいを始めていた観光協会の建物に飛びこみ、この辺りに出入りしているタクシー会社を教えてもらった。相模湖駅付近で客待ちをしているのは四社——時間はかなり遅いが、まだ何とかなるだろうと、二人は駅に近いところから順番にタクシー会社を回り始めた。

　高澤の写真を示し、運転手たちに照会しておいてもらうように頼みこむ。今日だけでは分かるまい、と半ば諦めていた。休みで、確認できない運転手もいるだろうし……しかし一之瀬は、三か所目で「当たり」を引き当てた。

　一日の仕事を終えて営業所で休んでいた白髪の運転手が、写真を見て「ああ、あの兄ちゃんか」とポツリと漏らしたのだ。

「乗せたんですか？」一之瀬は思わず、カウンターの上に身を乗り出した。

「乗せたよ」運転手が眼鏡を額の上まで押し上げ、写真に顔を近づけた。真顔で一之瀬を見ると、「間違いないね」と断言する。

「堀江《ほりえ》さん、適当なこと言っちゃ駄目よ」事務を担当しているらしい、まだ十代にしか見えない女性が釘《くぎ》を刺した。

「何言ってるんだよ、俺みたいなベテランが客の顔を忘れるわけがないだろう」

「すみません。乗せた客全員の顔を覚えてるんですか？」春山が疑わしげに訊ねた。

「まさか」堀江が鼻を鳴らす。「一日に何人乗せると思います？　いちいち覚えてたらきりがないよ」

先ほどの発言と正反対……一之瀬は首を捻《ひね》った。それを見咎《みとが》めたのか、堀江がむっとした口調で説明する。

「変わったことをしたお客さんは覚えてる、ということですよ」

「何か変わったことをしたんですか？」一之瀬は訊ねた。

「相模湖インターの入り口まで行ってくれって言われたんだけどね」

「相模湖インター？　中央道のですか？」

「他に相模湖インターはないでしょ」馬鹿にしたように堀江が言った。

「それは確かにおかしいですね。あんなところには何もないはずだ」

「でしょう？」勢いこんで堀江が言った。

「それで、結局どこで下ろしたんですか？」

「国道二〇号線の、相模湖インターの入り口——ガソリンスタンドの前ですよ」

一之瀬はスマートフォンを操作し、地図で当該の場所を見つけ出して堀江に示した。

「この辺ですね？」

先ほど自分たちが通った場所でもあり、記憶がすぐに蘇《よみがえ》ってくる。駐在所、ガソリンスタンド、コンビニエンスストア、郵便局……高澤が訪ねて行きそうな場所はない。

「そうそう。基本的には、街道筋としか言いようがないね」

「誰かと待ち合わせていたんでしょうか」

「そういう気配はなかったな……で、途中でコンビニに寄りましてね」

「どの辺ですか？」おそらく自分たちが集合したコンビニだろうと思いながら確認する。

「駅に近い方だけど……」

一之瀬はまたスマートフォンを操作し、中央道にもほど近い場所にあるコンビニエンスストアを見つけて示した。

「ここですか？」

「そうそう」堀江がうなずく。

「そこでも何か変わったことが？」

「これですよ、これ」堀江が口元で右手を動かした。酒を呑むような仕草……。

「酒ですね？」一之瀬は確認した。

「店からすぐ出てきたんだけど、あの、ウィスキーのポケット瓶？　いきなりそこから直接呑み始めたからびっくりしちゃってね。昼間っからウィスキーってのは、アルコール依存症じゃないかって思ってさ……もちろん、こっちは呑むなとは言えないけど」

「酔っ払ってたんですか？」

「いや、そういうわけでもないけど……いるでしょ？　呑まないとやってけないっていうか、アルコールが切れたらやばくなりそうっていうか、そういう勢いで呑む人」

「分かります」

「そんな感じだったね」

「昼間、ですよね？　何時ぐらいでした？」

「ちょっと待って」事務所の奥に引っこんだ堀江がすぐに戻って来た。手には小さなクリップボード。どうやらこの会社では、未だに手書きで運転日報を作成しているようだ。

「昨日だね。昨日の午後一時ぐらい」

「そうですか……」一昨日の夕方に姿を消してから十数時間後、高澤は相模原市の外れに突然出現したわけだ。酒を呑んでいた、というのは気になる。自殺用に使ったウィスキーは、先ほど一之瀬たちがいたコンビニエンスストアで仕入れたのだろう。

「何か話しましたか？」

「いや、特には……向こうが話したくない感じだったからね」

「そういうの、分かるものですかね」

「最初の一言でね。こっちはただ運転してても暇だから、最初は話しかけるんですよ。でも、向こうの反応が悪いとすぐにやめちゃうわけで……この人は、自分の殻に閉じこもっている感じでしたね」

一言二言話しただけでそこまで分かるものだろうか……ただし、昨日の高澤がテンションが高かったり、機嫌がよかったはずもない。自殺を決意して、この街にやって来たわけだろうから。

営業所を辞して、先ほど集合したコンビニエンスストアに向かう。アルバイトの若い女性店員は、昨日の午後もここで当番だったというが、高澤の写真を見せても反応はなかった。街道沿いのコンビニも客は多く、よほど特徴がないと覚えていられないはずだ。堀江から見れば奇妙な客だっただろうが、この女性アルバイトからすれば、単にウィスキーのポケット瓶を買っただけの人間である。

商品はPOSシステムで管理されているはずだから、高澤がいつウィスキーを買ったかぐらいはデータとして残っているはずだ。それを指摘すると、アルバイトは「確認はできる」と認めたが、店長の許可が必要だという。店長はちょうど出かけているというので、すぐには許可できない……一之瀬は、できるだけ早く店長と連絡を取って、昨日の販売実績を調べてくれるように頼み、名刺の裏にメッセージを書いて託した。これはそれほど時間がかからず分かるだろう。そもそも、堀江の証言を裏づけるためだけの調査だ。

これまで分かったことを、まとめて大城に報告する。この新しい上司に対する不信感は拭えなかったが、筋は違えたくない。だいたい、大城を飛ばして管理官の小野沢に報告すれば、それはそれで問題になるだろう。

大城は特に奇妙なことは言わなかった。ただ淡々と話を聞き、最後に「分かった」と一言。前回とはだいぶ様子が違うなと思いながら、今度は宮村の携帯に電話をかける。宮村は近所で聞き込み中で、苦戦している様子だった。

「お前、美味しいところを結構持っていくよな」宮村が愚痴《ぐち》を零す。

「たまたまですよ……気にかかるのは、高澤がタクシーを降りた場所なんですけど」

「インター近くねえ。誰かと待ち合わせていたんじゃないか？」

「誰かって誰ですか？」

「そんなこと、分かる訳ないだろう」宮村がぶっきらぼうに答える。「だいたい、奴の交友関係だって、まだはっきり摑めてないんだから」

「そもそも交友関係なんてあったんですかね」大卒後に最初の仕事を馘になり、その後はバイトで食いつなぐ生活……金銭的にも困窮し、人とつき合う余裕などまったくなかったのではないだろうか。一之瀬は高澤の身辺捜査をしていないから、何とも言えないのだが。

しかし、こういうこともよくある。早い段階で被疑者が特定されてしまうと、まず身柄を確保するのが最優先事項になり、周辺捜査は後回しになる。その結果、被疑者の思いもよらない実態が後から明らかになることもあるのだ。

今回の件は……例えば、車に乗った相手と待ち合わせていたとすれば、あんな場所に向かったのも不自然ではないかもしれない。相手は相模湖インターで高速を降り、出入り口のすぐ側で待っている高澤を拾った、とか。もしも誰かと待ち合わせていたら、この事件は別の様相を帯びてくる。

そこまで考えて、もう一仕事しなければならないのだと思いついた。高澤がタクシーを降り付近での聞き込み。まずはガソリンスタンドで話を聴いてみなければ……。

物事は、そう簡単に進むものではない。いや、上手くいかないことの方が多い。ガソリンスタンドの従業員は、誰も高澤の姿を見ていなかった。


〈8〉


遺体発見現場付近に再度集まり、小野沢が今後の捜査の手順を指示した。刑事たちの数はさらに増えており、さながら第二の特捜本部のようになっている。

午後七時。まだ空には明るさが残っているが、街はもう眠りについてしまったようだった。それでもまだ聞き込みはできる――小野沢は目撃者探しを命じた。今夜は捜査会議はなし。現地でできるだけ仕事をして、明日の朝一番で捜査会議をする、という方針が決まった。

「今日、帰れますかねえ……」春山が心配そうに言った。

「何だよ、誰か待ってる人でもいるのかよ」

「そうじゃないんですけど、昨日、真面目に家の掃除を始めたんですよ」

「高澤の家を見たからか？」

「あんな風になったら終わりですからねえ」春山が顔をしかめる。

「それは、東京に帰る言い訳にはならないだろうな……指名されたら諦めろよ」

「分かってます」

しかし小野沢は、九時前に一之瀬たちの係全員に「撤収」を命じた。居残りは、最初にミスを犯した隣の係の連中。一種の懲罰なのか、と一之瀬は密かに苦笑した。徹底して、どぶさらいのような仕事をさせるつもりかもしれない……。

それにしても、これから東京へ帰るのもきつい。明日の朝八時半には特捜本部に集合して捜査会議だ。少しでも家で眠れるのはありがたい限りだが……深雪の体も心配だ。このところ変則的な生活が続いてストレスになっているのでは、と一之瀬は懸念していた。

少しでも早く自宅へ戻るために、一之瀬は相模湖駅で下ろしてもらった。ここから自宅のある阿佐ヶ谷までは、中央線で一時間ぐらいのはずである。上手く、九時過ぎの電車を摑まえることができた……これで十時半には家に帰れるだろう。深雪には、先に寝ておくようにメッセージを送っておいた。車中、睡眠不足を解消するために少しでも寝ておこうと目を閉じた瞬間、メッセージの返信で起こされる。

『ご飯、どうする？』

おいおい――そんなことを気にしなくてもいいのに。一之瀬はすぐに返信した。

『今夜は食べたから大丈夫。先に寝てて』

実際は食べていないが、深雪の手を煩《わずら》わせるわけにはいかない。阿佐ケ谷駅周辺はファストフード天国であり、自宅へ帰るまでに手早く食事が摂れる店が何軒もある。牛丼でも何でも、十分で食事を済ませれば、それほど時間のロスもなく家に帰れるだろう。シャワーだけ浴びてさっさと寝る――それで深雪にも負担はかからないはずだ。

これでOK……静かに目を閉じる。この時間帯の中央本線の上りはがらがらで、実に静かなものだ。次の駅は高尾《たかお》で、もう東京都に入る。それから西八王子《にしはちおうじ》、八王子、豊田……と駅の名前を順番に思い浮かべているうちに、一之瀬は眠りに落ちてしまった。

結婚して、深雪と同居するようになって一番変わったのは、朝食をきちんと摂るようになったことだ。独身時代は、野菜ジュースとコーヒーという液体だけの朝食だったのだが……もちろん深雪に任せっきりではなく、一之瀬も手伝う。これは結婚前から決めていたことだった。深雪も働いているのだから、家事の分担は当然――最初は、独身時代より二十分ほど早く起きるのが苦痛で仕方なかったが、今ではもう慣れた。それに、朝食を食べないと落ち着かなくなっている。人間の習慣なんて簡単に変わるものだ、と驚くばかりだった。いや、結婚というものは、女性ではなく男性を大きく変える、と言うべきかもしれない。男なんて、所詮《しょせん》女性の掌の上で動いてるだけなんだよな……。

昨夜、牛丼を食べたのが午後十時半頃だったので、朝も胃が重い。それでもトーストに目玉焼き、サラダという簡単な朝食を何とか詰めこみ、エネルギーを充塡《じゅうてん》した。深雪は「後で体重を落とすのが大変そう」と言いながら、今朝もトーストを二枚食べた。膨らんだお腹以外に、太った感じはほとんどないのだが……体重を聞いても、深雪は絶対に教えてくれない。夫婦の間でも秘密はある、ということか。

特捜本部に顔を出すと、既に春山が来ていた。目が赤く、げっそり疲れた顔をしている。昨夜車を運転して所轄に戻り、それから自宅へ帰ったはずだから、あまり寝ていないのだろう。

「まさか、昨夜も掃除してたのか?」昨日の会話を思い出し、訊ねてみる。

「しましたよ。二時までかかって」春山が愚痴っぽく言った。まるで誰かに命じられ、やりたくない掃除を無理にさせられた、とでも言うように。

「二時? そんな時間に掃除機をかけてたら、下の階から文句がくるだろう」

「うち、一階なんですよ。それに、掃除機はかけてません。まずゴミを片づけないといけなかったし……」

「その片づけは終わったのか？」

「何とか床が全部見えるようになりました……久しぶりに」

春山が部屋をちゃんと掃除していないのが、なかなか信じられなかった。この男は基本的にきちんとしている――四角四面という言葉が似合うし、自分の面倒は自分でみられる男のはずだ。だいたい、捜査一課の自分のデスクも、常に綺麗になっている。帰る時には電話しか載っていない状態だし、天板もたまに磨いている。

捜査会議は、刑事が半分だけの状態で始まった。小野沢が、疲れた表情を浮かべて立ち上がり、昨日からの捜査の状況を報告する。新たな動きはなし――当たり前か。昨夜、午後九時の段階で何もなかったのだから、それから朝までに情報が出てくるわけもない。現地に残った連中が本格的に動き出すのはこれからなのだ。

「現場の状況から、高澤が自殺したのは間違いないと見られる。解剖は今日の予定だが、死因は睡眠薬とアルコールを大量摂取したための心不全、ということになるはずだ」

アルコールの大量摂取というのはどうなのか、と一之瀬は小野沢の言葉に一瞬違和感を覚えた。いや……現場に残されていたジャックダニエルのアルコール度数は四十度ぐらいあり、ポケットボトルの二百ミリリットルでも「大量摂取」と言っていいかもしれない。普通に水割りにしたら、十杯分ぐらいになるのではないか……呑み慣れていない人間が生《き》のまま一気に呑んだら、実際に急性アルコール中毒になるかもしれない。

「それと遺書だが……」小野沢がＯＨＰ《オーバーヘッドプロジェクター》を操作し、遺書の全文を映し出した。ノートの切れ端だ、とすぐに分かる。横の罫線《けいせん》が引いてある、ごく一般的なノートだろう。筆跡から見て、使った筆記具は水性のボールペンのようだ。現場にはそういうものは残っていなかったが、どこかで書いて用意してきた可能性もある。どうとでも取れる内容の遺書だったが……。


もう耐えきれない。これで最後にする。


極めて抽象的な内容で、高澤がどんな状況に巻きこまれているか知らない人間が見たら首を捻るだけだろう。

「筆跡鑑定が必要だな——一之瀬、お前、高澤の家のガサをやってるな？」

「はい」

一之瀬は立ち上がった。小野沢が掌を床に向けて右手を下に振ったので、すぐに腰を下ろす。

「今日、もう一度確認して、本人直筆《じきひつ》のものがないかどうか探してくれ。筆跡鑑定の材料にする」

分かりました、と応じながら、一之瀬は早くもうんざりしていた。あの滅茶苦茶な部屋の様子を頭に思い浮かべただけで、体が痒《かゆ》くなってくる。隣に座る春山の顔も引き攣っていた。コンビで動くことが多いので、当然一之瀬と一緒に行かされると思っているのだろう。

小野沢の指示が終わり、次いで大城が立ち上がった。普段なら逆——係長が詳細な報告をして情報を共有し、その後で管理官が動きを指示するものだ。小野沢も「話は終わったではないか」とでも言いたげに、怪訝《けげん》そうな表情を浮かべている。大城が話し始めた。

「それと一つ、留意しておいて欲しいことがある。高澤は六月二十日から二十一日の犯行当日、夜遅くまで秩父にいたことが確認されている。犯行推定時刻までに現場に辿り着くのは、物理的に極めて難しかったと推定される」

「おい——」小野沢が声を荒らげた。「そんな話は初耳だぞ」

「失礼しました」立ったまま、大城がすっと頭を下げる。「昨日の段階で分かっていたんですが、高澤の遺体が発見されたので、ご報告している暇がありませんでした。一之瀬、詳細の報告を」

一之瀬は慌てて立ち上がった。頭の中は疑問符で一杯だった。この人は、どうしてこのタイミングでこの話をぶっこんできたんだ？　無視された形になった小野沢は、顔を真っ赤にして黙りこんでいる。後で大城との間にバトルが発生する可能性もあるが、大城はどう受けるのだろう……彼自身は、何事もなかったかのように涼しい顔をしているが。

かなり混乱しているのを自覚していたので、一之瀬は最初にまず結論から言った。

「犯行当日、高澤が午前零時半過ぎに池袋駅にいたことがほぼ分かっています」

刑事たちの間から、ほうっと息が漏れた。犯行推定時刻はちょうどそれぐらい。普通に考えれば、高澤のアリバイはこれで証明されたことになる。それから、西武秩父駅への出入りなどを時間を追って説明した。話し終えた時には、会議室にどんよりした空気が流れ始めていた。

何もこういう空気を作りたかったわけではないのだが……高澤の遺体が見つかったので、昨日は完全にこの情報が頭からすっ飛んでしまっていた。しかしやはり、無視はできない。

小野沢がどう出るか心配だったが、すぐにはこの情報に食いついてこなかった。指示した捜査は予定通りに続行。一之瀬が摑んできた情報については特に言及しなかった。

会議が終わり、さっさと動き出す。廊下へ出た瞬間、一之瀬は大城に呼び止められた。今は話したくない……厄介な立場に追いこまれるのは明らかだった。

「アリバイの件、きっちり調べろ」

「いいんですか？　管理官は渋い顔をしてましたよ」

「上の顔色を窺《うかが》ってたら、仕事にならない。正しい捜査をしろ」

「それはそうですが……」

「お前は、上のご機嫌伺いをするような刑事なのか？」

「そういうわけじゃないですが」否定したものの、自分の言葉に力が感じられなかった。

「やってもいない人間を、犯人にするわけにはいかない。こういうのが冤罪につながるんだ」大城はあくまで正論を吐き続ける。

「高澤はもう死んでますが」

「死人だから、罪を押しつけていいのか？　それは筋が違う。それに、死んだ人間が冤罪だったと分かっても、声を上げる人間はいないんだぞ。真相は永遠に闇の中の中に消える。お前はそれを我慢できるか？」

「いえ……」

何なのだろう、この人の感覚は。今の話を文章に起こせば、「組織の都合ではなく正義を最優先する中間管理職」という感じになる。しかしその口調はいかにも冷たく、上層部批判をしているようにも聞こえた。

やはりおかしな感じだ……違和感を抱いたまま署の一階に降りたところで、今度は岩下から声をかけられる。

「大城には気をつけろよ」

「どういう意味ですか？」意外な一言に、びくりとしてしまう。先ほどの話を聞いていたのだろうか……。

「奴は、自分が出世するためなら手段を選ばないんだ」

「それは、どういう――」

「もしも上がミスしたらどうなる？　その時に、『自分は違うと主張していました』と言えれば、一種の言い訳になるだろう」

「まさか……」

「しかもその時点で、自動的に大城の得点になるじゃないか」

昨日言っていた「敵失」の意味はそういうことだったのか。確かに岩下が指摘する通りだ。特捜本部が間違った方向へ進む中、自分だけが異を唱えておけば、「冷静な判断力の持ち主だ」と評価されるかもしれない。そこまで想定しているとしたら……「正しい捜査をしろ」という台詞は空疎にしか響かない。

しかし俺は、この言葉を字義通りに捉えるしかないんだ。事実がどこかにあるなら、それを追い求めるしかない。

部屋の捜索は難儀を極めた。最大の原因は「暑さ」である。エアコンはあるのだが、リモコンが見つからない。仕方なく窓を開けたのだが、風はまったく入ってこず、一之瀬と春山はすぐに汗まみれになった。何しろ今日の最高気温は三十七度の予想だ……完璧に異常気象だよ、と一之瀬は心の中で泣き言をつぶやいた。パソコンが置いてあった付近を中心に調べてみたのだが、手書きの物はまったく見つからない。しかし部屋に入って三十分後、一之瀬はようやく筆跡鑑定の対象物になりそうなものを見つけ出した。一冊のノート。どうやら日記らしい。日付を見ると、去年——二〇一五年の八月一日が一ページ目になっている。ほぼ一年前か……ざっと内容を見ると、この日から新しく始めたバイトのことが書いてあった。しかし「三日坊主」とはよく言ったもので、日記は八月三日を最後に書かれていない。その後はゴミの山の中に埋もれ、本人も日記の存在を忘れてしまったのだろう。

三日分しか書かれていないが、これでも筆跡鑑定は可能かもしれない。ようやく部屋を出られると思ってほっとしたが、思い直してパソコンも持っていくことにする。これは、高澤が彩のストーカーだった証拠……入念に調べる必要がある。

特捜本部に戻って、日記を筆跡鑑定に回す手配をする。血液型などならすぐに結果が分かるのだが、筆跡鑑定の結論が出るにはそれなりに時間がかかるだろう。待つしかないが……高澤は既に遺体だ、と不謹慎なことをつい考えた。

次いで、パソコンを調べ始める。彩の大量の写真は嫌悪感を呼び起こしたが、一応しっかり確認しなければならない。タイムラインを確認すると、最初に彩の写真が撮られたのは、今年の四月だった。それからわずか三か月ほどで事件が起きている……タイムラインで並べてみると、彩以外の写真も大量に見つかった。

川の写真。

取り敢えず時間軸で並べられるだけで、撮影地などの情報はなかったのだが、川の写真が大量にある。彩の写真より多いぐらいだった。

これが、高澤の元々の趣味だったのか？　もしかしたら秩父へ行ったのも、撮影のためだったのか？　見ると、問題の六月二十日に撮影された写真もある。秩父なら、長瀞が景勝地で写真撮影にも適しているはずだが……ずっと見ていくと、高澤は長瀞までは行かなかったらしいことが分かった。いずれにせよ、高澤のアリバイを補強する材料の一つだ。

まず、「秩父公園橋」と名前がついた交差点の写真が目に入る。春山がすかさず確認したところ、西武秩父駅の西口から西へ一キロほどのところにある大きな橋だった。すぐに、橋の上からのショットが続く。橋自体がかなり長く、荒川への距離も遠いので、単なる風景写真にしか見えないが……高澤はその後、あちこちへ移動して、荒川の写真を撮り続けていた。写真に関しては素人《しろうと》の一之瀬でも分かるぐらい、できのいいものもある。深い緑の中を流れる荒川と夕日のショット――観光地の絵葉書のようなものだが、悪くはない。

「高澤は、現地でどうやって動いていたんですかね？」春山が疑問を発した。「レンタカーでしょうか」

「奴にそんな金があったかかな。レンタサイクルじゃないか？　最近は、観光地にはどこでも置いてあるし」

調べてみると、確かに地元にはレンタサイクルの店があった。電話を入れて確認すると、高澤が白転車を借り出していたことが分かった。得点一。その得点は、特捜本部にとっては失点であるのだが。

写真は、圧倒的に夕方のものが多い。まあ、こういう写真の撮り方をする人もいるだろう、としか感じなかった。タイムラインで確認していくと、その後は夜景の写真が何枚か続く。昨日見かけた「祭の湯」の写真などはなかなかのものだった。真っ赤な外観が闇に浮かび上がり、その前を行き過ぎる人たちの影……という構図である。

「夜まで写真撮影して、飯でも食って帰った、という感じですかね」

「たぶんな」春山の推測に対してうなずく。真剣に調べるつもりなら、また秩父に行って聞き込みをしてみる手もあるだろう。

しかしその前に、六月二十日から二十一日にかけての高澤の行動確認が大事だ。それこそ、アリバイに直接結びつくことである。

一之瀬は、小野沢には報告せずに特捜本部を抜け出した。署を出た瞬間、春山が心配そうに訊ねる。

「いいんですか？　大城さんの指示には従うことになりますけど、逆に管理官に目をつけられたらやばいですよ」

「大城さんが何を考えているか、はっきりとは分からないけど、俺は疑問があるなら調べる方を優先するよ」

「君には迷惑はかけない。心配だったら、ついてこなくてもいいんだぜ」

「いや、行きますけどね」春山が慌てて首を横に振る。「行きますよ……もちろん」

後輩に失敗させるわけにはいかない——そう考え、一之瀬は気持ちを引き締めた。ただし、何が失敗で何が成功なのかは、この時点では想定もできなかったが。一つだけはっきりしているのは、特捜本部の動きを反対方向へ引き戻すには、「絶対」と言えるほど強固な証拠が必要、ということだ。


再度、板橋へ引き返す。こういう仕事をしていると、一之瀬はしばしば、自分が将棋《しょうぎ》の駒になってしまったように感じる。都内を東西南北、あちこちへ動き回る——。

午後一杯をかけて聞き込みを続けた結果、高澤の行動パターンの一部が明らかになってきた。基本的にはバイト先と自宅を往復するだけの生活だったようで、近所に行きつけの店などはほとんどなかった。行きつけの店を作るためにも金は必要なわけで……高澤が常に金欠で苦しんでいたであろうことは、想像に難《かた》くない。

しかし夕方近くになって、一軒の中華料理屋で手がかりが摑めた。高澤はこの安価な店の常連で、店主とは親しかったという。

「高ちゃんが死んだ？」四十絡みのでっぷり太った店主は、高澤が死亡したと聞くと、いきなり声を張り上げた。まだ夜の客が入り始める前だったので店は無人だったが、空気を震わせるような大音声《だいおんじょう》が外に漏れたのではないかと一之瀬は心配になった。

「座って下さい」

一之瀬に言われるまま、店主がふらふらと椅子に腰を下ろす。一之瀬と春山も、油っぽいテーブルを挟んで座った。

「参ったな……」店主の声は、一転して低く静かになった。のろのろと顔を上げると、「死んだって、どういう……」と説明を求めるように一之瀬の顔を見て訊ねる。

「自殺でした」ここは淡々と言うしかない。一之瀬は低い声で告げた。「相模湖で、睡眠薬と酒を呑んで自殺しているのを、近所の人が見つけたんです。状況的に、自殺で間違いありません」

「金かねえ」店主がぽつりとつぶやく。

「金に苦労していた、という意味ですか？」

「うちみたいな安い店でもしょっちゅうツケにしていたぐらいだから、金に困ってたのは間違いないよ」

一之瀬は、壁に貼られた短冊メニューをざっと見渡した。一番安いラーメンが五百円、チャーハンが六百円。格安のチェーン店よりは高いが、街場の中華料理屋としてはかなり安い部類に入る。

「そんなに頻繁に、ですか？」

「まあ、何度か」居心地悪そうに店主が体を揺らす。「でも、全部返してくれたから」

「高澤さんのこと、詳しく知ってました？」

「失業中、みたいな話だったけど」

「現在、フリーターですね。バイトがある時はいいですけど、そうじゃない時は……」

「無職なわけだ」店主が話を合わせた。

六月二十日に高澤が秩父にいた事実は取り敢えず置いておいて、一之瀬はその日の様子を訊ねた。

「こちらへは来ませんでしたか？」

「いや、分からないな……いちいちお客さんの記録をつけてるわけじゃないんでね。うちはカード不可だし」

「記憶にはないですか？」

「ないね」店主があっさり言った。

「ここへは頻繁に来てましたか？」

「まあ、週一ペースかな」

「あなたとは親しかったんですか？」

「趣味が一緒でね」

写真だ、とすぐに分かった。店内の壁に貼ってある風景写真は、メニューよりも目立っている。全て夜景——それも都心部の写真のようだ。こういう写真なら、店を閉めてから撮影に出かけることもできるだろう。

「あなたは、夜景写真専門なんですね」

「ああ」店主がかすかに顔を綻《ほころ》ばせる。

「高澤さんは川、ですか？」

「そうそう。撮影のテクニックなんかの話をよくしたよ。彼の場合、デジカメで撮影を始めたから、簡単なんだけどね……俺は最初がフィルムカメラだったから。高校の時に写真部に入って——もう二十五年も前だから、デジカメなんかまだ全然一般的じゃなかった」

話が長くなりそうだったので、一之瀬は話を引き戻した。

「高澤さんは、結構長くこの街に住んでいたんですけど、近所で親しかった人はいませんでしたかね」

「それなら、この近くの『ヴォヤージュ』というバーのマスターかな」

「その人は——」

「やっぱり写真が趣味の人で。元々、俺の写真仲間なんだけど、彼は朝の写真専門なんですよ。バーを閉めてから、明け方の街で写真を撮っていた——考えてみると、かなり変わった趣味だけどね」

しかし、警察にとっては非常に重要な人物なのだ。


〈9〉


バー『ヴォヤージュ』は、高澤の自宅から歩いて五分ほどのところにある雑居ビルの一階に入っていた。開店は午後六時。ここでじっくり事情聴取をしても、八時からの捜査会議には間に合うだろう。

しかし、会議には無理に出なくてもいい——今日は、大した動きはなかったはずだ。あれば、こちらにも連絡が入っていただろう。捜査会議の役割は、昔ほど重要ではなくなっているという。駆け出しの千代田署では一之瀬の教育係で、今は刑事総務課にいる藤島《ふじしま》が、携帯のなかった時代について話してくれたことがある。

「あの頃は、朝特捜本部を出たら、夜まで『放牧』されてたんだよ。重要な指示がある時はポケベルを鳴らされたけど、そうじゃない場合は、その日一日他の刑事が何をしていたか、夜の捜査会議までまったく分からなかった。会議で初めて、重要な手がかりが見つかったと知らされて、俺は今日何のために歩き回ってたんだろうって唖然とすることもしょっちゅうだった」

携帯電話は、刑事のコミュニケーションも変えた、ということだろう。今は、「上下」だけで情報が行き来するわけではない。捜査の途中で、「横」の連絡を取り合うこともしばしばだ。宮村は特にそういうことが好きなのだが、これはできるだけ新しい情報に触れておきたいという、せっかちな性格のためだろう。

開店したばかりのバーは、まだエアコンがあまり効いておらず暑かった。最高気温三十七度の余波か……店は奥に細長い造りで、カウンターがあるだけだった。何となく、長居しにくい感じである。カウンターの背後の壁には、写真が何枚も貼ってあった。写真に詳しければ、これをとっかかりにして話を始めるのだがと思いながら、マスターに挨拶する。「警察だ」と名乗ると顔を引き攣らせたが、中華料理屋の店主の名前を出すと、途端に態度が柔らかくなり、名刺もくれた。店の名前が大きく、下に小さく「牧田《まきた》貴俊《たかとし》」と名前が入っていた。

「高澤さんが亡くなりました」

いきなり告げると、牧田が凍りついた。

「どういう……ことですか?」

「自殺したんです」

「それで、警察の人が……」納得したように素早くうなずく。

「周辺捜査をしています。ちょっとお話を聴かせてもらえませんか？」

「ちょっと待って下さい」

牧田が店の外へ出て行く。すぐに戻って来たので、「Ｏｐｅｎ」の看板を裏返してきたのだろうと推測した。

「お待たせしました……どうぞ」

促されるまま、カウンターにつく。よく磨きこまれた茶色いカウンターで、ウイスキーを呑むのが似合いそうだ。深雪と同居を始めてから、酒場に足を運ぶ機会は減ったが、こういう店でスマートに呑むことには憧れる。

牧田はすらりとした体形の五十歳ぐらいの男で、長い髪を丁寧にオールバックにしていた。白いシャツのボタンを喉元まで留め、一方袖《そで》は、肘《ひじ》が見えるまでまくっている。まず清潔で真面目な感じだった。

「いつですか？」牧田の方で先に口を開く。

「見つかったのは昨日です。亡くなったのはおそらく、一昨日から昨日にかけて」

「何でまた……」

「理由はよく分かっていません」一之瀬は小さな嘘をついた。この段階では、全ての事情を明かす必要はないだろう。

「そうですか……苦しかったのかなあ」

「生活が、という意味ですか？」一之瀬はカウンターの上に身を乗り出した。牧田は、先ほどの中華料理屋の店主よりも、高澤のことをよく知っていそうだ。

「この二年ぐらいは、時々バイトするだけだったみたいですからね」

「会社を辞めた――馘になったことはご存じですか？」

牧田が素早くうなずく。背後の冷蔵庫を開けて、発泡性のミネラルウォーターのボトルを取り出すと、グラスに注いだ。一口飲んでカウンターに置く。湧き上がる微細な泡が、照明を受けて輝いた。

「何か、飲み物はいかがですか？」

「いえ、勤務中ですので」

一之瀬は素早く断った。本当は、目の前のガス入りの水がむやみに美味そうに見える。何しろ今日も一日、体が干上がってしまいそうな暑さだったのだ。唾《つば》を飲み、質問を続ける。

「高澤さんとは、いつ頃からお知り合いですか？」

「二年ぐらい前？　もうちょっと前かな？　ラーメン屋さんからのご紹介でね」

「趣味が写真ということで、ですよね？」

「そうそう。同好の士という感じです」

一之瀬は振り返り、壁の写真を確認した。真後ろにあったのは、朝日をバックにした都庁。夜から朝になる瞬間に、敢えて逆光で黒く塗り潰されたような効果を狙ったのではないだろうか。一之瀬は勝手に「伏魔殿」とタイトルをつけた。何しろ今年は都庁も大揺れなのだ。知事が任期途中で辞任に追いこまれ、出直しの知事選が今月末に迫っている。都民としては落ち着かないというか、ニュースでこの騒ぎを見る度に、恥ずかしくなる。

「早朝の写真専門なんですね」

「そうかと思えば夜専門の人もいるし……高澤さんは川と橋、でしたね」

「ええ」

「たまたますぐ近くに、同じような趣味を持つ人が住んでいて、常連になっただけですよ」

「二年前というと、会社を辞めた頃ですよね?」

「辞めた直後、かな?」牧田が首を捻る。「詳しい事情は聞かなかったけど、あの頃は元気ではなかったですね。写真の話になると乗ってきたけど」

「あの」春山が話に割りこんできた。「前の仕事のことはご存じですか?」

「ええと、イベント企画とか? そんな感じの会社ですよね?」

「そうです。どうして再就職しなかったんでしょうか。今だったら、そんなに大変ではなかったはずです」

春山の言う通りだ。一之瀬が就職活動をしていた八年ほど前は、就職氷河期の「谷間」だったと思う。その後リーマンショックによる「小氷河期」が来たものの、それは二〇一三年頃にはある程度解消されたはずだ。職種を選ばなければ、再就職にはそれほど苦労することはなかったはずだが……高澤はどこかで「折れた」のだろうか。

「彼、音楽も好きでね」と牧田。

「ええ」春山が相槌《あいづち》を打った。

「前の会社も、音楽関係のイベントが多かったみたいですね。そこで仕事ができなくなって……同じような仕事を探していたみたいだけど、上手くいかなかったようですよ」

望みは持ち続けていたわけか。しかし、イベント関連の会社など、東京にはいくらでもあるはずだ。どうしてもここでなければ、という希望でもない限り、再就職がそれほど難しかったとは思えない。あの業界は人手が足りなそうだし。

「辞めた時に何かあったんじゃないかなあ」牧田が言った。

「何か、とはなんですか？」一之瀬はすぐに突っこんだ。

「いや、はっきりした話は知りませんけど、彼は『あの業界は怖いんです』と盛んに言ってましたから」

「怖い、というのはどういう意味ですか？」

「よく分かりませんけど、干された、みたいな？」

「干された？」

「何か、致命的なミスでもしたんじゃないかな……いや、これも想像ですけど、本人が何となくそのようなことを言ってました。いろいろ、独特の決まりがあるんじゃないですかね。それを破ってしまって、業界内で御触れが回ったとか」

「そんなこと、今の時代にあるんですかね？」一之瀬は首を捻った。

「イベント関連業界については、詳しくは知りませんけどね。ただ、彼にとってはそれが相当深いトラウマになっていたんじゃないかな。酒が回ると、しょっちゅう愚痴を零してましたから」

「なるほど……」この辺は調べてみる価値があるのではないか――一瞬そう思った。岩下も、高澤の「辞め方」についてはおかしなことを言っていたではないか。会社のミスで、高澤一人が詰め腹を切らされたのでは、と……ただ、今の段階では、高澤の人生を総ざらえする意味があるとは思えない。彼が本当に彩殺しの犯人なら、裁判に向けてこういう細かい調査は必須なのだが。

一之瀬は本題に入った。

「六月二十日なんですが、彼はこの店に来ませんでしたか？」

「六月二十日……二週間ぐらい前ですね」

「ええ」

「ちょっと待って下さい」

牧田がカウンターの下からスマートフォンを取り出した。カウンターに置いていじっていたが、すぐに「来ましたね」と断言した。

「間違いないですか？」

「ええ」

「どうして分かります？」

「記録があるので」

「記録……何の記録ですか？」

「ツケの記録ですよ」牧田があっさり言った。「うち、現金商売なんで、たまにツケにする人もいるんです」

「六月二十日で間違いないですか？　六月十九日の深夜ではないですか？」

「ああ、そういう意味ですか……二十日の二十五時というか、二十一日の午前一時と言った方がいいですかね」

「なるほど」これは決定的なアリバイになる。一之瀬はさらに念押しした。「二十一日の午前一時、で間違いないですね」

「ええ」

「それは、店を出た時刻ですか？」

「入った時刻です。概《おおむ》ね、ですが」

「帰ったのは何時ですか?」

「確か一時間ぐらいいて……午前二時頃ですかね」

「その時のツケはいくらですか?」

「三千二百四十円」牧田がスマートフォンに視線を落として言った。「三杯呑んで……いつもよりちょっとペースが早かったですね」

「酒は強い方でしたか?」

「いや、いつも一杯、せいぜい二杯です。ここへは、酒を呑みに来るというより、私と話に来るような感じですから」

酒に弱かったとしたら、ウィスキー二百ミリリットルは、かなりの酩酊《めいてい》をもたらしたのではないだろうか。睡眠薬と一緒なら、まさに死に至る。

「女性問題で、何か零していませんでしたか?」

「それは聞いたことがないですね」

「恋人がいたかどうかは……」

「そういう話は出なかったです」

「そうですか――今の話、改めて証言してもらうことになるかもしれませんが、よろしいですか?」

「それは構いませんけど」牧田が鼻に皺を寄せた。「いったい何なんですか？　自殺した人について、そんなに詳しく調べる必要があるんですか？」

「彼は、ある事件に絡んでいた可能性があるんです」

「彼が何かやった？　いや、まさか」牧田が笑い飛ばした。

「そういうことをするタイプではないと？」

「私はそう思いますけどね」

「人間、裏で何をしているかは分からないものですよ」

これは一般論だ。実際には、高澤は不当な疑いをかけられていた可能性が高い。

だったら彩を殺したのは誰なのか。

捜査は一からやり直しになる。

夜の捜査会議にはぎりぎり間に合った。これから決定的な情報を持ち出さねばならないかと思うと、少し気が重い――岩下たちの捜査を全面否定することになるからだ。これを聞いて喜ぶのは大城ぐらいだろう。

神奈川組も戻って来ていて、聞き込みの情報を報告した。現場で高澤の姿を目撃した人が何人かいる。これは、彼の自殺を裏づけるものだが、一之瀬が一番気になっていたこと――高澤が現場近くで誰かと待ち合わせた可能性については、まだ何とも言えなかった。

解剖結果も入ってきた。血中アルコール濃度は〇・四。「泥酔」と判断されるレベルだが、高澤の体格だったら、ウィスキーをボトル一本空にしないとここまでは酔わない。牧田が言うように、酒には弱かったのではないか。あの現場に行くまでにも相当呑んでいて、最後に呑んだ二百ミリリットルが致命的になった可能性もある。睡眠薬も検出され、この組み合わせで心不全を起こして死に至った、というのが解剖による結論だった。これに関して不審な点はない。

遺書の筆跡鑑定の結果はまだ出ていないが、自殺の事実に揺らぎはないだろう。

「他には?」小野沢が発言を促したので、一之瀬は手を挙げて立ち上がった。小野沢の鋭い視線を感じたが、ここで怯《ひる》むわけにはいかない。事実を埋もれさせるわけにはいかないのだ。

「犯行があった六月二十日から二十一日にかけての、高澤のアリバイが成立しました」

ざわめきが広がる。一之瀬は背後から睨まれているのを意識した。隣の係の刑事たちや所轄の連中……自分たちの仕事を真っ向から否定されて、いい気分でいられる人間はいない。気にせず続けた。

「高澤は二十日夜まで、西武秩父駅付近で趣味の写真撮影をしていたと思われます。その後自宅近くまで戻り、午前一時頃に行きつけのバーに入って、午前二時頃までいたことが確認できています。この日、高澤は約三千円をツケにして、店の記録に残っていました。

犯行当時は、自宅近くにいたのは間違いないと思われます」

「冗談じゃない！」声を張り上げたのは、隣の係の刑事、和田《わだ》だった。若杉並みにがっしりした体格で、声もでかい。若杉をさらに荒っぽくしたような性格で、彼が隣の島で後輩を怒鳴りつけているのを、一之瀬もよく聞いていた。「こっちは必死で捜査したんだ。だいたい、高澤はどうして逃げ出した？　都合の悪いことがあったからじゃないのか？」

「俺は事実を言っているだけです」

一之瀬は静かに言った。座っている場所が離れていてよかった、とほっとする。和田は、怒ったら何をするか分からないタイプだ——いや、この距離も安全ではない。和田が、自席を離れてこちらに突進して来たのだ。近くに座っていた若杉が立ち上がり、両手を大きく広げて壁を作る。さすがにそれで和田の突進は止まった。

「やめろ！」小野沢が一喝する。それで和田は、一之瀬を睨みながら引き下がった。

一之瀬は静かに息を吐きながら、正面に向き直った。小野沢は不機嫌……今の一之瀬の情報を何とか消化しようと必死になっている様子だった。彼にしたら複雑な思いだろう。犯人だと思っていた人間を取り逃がした——それは大きなミスである。しかし、そもそも犯人でない人間を追いかけていたと分かれば、捜査を指揮する人間としての資質を問われかねない。

「今の件は、検討する」

今はそれだけ言うのが精一杯だろう。一之瀬は一礼してから座った。

小野沢は、今後の捜査方針について先送りした。明日の朝の捜査会議で、指示する——つまり、これから幹部で相談して新たな方針を決める、ということだろう。嫌な会議になるのは間違いない。

解放されて、午後九時。この特捜では、八時の捜査会議の前に、所轄で用意した弁当を食べるのがパターンになっているようだが、今日も一之瀬は食べそびれていた。二日続けて牛丼というわけにもいかないし、深雪に面倒をかけるのも気が進まない。春山を連れてどこかへ食べに出かけてもよかったが、そこまでの元気もなかった。だいたい、昨夜二時まで部屋の掃除をしていたという春山は、もう完全にスタミナが切れている。一之瀬はさっさと帰るようにと春山に声をかけてから、余った弁当で夕食を済ませることにした。面倒なことにならないうちに食べてすぐに帰ろう——しかし大城に摑まってしまった。

部屋の後方で弁当の入った段ボール箱を漁《あさ》っていると、背後からいきなり声をかけられたのだ。

「お前、他に何か材料は持ってないのか」

「今のところ、全部出しきりました」

「被害者が不倫——誰かの愛人だったという説はどうなんだ？」

「そういう話もありましたけど、その後は調べてませんよ」動きが急過ぎて、一つの情報をじっくり調べている余裕がなくなっていた。

「その線の捜査を進めた方がいいな」

「それは特捜としての方針なんですか？」

一之瀬が訊ねても、大城は何も言わなかった。方針は決まっていない——当たり前だ。小野沢が、明日の朝に指示する、と明言したばかりなのだから。つまり今の話は、大城の個人的な指示に過ぎない。無視してしまうこともできたが、何故か引っかかった。自分自身、彩の交友関係は頭の片隅でずっと気にしていたのだから。普段なら「いいチャンス」と飛びつくところだが、そんな気にもならない。大城の野望というか陰謀に乗ってしまうような、嫌な予感がした。

「明日の捜査会議まで待て」大城が一歩引いた。

「そうします」

「この件を上手く扱えば、お前の評価はぐんと上がるぞ。そろそろ、警部補の試験も視野に入れた方がいい。そういう時のためにも、できるだけポイントは稼いでおくべきだ」

「俺はまだ……」

「早く出世することも大事なんだ」

一之瀬はうなずいた。「何とも言えません」と無言で伝えたつもりだが、大城はどんな風に受け取っただろうか。勘違い——自分に都合のいいように解釈していないといいが、と祈った。そういうことが心配なら、「特捜全体の方針に従います」と宣言すればいいのだが、それはできなかった。

一之瀬自身も揺れている。勘に従って突っ走りたいという欲望が、ふつふつと湧き上がっていた。


自宅へ戻る道すがら、一之瀬は電話をかけるべきかどうか迷っていた。迷っている時にアドバイスをくれる相手——藤島。しかし時間も遅いし、ややこしい話で彼に迷惑をかけるのは気が進まなかった。だいたい今は、仕事がまったく違うのだし。

しかし、結局電話してしまった。藤島は今でも、一之瀬にとっては精神的支柱なのだ。

「おう、どうした」

藤島は上機嫌だった。酒が入っている様子だが、背後は騒がしくない……家で晩酌中だろうか。

「すみません、イッセイさん……今、家ですよね？」本名、一成《かずなり》。「イッセイさん」というニックネームを口にするのは久しぶりだった。

「家だったら、何だ？」途端に藤島が不機嫌になった。

「いや、申し訳ないなと思って……」

「用事があるから電話してきたんだろう？　何も遠慮することないじゃないか。で、どうした？」

一つ息を吐いて、思い切って打ち明ける。

「今、うちの係長をやってる大城さんのことなんですけど……」

「ああ、永ちゃんか」

「はい？」何を言っているか分からず、思わず聞き直した。

「お前さんの年齢だと知らないだろうが、昔、矢沢永吉《やざわえいきち》の『成りあがり』っていう本が大ベストセラーになったんだよ。俺が中学生の頃だったかな？」

いったい何年前の話だ？　一之瀬は首を捻って立ち止まった。家まではあと五分。藤島は話が長いから、家に着くまでに終わりそうにない。

「まあ、矢沢永吉の一代記なわけだが、大城っていうのはまさにそういう成り上がり志向なんだ」

「ああ、それで『永ちゃん』って……」

「そういうことだ。奴は島根の田舎の出身でね。農家の次男坊で、地元ではいい就職先がなくて……東京へ出て来る手段として、警察官になった。昭和の高度成長期みたいな話だけどな」

「その件、有名なんですか？」

「一部の筋ではな。警視庁には四万人も職員がいるから、全員が全員知ってるわけじゃないだろうが。とにかく上昇志向が異常に強くて、出世のためにはどんな手でも使う男だ」

「でも、警部までは試験じゃないですか」どんなに上にへつらおうが、昇任試験に合格しなければ階級は上がらない。

「馬鹿だねえ、お前は」藤島が嘲《あざけ》るように言った。「もう中堅の年齢なんだぞ？　人事の妙がまだ分からないのか」

「何のことですか？」

「昇任は試験で決まる。でも、異動はどうだ？　自分でやりたい仕事、最大限に力を発揮できる部署に常にいられるとは限らない。むしろほとんどの勤め人が、自分の処遇に不満を持ってるんだぜ」

「それはそうでしょうが……」

「奴は今までずっと、陽の当たる道を歩いてきた。そういう世渡りが抜群に上手いんだよ。それは別に悪いことじゃない――仕事はできるからな」

「でも、自分のために上司を陥れたりしますか？」

「自分の手柄を際立たせるための一番簡単な方法は何だか分かるか？　身近な人間が失敗することだ」

　隣の失策を利用する――影は光をさらに強くする、か……そういうことを企《たくら》む人間がいてもおかしくはない。問題は、大城がそういうやり方を一之瀬に告げたことだ。その目的が分からない。藤島に説明すると、彼はまた鼻を鳴らした。

「分からん男だな。奴はお前さんを巻きこもうとしているんだよ」

「巻きこむ、ですか？」嫌な言い方だ。

「そう。一番近くにいる部下を、取り敢えず手懐《てなず》けようと思ったんだろう。お前さんの持ってきた情報を使って管理官を潰す、ついでにその情報で犯人に辿り着ければ、万々歳じゃないか」

「冗談じゃないですよ、そんな、人の手柄稼ぎに利用されるなんて……」

「お前さんは、まだまだ子どもだねえ」藤島が溜息をついた。

「子どもじゃないですよ」もうすぐ子どもが産まれるんだし。

「いや、子どもだね。何も分かっていない」

「何なんですか、いったい」一之瀬はむっとして言い返した。

「大城は、お前さんを子分にしようとしてるんだろう。だけど逆に、お前さんが大城を利用すればいいじゃないか」

「利用……ですか？」

「上司を盾にする方法も覚えるんだ。お前さんが追うべきは事件の真相だろうが」

「……ええ」正論だ。

「警察官も、仕事馬鹿ばかりじゃないからな。民間の会社みたいに、自分の仕事の結果じゃなくて、いかに出世するかばかり考えてる人間も少なくない。そういう人間が多いと、実際の仕事が滞って困るんだが……仕事馬鹿の方がいいよな。事件を解決することの方がはるかに重要なんだから」

「ええ」藤島は、自分にもそういう仕事馬鹿になれというのか。

「お前さんも、きちんと仕事をしなくちゃいけない。そんなのは当たり前だ。それをやった上で、純粋に仕事の質だけで上を目指せ」

「出世しろ、と言うんですか？」

「誰かが管理職にならないといけないからな」

「それが俺だというんですか……」藤島が何を狙って言っているのか分からない。

「自信がないのか」

「自信というか、実感がないですよ」

「そろそろ管理職になることも考えなくちゃいけない年齢だぞ」

「まだ三十ですよ……」

「もう三十、だよ。それにもうすぐ親になるんだから、一人前だろう」

そう言われると返す言葉もない。親になるというのは、やはり人生における一番大きな変化なのだ。責任も生じるし、この後の仕事や家庭についてもしっかり考えていかなくてはならない。

「とにかく、大城に利用されず、逆に大城を利用するぐらいのつもりでやるんだな。それぐらいのことができないようだったら、管理職になるのは最初から諦めた方がいいぞ」

藤島はごく簡単なことのように言う。しかし、大城を利用することなど、一之瀬にはまったく考えられなかった。自分はそんな策士じゃない……。

〈10〉

翌朝の捜査会議で、方針ががらりと変わった。高澤のアリバイ、さらに彩との関係を再チェック。その一方で、高澤以外の人間が犯人という仮定に基づき、彩の交友関係を洗い直すことになった。一之瀬は当然、高澤のアリバイチェックの方に回ると思ったのだが、彩の捜査の方を担当させられた。これは……俺の捜査を誰かに裏づけさせるつもりだな、とピンときた。信頼されていない証拠のようでムッとしたが、それでも裏づけは絶対に必要なことなのだ、と自分に言い聞かせる。

捜査会議が終わると、一之瀬は小野沢に呼ばれた。「気をつけ」の姿勢を取り、指示を待つ。

「被害者には不倫疑惑があったな」

「そういう情報は確かにありました」

「その線を突っこめ。そういうことは、いつでも事件の原因になる」

「分かりました」

一礼してから顔を上げる。大城は小野沢の横に座っているのだが、何も言おうとしない。二人の関係は、既に「冷戦」状態に突入してしまったようだが、小野沢の指示は、昨夜大城に言われたのと同じだった。冷戦状態のように見えて、仕事についてはきちんと相談し合っているのか。それにしても、このぎすぎすした雰囲気はきつい。一之瀬は、誰かに「仲介」を頼もうかとも思った。それこそ、管理官より上の人に相談して、二人の間を取り持ってもらうとか。しかし、一之瀬が普段接する上司の「上限」は管理官である。その上の理事官、捜査一課長とは、よほど特別なことがない限り、会話を交わすことはない。まあ、ちょっと様子を見よう。焦って誰かの手を煩わせると、それはまた厄介なことになる。

自分の仕事は、この事件の真相を探り出すことだ。それ以外に集中力を奪われたら、ろくなことにならない。

春山を引き連れて廊下に出ると、和田に引き止められた。面倒な……喧嘩相手にすると厄介だ。とはいえ、さっさと逃げ出すわけにもいかない。

「お前が何を言おうが、あの事件の犯人は間違いなく高澤だからな」

「無理ですよ。アリバイは動かせません」

「そのアリバイは崩してみせる」

これは無茶だ……一之瀬は言葉を失った。アリバイを証言する人がいて、それなりに信用できる証拠も残っているのだから、崩すのはまず不可能と言っていい。先入観――いや、自分たちが描いたシナリオを補強するような方向だけで捜査を進めたら、それこそ冤罪を生みかねない。昔はそうやって、多くの無実の人が罪を着せられたのだ。

「あの、あまり無理をしない方が……」一之瀬は遠慮がちに言った。このままだと、和田も大怪我をしかねない。

「お前は誰の味方なんだ？」

「俺はいつでも被害者の味方です」

「格好つけるな」和田が鼻を鳴らす。「岩下さんに恥をかかせて、いい気分か？　この前までお前の上司だった人じゃないか」

「それとこれとは関係ないですよ」まるで因縁《いんねん》だ……。「俺は、自分の仕事をやるだけです」

「好きにしろ。必ず痛い目に遭《あ》わせてやるからな」

踵《きびす》を返し、和田が大股で廊下を歩き始めた。一之瀬はその場に立ち尽くしたまま、かすかな吐き気を感じていた。和田が怒るのは十分理解できる。逆の立場だったら——自分がこれまで積み重ねてきたことを真っ向から否定されたら——自分だって怒っていただろう。しかし和田のやり方は危険だ。ただ意地だけで動いていたら、捜査の方向を捻じ曲げてしまう。

「ヤバくないですか、今の」春山がぽつりとつぶやく。

「ヤバイな」

「放っておいていいんですか？」

「君は、どうすればいいと思う？」一之瀬は逆に聞き返した。

「ちょっと詫《わ》びを入れておくとか……ああいう人って、面子《メンツ》を大事にするタイプですから、こっちが低姿勢なら機嫌を直すんじゃないですか？」

「まさか」一之瀬は笑い飛ばした。声が引き攣るのを意識したが……。「そんなことをしている暇があったら、一刻も早く真相をつきとめようぜ。絶対に動かせないような真相が出てくれば、あの人だって引っこまざるを得ないんじゃないかな」

「上手くいくといいんですけど……」春山の声は暗い。

こっちだって、気を抜くと暗くなってしまいそうなんだ。一之瀬は意識して胸を張り、大股で歩き始めた。

短い間隔で再度の事情聴取を要請された花田真咲は、露骨に困惑していた。何度も続けて社内に警察官を入れるのはまずいと思ったようで、事情聴取は昼休みの時間にして欲しい、と強く主張してきた。

十二時、「オフィスP」の入ったビルの前で春山と待っていると、真咲が出て来た。やはり半袖のカットソーにジーンズという軽装で、胸元ではIDカードが揺れている。

「食事は済ませましたか？」一之瀬は真っ先に訊ねた。できたら昼食を摂りながら事情聴取を、と考えていたのだ。多少リラックスした雰囲気を作れれば、舌の回転もよくなるかもしれないし。

「ええ」

「ああ、それじゃあ……」

歩道で突っ立ったままで話はできない。一之瀬は、ここから歩いて五分ほどのところにある六本木署で部屋を借りようと思っていたのだが、それを提案すると真咲は強硬に抵抗した。

「警察署なんて、困りますよ」

「そんなに緊張する必要はありません。警察署なんて、単なる場所ですよ」

「何だか私が疑われてるみたいじゃないですか」

「そんなことは絶対にありませんから」

「警察に出入りしているところを見られたら、何を言われるか分かりません。この辺、うちの社員がいっぱいいるんですよ」

そこまで心配する必要はないのだが……一之瀬は首を傾げた。警察署を拒否されれば、他の場所を提案しなければならない。しかし真咲の方で切り出した。

「六本木通りの向かいに公園があるんですけど」

「檜町《ひのきちょう》公園ですか?」以前は、デモや政治集会の「聖地」と言われていたそうだ。六本木の再開発が終わる前の話だが、極左の連中がしばしば集会を開いたり、デモのスタート地点として利用していたらしい。

「違います。その手前に、もう少し小さな公園があって……」

「分かりました。行きましょう」

今日も暑い……最高気温は昨日よりはかなり低い三十度の予報だったが、実際にはもっと暑いだろう。都心部にいると、エアコンの熱気や車の排ガスのせいで、かなり気温が上がる。七月、八月は東京全体を休みにすべきだよな、と真剣に思う。

歩いて五分ほど。真咲はまだ、高澤が死んだことを知らないはずだ。歩きながら告げる話ではないのでまだ切り出すわけにはいかないが、かといって適切な話題もない。この辺、まだ修行が足りないな、と一之瀬は反省した。警察の仕事は、常にシビアな取り調べや事情聴取ばかりではない。そういう本題に入る前、相手をリラックスさせるためには、何か適当な話題を常に持っているべきなのだ。いわば「雑談力」。今は刑事総務課にいる取り調べの名人・大友鉄《おおともてつ》は、たぶんこういうのが抜群に上手いのだろう。それで相手をリラックスさせ、自分のペースに巻きこむ。

公園に入ると、少しだけほっとする。都心部の公園の常で、周りをビルに囲まれているのだが、それでも緑が多いので、少しは暑さがしのげるだろう。桜があるので、四月にはささやかな花見も楽しめるはずだ。

ベンチなどもあるのだが、真咲は座ろうとしなかった。腕組みしたまま、一之瀬を睨みつける。

「高澤が死にました」

「え？」真咲が目を見開く。

「小田さんをストーキングしていた高澤が死にました……自殺です」

「そうですか……」真咲がほっと息を吐いた。人が一人死んだという事実よりも、大事な友人がこれで浮かばれるとでも思ったのかもしれない。

死は、どんな時でも最大の復讐になる。

「高澤がストーカーをやっていたのは間違いありません。小田さんを撮影した写真が、彼のパソコンに大量に残っていました」

「やだ……」真咲が顔をしかめる。「盗撮ですか？」

「そのようなものですね。高澤は、元々カメラが趣味だったようですが」

「だけど、隠し撮りなんて最低じゃないですか」

「ええ……でも、高澤が小田さんを殺した可能性は——低くなりました」

「どういうことですか？」真咲がかみつくように訊ねる。

「詳しいことは言えませんが、高澤にはアリバイがありそうなんです。犯行当時、現場近くにいるのは物理的に不可能だったんです」

「じゃあ、誰が彩を殺したんですか？」

「それは今調べています」

真咲が溜息をつき、ちらりと振り向いた。二、三歩下がって、「座りますよ」と言ってから、ベンチに尻を引っかけるようにして腰を下ろす。一人で座られると、かえって話しにくい……仕方なく、一之瀬は彼女の横に座った。春山は正面に立つ。まあ、春山は若杉などと違って威圧感のない男だから、真咲がプレッシャーを感じるようなことはあるまい。

「この前あなたから話を聴いた時、彩さんには恋人がいる、というようなことを言ってましたよね」

「いえ……」真咲が言い淀む。

「『いないことはない』という感じで、否定しませんでしたよ」一之瀬は記憶をひっくり返して続けた。

「ああ、まあ、そうですけど……」

「誰なんですか？」

「そうですね——うん……」真咲は非常に歯切れが悪い。

「言えないような相手なんですか？」

「知っていれば言いますけど、知らないんですよ」

「まったく知らないんですか？」

返事がない。本当は知っているな、と一之瀬は確信した。ただ、気軽には言えない相手なのだ。そんな人間は——やはり、社内の人間が相手としか考えられない。しかも相手は多分妻子持ち。そういう状況なら、気軽に打ち明けられるものでもあるまい。

「私は、高澤が行方をくらました後で捜査に入りましたから、事件が起きた直後の様子は分かりません。ただ、小田さんの葬儀には、恋人らしき人は姿を見せなかったようですね」

「そうですか……」

「あなたもお通夜と告別式には出たんでしょう？」

「ええ」

「そこで誰かを見ませんでしたか？　小田さんの恋人——」

「勘弁して下さい」真咲がいきなり泣き言を言った。「本当に知らないんです」

「言えない、の間違いじゃないんですか」一之瀬は突っこんだ。

真咲が黙りこむ。この指摘は当たった、と一之瀬は確信したが、これ以上突っこむ材料がなかった。「知っているはずだ」とずっと言い続けても、彼女の気持ちが揺らぐわけではあるまい。大友だったらどうするだろう。彼に弟子入りして、事情聴取のテクニックを勉強すべきかもしれない。

方向転換する。

「他に小田さんと親しい人はいませんか？　もう少し手を広げて話を聴きたいんです」

「それは……いますけどね」

「教えて下さい。名前と連絡先——それで後は、こちらで何とかします」

「あの、彩が傷つくようなことはないですよね」

「死者の尊厳は、最大限大事にします」言う気になったのだろうか、と一之瀬は声を低くした。

「……やっぱり言えません」真咲は急に引いてしまった。

「どうしてですか？」

「それは……言えないことだってあります」

「あなたが傷つけたくないのは、小田さんではなくて、生きている誰か、なんじゃないですか？」

「言えません」

急に頑なになってしまった真咲に対して、一之瀬はぶつける言葉を失っていた。彼女が無理なら、誰か他の人に話を聴くしかないか……しばらく押し引きした後、一之瀬はようやく、数人の名前を聴き出すことに成功した。しかしこのリストは役にたたないのではないか——いずれも「オフィスP」の人間である。もしも彩が社内不倫をしていたなら、真咲と同じように、「生きている」人を庇《かば》って簡単には喋らないのではないだろうか。

いや、どうして「庇う」必要がある？ 不倫の果てに、別れ話で揉めて相手が彩を殺してしまった可能性だってあるではないか。そんな人間を庇っていたら、証言しなかった人間も罪に問われかねない。

そこまでして庇わねばならない相手とは誰だろう。

特捜本部に戻ると、奇妙に緊張した雰囲気に気づいた。大城がすっと近づいて来て、「被害者の父親が来てる」と告げた。

「このタイミングでですか？」高澤の件は、両親には知らされていないはずだ。

「マンションを引き払う必要があるだろう」

「ああ……そうか」

「お前、ちょっと話をしてこい」

「俺がですか？」一之瀬は自分の鼻を指差した。

「そうだ。何か問題でもあるか？」

「いや……」被害者の家族と会うのは、いつでも辛いものだ。こういう時は、犯罪被害者支援課に任せるべきではないか……いや、もしかしたらここで話をしているうちに、何か新しい材料が出てくるかもしれない。

一之瀬は特捜本部に常備してあるミネラルウォーターのペットボトルを持って、父親が待っている会議室に向かった。念のために、春山も一緒に連れて行く。春山が緊張していることに気づいた。

小さな会議室に入った途端、一之瀬は思わず顔をしかめた。窓もない、蒸し暑い部屋……いくら何でも、被害者の親をこんな場所で待たせるのはひど過ぎないだろうか。

「お待たせしました」一之瀬は一礼して座り、父親の前にペットボトルを置いた。それから慌てて立ち上がり、名刺を差し出す。父親も立ち上がり、名刺交換が終わった。ちらりと確認すると、有限会社、それに地元の商工会議所の連絡先が書いてある。地元で商売をしながら、商工会議所の役員もやっているということか……ちょっとした地元の名士という感じだろう。

「お仕事は何なんですか？」名刺をそっとテーブルに置いて、一之瀬は訊ねた。

「土産物店《みやげものてん》をやっています」

「ああ、なるほど……」会話を上手くつなげられない。父親の仕事の話を続けても、空疎な内容に終わるだろう。

一之瀬は水を勧め、父親がキャップを捻り取って一口飲むのを見守った。沖縄の人らしく濃い眉毛《まゆげ》、よく日焼けしていて、非常にたくましい印象がある。目の辺りが、彩によく似ていた。短く刈《か》り上《あ》げた髪は既に真っ白になっているものの、「年取った」感じはしない。むしろ実年齢より若く見える。半袖のワイシャツにわざわざネクタイを締めているが、むき出しの腕にはしっかり筋肉がつき、普段からよく体を動かしているのが簡単に想像できる。

水を飲むと、父親がそっと溜息をついた。

「今回は、ご迷惑をおかけしました」

「とんでもありません。こちらこそ、捜査がなかなか進まずに申し訳ありません」ここで謝るのは正解なのだろうかと思いながら一之瀬は頭を下げた。今は、捜査が進まないどころか、スタートラインに戻ってしまったような状態なのだが。

問題はどこまで話すべきか、だ。大城からろくに話も聞かずにこの場に来てしまったことを悔いる。有力な被疑者を取り逃がし、しかしそもそもその被疑者にはアリバイがあった。最初から的外れな捜査をしていたのだ——こんな失敗談を話しても、父親にとっては何の慰めにもならないだろう。

思い切って、別の話——今自分たちが追いかけている線を聴いてみよう。

「以前にもうちの刑事が聴いたとは思いますが、彩さんには、交際していた相手はいませんか？」

「それは……私は娘とはあまり話しませんでしたから」

「奥さんはどうですか？」

「そうですね……」父親は歯切れが悪い。あまり言いたくないようだった。まだ娘を亡くしたショックは抜けていない――当たり前だ。

「今日は、奥さんはマンションの方ですか？」

「ええ」

「後で、奥さんとも話をさせてもらえますか？　私は途中から捜査に加わったんですが、もう少し話を聴いてみたいんです」

「女房の方は……そっとしておいてくれませんか？　まだショックが大きいんです」

「すみません」一之瀬はさっと頭を下げた。「ちょっと気が急《せ》きました」

「彩もね……いろいろ大変だったみたいですしね」

「どういうことですか？」

「人間関係で」

「会社の、ですか」

「ええ」

「社内で誰か、交際している人がいたんじゃないですか？」一之瀬は疑問をぶつけた。

「たぶん……私ははっきりとは知りませんけど。女房とは話していたみたいです」

この件を、特捜本部は摑んでいなかったわけか……それも仕方ないだろうと思う。捜査のごく初期の段階で、ストーカーによる犯行という線で一気に動き始めてしまったのだから。そういう状況で、他の可能性を提示して「ちょっと待て」と言える刑事はいない。また両親の方も、事件直後にはまともに話ができなかったはずだ。

ある意味、これは僥倖《ぎょうこう》だ。両親がわざわざ沖縄から出て来てくれたのだから、この機会を利用しない手はない。

事件から少しだけ時間が経ち、両親にも少しは話せる余裕ができたはずだ。何だか相手につけこむような感じもして気が引けたが、これはあくまで仕事である。最終的には両親の回復を助ける仕事になるはずだ。


〈11〉

彩のマンションの片づけが終わるのを待っていたら、夜になってしまう。少しでも早く話を聴くために、一之瀬と春山は作業を手伝うことにした。

七月のクソ暑い時期に、家具の片づけをするのは地獄だった。エアコンを二十度に設定しても、部屋が狭いせいか、人の熱で暑くなってしまう。

細々したものは、母親が既に片づけていた。処分するのは、ソファやベッド、デスクやチェストなど大型家具と家電。こういうものは実家に持っていかなくていいのだろうかと思ったが、持ち帰ると悲しみを増幅させてしまうのかもしれない。

業者のトラックが到着したのは、午後三時。もちろん、搬出作業は向こうがしてくれるのだが、一之瀬たちは積極的に手伝うことにした。あらかた終わったところで、春山に目配せして外に走らせる。ちょうどいい「密室」が手に入ったのだから、ここで話を聴く――そのために、一段落したら飲み物を用意する、と事前に打ち合わせしておいた。

春山が飲み物を買って戻って来た時、母親はフローリングの床にぼんやりと座りこみ、父親は立ったまま窓を開けて煙草《たばこ》を吸っていた。部屋が煙草臭くならないように気を遣っているのだろうが、そのせいで熱気が容赦なく入りこんできて、エアコンの冷気を消し去ってしまう。しかし、「さっさと煙草を吸い終わってくれ」とも言えない。

窓の外を見ている父親は、ひどく寂しげだった。煙草を携帯灰皿に押しこむと、「こんなところで、ねえ」と悔しそうに漏らす。それから、夫婦並んで力なく座りこんだ。

「空も見えない場所なんですね」父親がぽつりと漏らす。実際、このマンションの窓は、隣のビルの壁に面している。

「東京にはこういう場所もよくあります」一之瀬は話を合わせた。

「陽もろくに当たらないような場所でねえ……だから東京へ出て行くのには反対したんだ」父親が吐き捨てるように言った。

「大学から東京でしたよね」

「地元にだって大学はあるんだし……彩は、大学へ進学するのが目的じゃなくて、東京へ出るために大学を選んだんだ。卒業したら帰って来ると言ってたのに、結局こっちで就職して……だから、こんな目に遭うんだ」

「お父さん」妻の康江《やすえ》が鋭く声を飛ばした。「今、そんなこと言わないでも」

「ああ……ああ、そうだな」

父親が立ち上がり、忙《せわ》しなく煙草に火を点けた。閉めたばかりの窓をまた開け、外に潜んだ悪人をあぶり出そうとでもするように、勢いよく煙を吐き出す。

「奥さん、一つ、確認させて欲しいことがあります」一之瀬は切り出した。

「はい……」疲れ切った様子の康江が、辛うじて答えた。

「娘さん――彩さんは、社内で誰かつき合っている人がいませんでしたか？」

「ああ……」康江がふっと目をそらし、床を見詰める。フローリングの隙間の溝《みぞ》を、指でなぞり始めた。

「そういう話は聞いていませんか？」

「はい、あの……ええ。聞いてました」

「誰なんだ？」煙草を吸いながら、父親が鋭い声で訊ねる。彼自身、実際に知らないわけで——あまり聞きたくもない話なのだろう。

「名前は知りません」康江が小声で言った。「ただ、会社の人だったのは間違いないと思います」

「妻帯者かどうかは分かりますか？」

「たぶん……」

やはり不倫問題はあったのだ。これで、事件はまったく別の様相を帯びることになるだろう。不倫で揉めた末の凶行——いかにもありそうな話ではある。だいたい、殺人事件の動機など、三つぐらいしかないのだ。金か名誉か異性関係。

「名前は聞いていないんですね？」一之瀬は念押しした。「どういう人かも？」

「ええ」康江が目を伏せる。

「どんな感じで話していたんですか？」

「深入りしたくないけど……っていう話で。あまりいい相手じゃなかったみたいですね」

「ふざけるな！」父親が声を荒らげる。腕を振ると、煙草の灰がパッと散った。「うちの娘は——彩は、そんな娘じゃない！」

父親がそう激昂《げっこう》するのは理解できる。人間は予想もしない相手と恋に落ちることもあるし、それは避けられない——そんな風に慰めても、両親の心の痛みを和らげることはできないだろう。一之瀬は心を鬼にした。きつい質問も、犯人逮捕につなげるためだ。

「お怒りはごもっともです。でも、冷静に行きましょう」一之瀬は声を低くした。「この情報が、犯人につながるかもしれないんですよ……奥さん、この話は以前から知っていたんですか？」

「ええ。前に……一年ぐらい前に私がここへ泊まりに来た時に話を聞いて」

「その時には、どういう話をしたんですか？」

「初めて話を聞いて……驚いて、『深入りしない方がいい』って忠告したら、あの子も『そのつもりだ』って答えたから、大丈夫だろうと思っていたんです」

「この話を警察にするのは初めてですよね？　どうして以前に話してくれなかったんですか？」

「忘れていたんです」康江がさっと頭を下げる。「前に警察に話をした時は慌てていて……沖縄に帰って思い出したんですけど、わざわざ娘を貶《おとし》めるようなことは言いたくなかったんです」

「その人が——不倫相手が、何らかの形で事件に絡んでいると思いますか？　最近、娘さんが身の危険を感じていたとか？」

「そういうことはないと思います」

会社の人間と不倫――一歩突っこんだ情報だ。確定した話ではないが、これをきっかけにまた捜査の輪を広げていけるだろう。

胃が痛くなりそうな面会だったが、収穫はあった。一之瀬は自分に言い聞かせて部屋を辞した。あの部屋――何もない部屋で、二人がこれからどんな会話を交わすのかを想像すると、本当に胃が痛くなってきた。


マンションを辞した後、一之瀬は春山と相談して、「オフィスP」内でのネタ元になりそうな人――彩の先輩の男性社員に接触することにした。電話番号は真咲に教えてもらっていたので、春山に電話を入れさせる。春山は明らかにビビっていたが、一之瀬は引かなかった。電話でアポを取るなど、本番の事情聴取に比べれば何ということもない。

ところが春山は、相手と一言二言話した直後、スマートフォンを耳から離して思いきり顔をしかめた。まるで怒鳴りつけられたように……一之瀬は思わず「どうした」と訊ねたが、春山は「大丈夫です」とでも言いたげに手をひらひらと振った。どうやら、怒鳴られたのではないらしい。

春山は額の汗を拭いながらしばらく話し続けていたが、ようやく通話を終えた時には溜息をついた。

「どうした？」

「いや、変な相手みたいですよ」

「どういう意味だ？」

「さっき、辞表を出してきたって言うんですけど……」

「何だって？」

「いや、あの、たまたまなんでしょうけど……何か社内でトラブルがあったらしくて、荷物を片づけてる最中だって言ってました」

「それじゃ、会えないかな？」

「いや、会うそうです」

一之瀬は目を見開いた。一体どういうことなんだ……日本の会社の場合、辞めるに際してもそれなりに時間がかかるはずだ。辞表を提出して、その日のうちに荷物をまとめてさようなら、などというわけにはいくまい。

「大丈夫なのか？　ブチ切れてるんじゃないのか」

「そうだと思いますけど」春山は不安そうだった。「どうします？　連絡先は分かってますから、日を改めますか？」

「いや、向こうが会うと言ってるんだから、会おう」一之瀬はうなずいた。「ブチ切れてる人間は、案外本音《ほんね》を吐いたりするものだから」

一之瀬たちは、すぐに六本木へ転進した。午後五時半。「オフィスP」の入っているビルに出入りする人はまだ多い。

「相手の顔、分かるのか？」

「そう言えば分かりません」春山が情けない声を上げた。「どうしましょうか。向こうでもこっちのことは分かりませんよね？」

「そうだな……電話してみるか」そう言いながら一之瀬の視線は、エレベーターの方に引きつけられた。「あの人じゃないか？」

「ああ……そうですね」春山がうなずく。

がっしりした体格の、一之瀬と同年輩に見える男が、台車を押して出てくるところだった。段ボール箱が三つ。かなり重そうで、しかも積み重ねているせいか不安定に揺れている。段差を無事に乗り越えられるか、見ているだけで心配だった。

「マジで荷物を引き上げたんでしょうか」

「何だか外資みたいだな」

以前観た映画か何かだっただろうか。馘を宣告された人が「私物は段ボール箱に二つだけ」と言い渡され、情けない表情で引き出しを片づけ始める場面があった。シビアかつドライな外資系企業ならそんなこともあるだろうが、「オフィスP」は純粋な日本企業である。

一之瀬は男に近づき、声をかけた。

「植松《うえまつ》さんですか？」

「ああ、どうも」

男が立ち止まり、背筋を伸ばした。表情はと見ると、それほど怒っても落ちこんでもいない。餞を言い渡されて荷物を運び出している人間にしては、飄々《ひょうひょう》としていると言ってよかった。

「警視庁の一之瀬です。こちら、先ほど電話した春山です」

「ああ……ええと、どうしますかね」植松が荷物を指差した。「取り敢えずこの荷物だけ、何とかしたいんですけど」

「自宅まで持ち帰るんですか？」

「段ボール箱三個は無理ですよ……コンビニかどこかから、宅配便で送ります」

「六本木駅の近くにコンビニがありますね」

「ああ、そうですね。悪いけど、そこで荷物だけ始末して……話はその後でいいですか？」

「もちろんです」

うなずき、一之瀬は春山に目配せした。素早く気づいた春山が、「手伝いますよ」と申し出たが、植松は断った。

「ここで待っててもらってもいいですよ。どうせ台車を返さないといけないし」

「お伴しますよ」台車を放置して逃げるとも思えないが、念のために一緒にいる必要はある。

コンビニまで、台車を押しながら五分。店につくと、一之瀬たちは段ボール箱を下ろすのを手伝い、植松が伝票を書き終えるのを待った。終わったところで、春山が台車を畳んで持ち上げる。

「いや、いいですよ」植松が慌てて言った。

「これぐらい、持ちますよ」

春山が笑顔で言うと、植松も抵抗しなくなった。段ボール箱三つを載せた台車を押してくるのは相当大変だったはずだ。しかも荷物をまとめるだけでもかなり疲れていただろう——精神的にも。

「本当に会社を辞められたんですか？」

「辞めましたよ」

「今日、辞表を出したみたいな話を聞きましたけど」

「正確には『出させられた』です」

「つまり、馘ですか？」

「馘とは言いたくないですけどね」むっとした口調で植松が答える。

台車を返した植松が、ビルのホールの出入り口に戻って来た。一転してほっとした表情を浮かべており、両手を組んだ腕をぐっと天に向かって突き上げる。

「ちょっと呑みたいんで、つき合ってもらえますか？」

「構いませんけど……」一之瀬は逡巡《しゅんじゅん》した。「我々は勤務中ですので」

「ノンアルコールビールは、仕事中に呑んでもいいもんですかね？　あれって、酒じゃないでしょう？」

「はい？」

「いや、社内でそういう議論があってね……まあ、いいです。俺はちょっと呑みたいんで、つき合ってもらえれば」

「では、ご一緒します」

さすが六本木というべきか、呑む場所には困らない……隣のビルの地下のバーが、開いたばかりだった。植松の行きつけの店のようで、慣れた様子でカウンターにつくと、シャツのボタンを一つ外し、冷風を引き入れるようにばたばたさせる。スコッチをストレートで頼むと、首が後ろに折れるような勢いで一気に飲み干した。これはまずい……この調子で呑まれたら、ろくに話も聞けないだろう。一之瀬はすぐに、マスターに「チェイサーをお願いします」と頼んだ。

「水なんか必要ないですよ」隣に座る植松が、またむっとした口調で言った。

「呑むのは構いませんけど、酔っ払われたら困ります」

「これぐらいで酔うわけないでしょ」言って、植松が空のグラスを顔の高さに揚げ、お代りを頼んだ。二杯目のスコッチと氷水の入った小さなグラスが同時に出てくる。植松がまず、水を一口飲んだ。

「何で急に辞めることになったんですか？」一之瀬はまず、彼の事情から訊ねることにした。

「うちの会社、まあ……要するにワンマンなんですよ」

「社長が、ですね？」先日一瞬すれ違った田原の顔を思い浮かべる。

「そうです。年に何人かは、いきなり馘になりますから」

「それは問題じゃないんですか？」

「組合もないんで、しょうがないですよ。基本、ノリで仕事をする人だから、気にくわない人間がいると、ノリで辞めさせるんです」

「ひどい話じゃないですか」

「ま、しょうがないですね」植松が肩をすくめる。今のところ、アルコールの影響はまったく感じられない。

「そんなに簡単な感じでいいんですか？」

「何とかなるでしょ。だいたい、あの社長の下で、そんなに長く働けるわけがないんだから。でも、珍しい体験をしたでしょう？　いきなり会社を辞める現場に出くわすなんて」

「そういうことは滅多にないですね。少なくとも私は初めてです」一之瀬はうなずき、この話は打ち切ることにした。愚痴のオンパレードになりそうだ。「ところで今日は、小田彩さんの件なんです」

「犯人が捕まったんですか？」植松が口元にスコッチのグラスを運んだ。

「いえ」

「ストーカーだって聞いてますけど」

「その線で捜査はしていますが、別の筋が出てきたんです」

「別の筋？」植松がすっと眉を上げる。

「あなた、小田さんとは親しかったそうですね。職場の先輩として」

「まさか、俺を疑っているんじゃないでしょうね？」植松の顔がすっと蒼褪める。グラスを握る手が強張《こわば》った。

「違います。小田さんは、誰かと不倫していたんじゃないですか？」一之瀬はずばり切り出した。

「ああ……まあ、何かそんな話もありましたね」

「間違いないですか？」

「どうかな」植松が首を捻る。「唐突過ぎる話って、ありますよね」

「どういう意味ですか?」一之瀬は眉をひそめた。

「話がでか過ぎて、にわかには信じられないってことですよ」

「そんなに大物が相手なんですか?」

「あなた、どこまで知ってます?」

「ゼロですね。そういうことがあるらしい、という噂《うわさ》を聞いただけです」

植松が鼻を鳴らし、新しいスコッチを一口啜《すす》った。こんな下らない話を俺に振るな、とでも言いたそうだった。

「誰なんですか?」

「社長、という話がありますけど」

「社長って、田原ミノルさん?」それは確かに、話がでか過ぎる。

「うちの社長って言ったら、田原しかいませんよ。俺を馘にした男、ね」

「社長と不倫ですか……」

「噂ですよ、噂」植松が慌てて言ったが、完全否定するような口調ではなかった。「ただあの人は、女関係では昔から……知りません?」

「あいにく、日本のミュージシャンのゴシップについては詳しくないんです」

「ミュージシャンだったことは知ってるわけですか」

「それぐらいは」一之瀬はうなずいたが、この事情聴取の先行きに早くも不安を感じていた。どうもこの男はつっけんどん過ぎる。田原に対する怒りが原因だと思うが、まともに話をしようという気持ちも薄いようだ。

「やっぱり、ミュージシャンの人っていうのは、その……派手なわけですか？」

「最近はそんな人はあまりいないでしょうけど、昔はね……で、社長は昔の人ですから」

「最近もですか？」

「お手つきは結構あるみたいですよ」

「不倫というか、愛人にしていた感じですか？」

「まあ、そうなんじゃないですか。言葉はともかく……」

「間違いないんですね？」一之瀬は念押しした。

「だから噂ですよ、噂」植松が繰り返した。「ただねえ、小田は上昇志向が強い女でね」

「そういう話は聞いています」

「社内のポジションを確保するためには、いろいろな手が必要でしょう？」

「それは分かりますけど……例えば立場とか？」

「誰と親しくなれば、自分の好きなように仕事ができるか、とかね」植松がうなずいた。

「男なら上司にゴマをすればいい。でも女の場合は……ただ、噂ですからね、噂」

弱いがはっきりした信号が、一之瀬の頭の中に走った。

「田原さんは、人を殺したりするような人間ですか？」

植松が一瞬、ぽかりと口を開けた。次の瞬間、声を上げて笑う。

「何言ってるんですか。そんなの、あり得ないでしょう」

「あり得ないと言い切れるほど、田原さんのことをよく知ってるんですか?」

「だって、『レイバー』のヴォーカルの田原ミノルですよ? 人を殺すなんて、まさか」

「ノルウェーでは、デスメタルのバンドのメンバーが、他のバンドのメンバーを刺し殺して逮捕された事件がありましたよ」一之瀬は淡い記憶を探って言った。海外のミュージシャンのゴシップならそこそこ詳しい……。

「ここはノルウェーじゃないから」

「ええと……田原さんを庇ってるんですか?」一之瀬は少し意地悪な質問をぶつけてみた。

「あなたを馘にした人でしょう? 恨みを持ってる感じはしませんけどね」

「戻るかもしれないし」

「会社に?」一之瀬はつい声を張り上げた。「ついさっき、馘になったばかりでしょう?」

「そうですよ。でも、これまた突然、『さっさと戻ってこい』っていう電話がかかってくるのもよくあることでしてね。というか、電話がかかってくるのは百パーセント間違いないんだ。だから、迂闊《うかつ》なことはね……」

「あなたの方で、会社に見切りをつけることはしないんですか?」

「好きな仕事ですからね。それに、あれだけいい給料を払ってくれる会社は、滅多にないんですよ」

〈12〉


「悪い線じゃないな」少し酔いが回った植松と別れた後、一之瀬はぽつりと言った。

「ちょっと遠慮し過ぎの感想に聞こえますけど」春山がそれこそ遠慮がちに言った。

「仮に小田さんが田原社長と不倫の関係にあっても、田原社長が小田さんを殺した証拠にはならない」

「動機にはなりそうですけどね」

「それは分かってるけど、殺しに結びつけるのは、現段階では無理がある」

「どうします？」

「捜査続行だ。今夜の捜査会議では報告するけどね」

「まだ六時半ですけど……」春山が腕時計を見た。「もう一人ぐらい、会えるんじゃないですか」

「そうだな。またアポを取ってくれないか？　状況によっては、捜査会議はすっぽかしても構わないし」

「分かりました」

六時半になっても、七月の陽射しはまだきつい。緑は皆無、ビルしかないような街にいると、強烈な照り返しで足元からも体が焼けてくるようだった。

春山は五分ほど電話で話していたが、やがて悲しそうな顔で通話を終えた。上手くいかなかったか……いきなり「すみません」と謝る。

「君が謝る話じゃないと思うけど」

「今夜はスケジュールが詰まっていて無理だそうです。明日の朝、もう一度確認の電話を入れることになりました」

「明日？　土曜日だぜ？」

「出社してるそうです」

「だったらそれでいい」一之瀬も腕時計を見た。六時三十五分。八時の捜査会議までにはまだ時間に余裕がある。「今夜はちゃんとしたものでも食べておこうか。このところ、ひどい食生活だったからな」

「肉にしませんか？」春山がニヤリと笑った。「肉を食べないと、この暑さは乗り切れませんよ……でも、一之瀬さん、いいんですか？」

「何が」

「家でご飯を食べなくて」
「特捜がある時はしょうがないさ」とはいえ、申し訳ない気持ちもある。深雪も、一人で夕飯を食べる覚悟はできているかもしれないが、一之瀬が家で食事できないことについて、本当はどう思っているのだろう。十時、十一時に帰ってからフルに食べるのも体に悪いのだが。

食事の時にでも電話しておこう。こういうこと——普通の生活をどう構築していくかは、夫婦にとって永遠の課題なんだろうな、と思った。子どもが産まれたら、また状況が変わるはずだ。こういう面倒臭さこそ、新しい家族を作ることの醍醐《だいご》味なのだろう。

久々のハンバーグ、三百グラムは胃にどしりと溜まった。春山は一ポンド。それでも平然としていた。二歳しか年が違わないのに、時々春山の若さが妙に気になる。

捜査会議の終わり、彩と田原が不倫関係にあった可能性を一之瀬が報告すると、会議室に不穏な空気が漂った。ざわつきの原因が分からぬまま一之瀬は報告を終えたが、嫌な雰囲気は消えない。いったい何がまずかったのか……小野沢は特に何も感じていない様子で、明日以降も彩の周辺捜査を続行するよう、一之瀬に命じた。

散会すると、妙に強い視線を感じる。睨まれているわけではないが、「お前は馬鹿か」と白い目で見られているような……一之瀬は、さっさと歩き出した宮村に追いついた。こういう時に話を聞くのは、何かと敏感なこの男に限る。

「俺、何かまずいこと言いましたかね」

「まずくはないけど、お前、摑まえてきた相手がでか過ぎるんじゃないか？」

「そうですか？」

「おいおい」呆れたように宮村が言った。「『オフィスP』の田原と言えば、超大物じゃないか」

「まあ、大物って言えば大物かもしれませんけど……」

「ちょっと調べたんだけど、総資産百億、とか言われてるらしいぜ」

「マジですか？」一之瀬は目を見開いた。確かに「レイバー」は一世を風靡したバンドだが、そんなに金を貯められるものだろうか。ああいう人たちは、稼いだ金を右から左へ使ってしまう感じがするのだが……。

「あのバンドの曲は、ほとんど田原の作詞作曲だろう？　印税もあるし、未だにカラオケでも人気だから、その分の使用料も入ってくる。しかも『オフィスP』は、人気ミュージシャンを何人も抱えていて羽振りがいい――資産百億は無責任な噂じゃないと俺は思うね」

「それは分かりますけど、俺は単なる可能性を指摘しただけですよ。全然裏は取れてませんし」

「あのな、刑事ドラマでは、大物との対決っていうのは定番なんだよ。特に最終回スペシャルでは」

「そうなんですか？」

「知らないのか？」呆れたように宮村が言った。

「知りませんよ」一之瀬は唇を尖らせた。「ドラマなんか、ほとんど見ませんから」

「勉強が足りないな」宮村が真顔で非難した。「とにかく、大物――政治家や財界人と対決すると、警察はだいたい負けることになってるんだ。悔し涙で終わるんだよ」

「それ、あくまでドラマの中での話でしょう？」

「警視庁が、政治家や財界人を逮捕したことがあるか？」

「そういうのは、東京地検特捜部の仕事じゃないですか……それに今回の相手は、そういう大物じゃありませんよ。芸能界の人間なんて、普段から薬物事件なんかでいくらでも逮捕してるじゃないですか」

「今回は薬物事件じゃない。殺しだ。レベルが違うぞ。そんな容疑で逮捕したら……そもそも逮捕まで持っていけると思うか？」

「そんなの、やってみないと分からないじゃないですか」

宮村が息を吐く。まじまじと一之瀬の顔を見て、「お前はまだ甘いというか、若いよな」と言った。

「何ですか、それ」

「状況が読めてないんだよ。今日は全員、お前の話を聞いて『ヤバイことになった』って思ったんだぞ。あるいは『面倒臭い』と」

「冗談じゃない」一之瀬はかすかな怒りを覚えた。「相手が誰でも、容疑があるならちゃんとやるべきです」

「容疑があるなら、な」宮村が嚙んで含めるように言った。「この容疑を固めるのは、相当大変だぞ」

「分かってますよ。殺しの捜査はいつだって大変です」

「相手が相手だから……普段より大変なのは覚悟しておけよ」

しかし今は、この線を押していくしかないのだ。今日の捜査で、高澤のアリバイはさらに強固になり、彼を犯人とするのはほとんど無理になってきたからだ。となると、真犯人がまだどこかで息を潜めている——それが田原であっても、まったくおかしくない。

深雪がベッドに入るのを見送ってから、一之瀬はパソコンを立ち上げ、動画共有サイトで、「現役時代」の「レイバー」の動画を観てみた。好みのバンドではなかったものの、曲には聴き覚えがある……まあ、ビジュアルは派手だ。何色にも塗り分けられた髪は天を指すように逆立てられ、衣装のコンセプトは銀色と黒――この二色だと「いぶし銀」という感じになるはずだが、ひらひらしたデザインのせいか、やはり派手に見える。しかしこの衣装、ギタリストはやりにくくないのかな……ギターを弾くのに一番大事なのは指先、次に手首で、ひらひらした衣装は邪魔になる。一之瀬の経験では、Tシャツが一番実用的だった。

曲にはかすかに覚えがある。音質はハードだが、メロディは耳あたりがいい。歌詞は……どうでもいいか。メロディに合わせて言葉を連ねているだけで、とくに意味はない。だが、これは売れるな、とは感じた。日本人に馴染《なじ》みのある歌謡曲のメロディを、そこそこ尖ったバンドサウンドにはめこんだスタイルだ。

編成はヴォーカルの田原を中心に、ギター、ベース、ドラムスにキーボードという五人組。編成としてはごく一般的……一之瀬は、キーボードが空間を埋め尽くすようなアレンジよりも、ギター、ベース、ドラムだけのスリーピースバンドが好きなのだが、それはこの際関係ない話だ。

バンドの売り上げというのは極めて複雑な仕組みで、歌唱印税、作詞や作曲の印税など、様々な種類の金が入ってくる。「レイバー」の場合は、百万枚売れたシングルが二枚あったから、それだけでもかなりの収入……それに加えて、コンサートやグッズの売り上げなどもある。さらに現在も、カラオケなどの使用料が入ってくるので、バンド時代の稼ぎや

「遺産」は相当なものだろう。それでも、宮村が言う資産百億というのは、話を膨らませ過ぎだと思うが。

今度は、現在の「オフィスP」について調べてみた。ホームページで分かることなど高が知れているが……主要業務はもちろん「ミュージシャン等のマネジメント」。所属ミュージシャンのほとんどを一之瀬は知らなかった。しかし今は一般的な知名度と稼ぎが一致しない時代である。テレビの音楽番組はほとんどなくなってしまったし、CDも売れない。ライブはまた別だろうが、とにかくファンでないと分からないことが多過ぎる。

他にも「音楽・映像作成」「コンサート・イベントのプロデュース」など……この辺の仕事は理解できるが、「飲食店経営」「不動産業」などもある。どうやら多角経営を目指しているようだ。確かに、芸能事務所は上手く波に乗れば大金になるだろうが、念のために安定した仕事で「保険」をかけることもあるだろう。

役員名簿を見ているうちに、「レイバー」の旧メンバーがいることに気づいた。キーボードの矢作《やはぎ》タケオ。先ほどデータを調べていて、メンバーが名前だけカタカナで名乗っていたことを知ったので、記憶に残っていた。芸名ならいいのだが、会社のデータに載せるものとして、これはいいのだろうか……まあ、社長の名前も「田原ミノル」と記載されているのだが。

元メンバーで、矢作だけが「オフィスP」にいるのは何故だろう。「レイバー」の解散理由ははっきりしないものの——当時様々な噂は流れたようだが——今はばらばらになっているのは間違いないようだ。もしかしたら矢作は、田原にとって「腹心の部下」なのかもしれない。あるいは「無二の親友」。だいたいバンドにおいて、ヴォーカルやギターは我が強く、トラブルを起こしがちなのだが、ベースやキーボードには「和」を大事にするタイプが多い。矢作もそういう人間ではないかと一之瀬は想像した。

この辺は、「オフィスP」の社員に確認してみないと分からないだろう。いや、若い社員は詳しくは知らないかもしれない。そもそも田原が「オフィスP」を作った時の事情は、それこそ矢作ぐらいしか知らないのではないだろうか。

こういう作業を続ける意味は……まだ被疑者とは言えないが、田原という人間の本質に迫っていけるはずだ。それにしても、かなり厄介なのは容易に想像できたが。

一之瀬は「大物」を相手にしていることを急に意識した。

「昨夜、遅かったの?」

深雪が心配そうな表情で訊ねる。よほど眠たそうに見えるのだろうか、と一之瀬は顔を擦った。

「ああ……ちょっと調べ物をしててね。そう言えば『レイバー』っていうバンド、覚えてる?」

「ビジュアル系の？　私たちが小学生ぐらいの時に流行《はや》ってなかった？」

「そう」

「あなたの趣味じゃないでしょう」

深雪が、リビングルームの片隅に置いた一之瀬のギターに目をやった。学生時代に必死にバイトして手に入れた、フェンダー・ストラトキャスター。最近は手に取る機会もすっかり減っている。

「ちょっと、仕事の関係でね」

「何の仕事？」深雪が目を見開いた。

「まあ……関連というか何というか」言葉を濁すしかなかった。「ヴォーカルだった人が今、芸能事務所をやってるんだ」

「珍しいわね。経営する側にいく人なんて、あまりいないんじゃない？」

「大抵は裏方――プロデューサーになったりするよね。まあ、金の匂いに敏感な人なんじゃないかな」

「何だか否定的ね」深雪が皮肉っぽく言った。

「世の中には、俺たちが想像もできない額の金が転がってるんだよなあ」一之瀬は溜息をついた。

「公務員が何言ってるの」深雪は声を上げて笑った。「堅実が一番でしょう」

「もちろん」

うなずき、一之瀬は朝食に専念した。今日もまた、田原と彩の噂話を集める仕事……こういうゴシップにあまり興味がない一之瀬にすれば、熱が入る仕事ではない。深雪はどうだろうか。女性なら、この手の話題が好きな人も多いだろうが——いや、やはり話せない。夫婦の間でも、簡単には持ち出せない話題だってあるのだ。

昨日会いそびれた「オフィスP」の社員、畑中愛子《はたなかあいこ》は不機嫌だった。特捜本部から朝一番で春山がアポの電話を入れたのだが、彼の顔を見ればどんな反応を示されたかはだいたい分かる。

電話を切った春山が溜息をついたので、一之瀬は思わず「大丈夫か？」と訊ねた。

「どうも、我々の動きが社内で漏れ伝わっているみたいですね。彼女、ものすごく警戒してるんですよ」

「しょうがない。どんなに『黙っていてくれ』と念押ししても、こういう話は漏れるから。で、アポは取れたのか？」

「それは大丈夫です。ただ、社内には入れないと思いますよ」

「じゃあ、覆面パトカーを出そう」

「車内で事情聴取ですか……しょうがないですね」

「六本木署へ連れていくわけにはいかないだろう」

「ですね。何とか車で我慢してもらいます」

春山の顔がさっと明るくなった。先輩に頼りにされていると分かった時の誇らしい気持ち――一之瀬にも覚えがある。

「頼むぞ」

今日の予想最高気温は二十五度だが、天気予報は「雨」だ。となると、車の中は事情聴取の環境として最低レベルになる。じめじめした空気は、人を苛立《いらだ》たせるものだ。

すっかり馴染みになった「オフィスP」のビル前に着くと、運転席に座った春山がすぐに愛子に連絡を取った。一之瀬は、彼が通話を終えたタイミングで車を降り、ビルのロビーに入った。肩を濡らす雨が鬱陶しい。

濡れた頭をハンカチで拭いていると、エレベーターホールから一人の女性が出て来た。当然顔も知らないのだが、土曜日で人も少ないので、この人が畑中愛子だろうと見当をつける。確かに不機嫌――今にも怒りを爆発させそうな表情である。

「畑中さんですか？」

一之瀬が声をかけると、「はい」と低い声で返事があった。表情だけでなく、声も不機嫌。これは相当難儀するだろう、と一之瀬は気を引き締めた。何とか上手く煽《おだ》てて、喋る方向に持っていかないと。

「ちょっとお時間をいただきます。車を用意していますから、そちらで話を聴かせていただけませんか」

「車の中で、ですか？」

愛子が嫌そうに唇を捻じ曲げる。この人は、どんな状況でも不機嫌、滅多なことでは笑顔を見せないタイプではないかと一之瀬は疑った。

「まずいですか？」

「車の中じゃ……集中できませんよね。警察へ行った方がいいんじゃないですか」

「それはもちろん、畑中さんがよろしければ」思いがけない申し出に、一之瀬は少し引いた。

「じゃあ、お願いします」愛子がさっと頭を下げた。「この辺だと、六本木警察ですよね？」

「部屋が空いているかどうか、確認します」

「こんなに暑いと、悪い人も動かないんじゃないですか？」

何なんだ、この言い方は？　妙に警察慣れしているような……一之瀬は彼女を覆面パトカーに案内し、春山に六本木署の取調室を借りる交渉をさせる間に、思い切って聞いてみた。

「外れてたら申し訳ないですが、ご家族に警察関係者がいませんか？」

「父が警察官——愛知県警にいます」

「ああ、そうなんですね」

「名古屋中央署の署長です」

「それはどうも……」反応しにくい答えだ。一之瀬はうつむき、苦笑を隠した。名古屋中央署という名前からして、県内最大級の所轄だろう。そこの署長ということは、ノンキャリアとしてはほぼ頂点に登り詰めた感じだ。

「部屋は用意してくれるそうです」運転席から振り返り、春山が告げる。

「分かった。出してくれ」

一之瀬はちらりと横を見て、愛子の反応を盗み見た。顔を伏せ、脚を組んで、依然としてふて腐れた様子である。

「お父さんが警察官だと、同じ道に進むように言われませんでした？」

「兄は警察官です。私は女だから、免除してくれたんでしょう」

「免除、ですか」一之瀬はつい苦笑してしまった。警察官の仕事が、そんなに苦行と思われているのだろうか。

「あまり煩《うるさ》くは言われませんでした」

「警察官は二世、三世が多いんですけどね」

「あなたもですか？」

「いえ」短い一言の後で、黙りこむしかなかった。父は行方不明——生きているか死んでいるかも分からない。そんな事情を、初対面の人に説明する訳にはいかない。

それにしても俺は、やっぱり雑談が苦手だ、と反省する。相手をリラックスさせるための会話術を、どこかで学ばないと。

六本木署の庁舎はかなり古く、通された小さな会議室のエアコンは効きが悪かった。かといって、窓を開けても何の解決にもならないだろう。湿った風が、わずかに冷えた空気を駆逐するだけだ。

しかし愛子は、平然としていた。元々暑さに強いのか……こういう状況でも平然としていられる人間はほとんどいないはずだが、たぶん彼女は、平常運転で仕事をしている時と同じような表情をしている。父親が、愛知県警のS級署の署長だからといって、度胸がつくものでもあるまいが。

「小田彩さんのことです」

「はい」

「あなたは、小田さんより一年先輩ですよね」

「正確に言うと一年ではありません。彼女は新卒で四月に入って来ましたけど、私は中途——その前の年の六月に入社しています。ここの前はもっと小さな芸能事務所にいました。常識も知らない、阿呆《あほ》なアイドルの面倒を見るのに飽きて、『オフィスP』に移籍したんです。ちなみに給料は三割ほどアップしました」

猛烈な喋りの勢いに押され、一之瀬は耳を掻《か》いた。気を取り直して、お決まりの質問から始める。彩とはどういう関係だったか。仕事の面、プライベートの面……様々な面からアプローチしているうちに、愛子はかなり厳しく彩を育てていたことが分かった。

「マネジメントについては、イマイチでしたね」はっきりと評価を下す。「何というか、視野が狭くて目が行き届かない部分があって。うちのタレントやレコード会社、テレビ局の人たちを怒らせるようなこともありました。そもそもイベントの仕切りをやりたかったようですから、気が入らなかったんでしょう」

「イベントというのは、『Pフェス』とかですね？」

「ええ」愛子がうなずく。「彩は、人の世話をするよりも、自分が上に立って仕切ると上手くやるタイプなんです。プロデューサー体質というか……マネージャーをしていた頃に比べると、見違えるようでした」

「やっぱり、音楽関係の仕事がしたくて、『オフィスP』に入ったんでしょうね」

「まあ、でも今の仕事に就く時には一悶着《ひともんちゃく》ありましたよ。上司と衝突して――衝突っていうか、喧嘩ですね。あれだけ喧嘩したら、普通はギクシャクして会社に居辛くなるんですけど……何故か彩は希望の仕事に就いて、衝突した上司は会社を辞めました――馘になったんですけどね」

「馘？」

「いろいろ噂はありましたけど、社長の鶴の一声だったらしいですよ。彩が泣きついたんじゃないですか？　まあ……そういう子ですから」

おっと……これは今の「不倫」につながる情報ではないか？　一之瀬は内心の驚きが顔に出ないように表情を引き締めた。一時、核心をついた質問から離れる。

「最近は、仕事は順調だったんですね」

「ええ」無愛想に言って、愛子がハンドバッグから煙草を取り出した。

「すみません、署内は禁煙です」

「分かってます。今は警察もどこでもそうでしょう？」

「ここでは我慢して下さい」

「気休めです」愛子が煙草のパッケージを軽く叩いた。

「社内で、いろいろ噂も流れていると思いますが」一之瀬は話題を巻き戻した。

「さあ」愛子が初めてとぼけた。視線さえ逸《そ》らしている。

「小田さんが不倫していたという話を聞いています。相手は――田原社長」

「そんなにタメを作って言わなくてもいいですよ」愛子が苦笑した。「そういう話は聞いてます。でも私も、本人に確認したわけじゃないですからね」

「噂として聞いているだけで？」

「ええ」愛子がうなずく。

「本当だと思います？」

「あってもおかしくないですね」

一歩後退、という感じの証言だった。だが一之瀬は、愛子の微妙な態度の変化に気づいた。今までずっと、図々しくというか、大胆に振る舞っていたのに、今は明らかに動揺が見える。

「何か？」抽象的な問いかけはよくないのだが、つい口にしてしまう。

「いえ、別に」愛子は目を逸らし続けた。

「あなたはどうなんですか？」

「はあ？」愛子がいきなり顔を上げる。「どういう意味ですか？」

「社長――田原さんは、女性に対してだらしないという話を聞いています。女性社員にも手を出しまくっているんじゃないですか？」

愛子が盛大に溜息をついた。今度は淡々とした口調で話し出す。

「私はお手つきになってませんけどね……社長は相手を選んでいるんですよ」

反応しにくい答えだ。目の前の愛子は……田原の好みに合わないのかどうか。目立つ長身に、ぐっと彫りの深い顔立ちで、年齢の割に大人っぽい。

「どういう基準なんでしょうね」

「可愛い子」さらりと言った後で、愛子がつけ加えた。「あと、面倒なことにならない子」

「実家が遠い人も、その中に入りますか？」

「ですね」

「彩さんは？」

愛子がぐっと息を呑む。何も言わなかったが、素早くうなずいた。沖縄出身、そして「可愛い子」。条件は満たしているわけだ。

「今現在も――つまり、亡くなる前まで、関係があったんですか」

「たぶんね……ねえ、本当に煙草吸っちゃ駄目ですか？」

「申し訳ありません」一之瀬はすっと頭を下げた。「もうちょっと我慢してもらえますか」

「そうですか……あとは何が知りたいんですか？」

緩い、かつ合法的な拷問《ごうもん》になっているかもしれない。喫煙者を禁煙の部屋に閉じこめ、ひたすら我慢させる。ニコチンへの渇望が、秘密を明かす動機になり得る――馬鹿馬鹿しい。

「実際の、小田さんと田原さんの関係です」

「三分の一、かな」

「三分の一？」

「社長にとっては、という意味です」

「三人いる愛人のうちの一人？」

「そう」

「それは……揉める材料になりそうですけどね」

「本人が了解してれば、別に揉めないんじゃないですか？」

「他にも愛人がいることを、小田さんは知ってたんですか？」一之瀬は思わず目を見開いた。これはあまり健康的ではない……というよりもはっきり危険な感じがする。

「全部承知でそういう関係になったんじゃないかな。それは、彩にとってもメリットがあったからですよ」

「と言いますと？」

「社長の引きがあれば、好きに仕事ができるでしょう。それって、働いている人間にとっては理想じゃないですか？　自分の野心を満たすために、彩には社長が必要だったんですよ」

一之瀬はふと、大城のことを思い出した。独特の遊泳術で、自分の好きな仕事しかしない――彩の場合、社長との性的関係を利用したわけか。愛人として「お手当」を貰って、それでよしとする人もいるかもしれないし、他のことで見返りを求める人がいてもおかしくない。彩の場合、後者だったのだろう。

「どちらから接近したんですか？」

「さあ……」愛子が苦笑いした。「そこまでは分かりません。それより、こんなことを知って何になるんですか？　彩を殺した犯人は、ストーカーなんでしょう？　さっさと捕まえて下さいよ。彩が可哀想でしょう」

「そうですね……ところで、残る三分の二って、誰なんですか？」


〈13〉


一之瀬はうんざりしていた。これではまるで、ゴシップを漁る芸能記者ではないか……しかも、捜査の本筋に繋《つな》がる保証もない。

「今の件、報告はどうしますか？」愛子を会社まで送り届けた後、春山が困惑した口調で訊ねた。

「うん……判断に困るな」

「社長がだらしない人なのは分かりましたし、被害者と不適切な関係にあったのも間違いないと思いますけど、でもそれが……まさか、社長が犯人とか？」

「それはどうかな……」

「でも、不倫関係がもつれて、というのはよくある話ですよね？」

「分かるけど、失うものが大き過ぎるんじゃないか？　上手く遺体を隠して事件を隠蔽《いんぺい》できればともかく、今回の事件はどちらかというと単純な犯罪——犯人がカッとなってやってしまった感じだろう？」

「確かに」春山がうなずく。

「いくら何でも、田原みたいな立場の人間は、そんなことはしないと思うんだ。ただ……」

「ただ？」

「もう少し調べてみないと。もしかしたら、誰かにやらせたかもしれない。それとも、残り三分の二が犯人だったりして」

「それも『まさか』ですよ」春山が指摘する。「女優さんとかレストランの経営者とかが……あり得ないでしょう。それに状況を見た限り、犯人は男です」

「そうだよな——とにかく、現段階では報告する必要はないんじゃないか？　そもそも彩さんとの関係だって、本人が認めない限りは、本当かどうか分からない。そしてこんなこと、認めるはずないからな」

「じゃあ、この情報は手元に置いておくとして、この件、まだ調べるんですか？　三分の二についても？　事件からどんどん離れてしまう感じがするんですけど」春山にすれば精一杯の抵抗だろう。

「三分の二についてじゃなくて、あくまで田原について調べるんだ」

「何か、伝手《つて》でもあるんですか？」

「ないでもない」

一之瀬は、携帯に登録してあるものの、ほとんどかけたことのない相手の番号を呼び出した。やはり暇だったのか、大友はすぐに電話に出た。

「一之瀬君か……珍しいね」

すぐに分かったということは、彼も一之瀬の番号を登録していたわけだ。何だか少し嬉《うれ》しい。

「今、忙しいだろう。ややこしい事件の後始末をしてるんだって？」

「ええ」

「僕も昔、似たような事件を捜査したことがあるよ」

「そうなんですか？」一之瀬はスマートフォンをきつく握った。

「任意で事情聴取していた被疑者が自殺して、その後始末を担当した」

「その件、どうなったんですか？」後始末という意味では今回と同じような事件だ。しかし全く記憶にないから、一之瀬が警察官になる前のことかもしれない。

「嫌な結末だったとだけ言っておくよ。今度会った時にでも詳しく話そう」

「分かりました……大友さん、今、待機中ですよね？」

「刑事総務課に待機も何もないよ。日々の仕事を淡々とこなすだけだ」

「じゃあ、ちょっと知恵を貸して下さい。大友さん、劇団関係者とかに知り合い、いますよね」大友は学生時代に演劇をやっていて、当時の仲間が今でも俳優や演出家として活躍していると聞いたことがあった。

「ああ」

「音楽関係に詳しい知り合いはいませんか？」

「そっち方面は疎いなあ。何が知りたいんだ？」

一之瀬はざっと事情を話した。大友は相変わらず、相槌も打たずに聞いている。果たして上手く話せているのか、と心配になってきた。同僚と話したり、捜査会議で報告したりするのとは、感覚が違うのだ。

「分かった。それなら一人、紹介できる人がいるな。音楽業界の生き字引みたいな人だから、役にたつと思う。こっちでまず連絡を取ってみるから、つながったらすぐに教えるよ」

「助かります」一之瀬は、前方に迫るビル群に向かって頭を下げた。

「なかなか癖のある人だから気をつけて……今から忠告するのも何だけど」

「業界の人が、曲者《くせもの》だらけだってことは、何となく分かってきましたよ」

確かに曲者だ……一之瀬は居心地の悪さをはっきり感じていた。隣に座る春山はもっと居心地が悪いようで、先ほどから尻をもぞもぞと動かしている。まるで、勧められたソファに針でも刺さっているようだった。

音楽事務所「アフターマス」――ローリング・ストーンズのアルバムから名前を取ったのだろう――の役員、馬場《ばば》は、たぶん六十歳ぐらい……病的にほっそりしていて、ちょっと叩いたら折れてしまいそうだ。その体にぴったり貼りつくようなサイズの花柄のシャツ――いったいどこで調達してくるのだろう、と一之瀬は首を捻った。もしかしたら、女性物かもしれない。今どき流行らないブーツカットのジーンズに、ウェスタンブーツ、室内なのに薄く色のついたサングラス……髪は長く伸ばしてウェーブをかけている。全体としては、ロックスターのパロディのようにも見えた。もしかしたら彼自身、田原と同じように元々はミュージシャンで、過去と決別できないでいるのかもしれない。部屋の壁には、事務所所属のアーティストのポスター。低いボリュームで流れているハードな曲はMC5――デトロイト出身の、元祖パンクロックバンドだ。今時、こんなバンドを聴いている人もいないだろう。

「大友さんから話は聞いてますよ」馬場は愛想がよかった。

「お忙しいところ、すみません。土曜日なのに……」

「いやいや、全然……大友さんの頼みとあらば」

「あの、失礼ですが、大友とはどういうご関係なんですか？　やはり大友の仕事の関係で？」

「最初はね。もう十年ぐらい前かなあ……私は大友さんに、警察を辞めるように勧めたんですよ」

「はい？」意味が分からない。

「うちの事務所は俳優部門もあるから、そこで面倒を見る、と言ったんですけどねえ。大友さんのルックスなら、俳優として十分やっていけるでしょう」

「はあ、まあ……」馬場の言い分は分からないでもない。大友は確かに分かりやすいイケメン――いかにも女性にもてそうなタイプなのだ。かといって、仕事で知り合った刑事を俳優としてスカウトしようというのは……この男の感覚はどこかずれている。

「もちろん、断られましたけどね。基本、真面目なんだなあ」

「アマチュア劇団で俳優をやっていた、という話ですけど」

「こっちが言ったのは、アマチュアじゃなくてプロとしての話ですよ」

馬場が、薄い胸を拳で叩いた。あの胸に入るぐらいのプロの誇りとは、どれほどの大きさだろう……。

「大友さんなら断ると思います。今の仕事に誇りを持っていますから」

「まあまあ、その件はともかく……ミノルちゃんのことでしたね」

「はい」ミノル「ちゃん」呼ばわりなのか、と一之瀬は驚いた。こういうのは、芸能界を戯画化するためにテレビドラマなどで使われているだけの表現かと思っていたのだが。

「あいつは昔から尻が軽くてねえ」

「男の場合でも、『尻が軽い』って言うんですか?」

「表現はともかく、まあ、そういうことです。隠し子が三人いるそうだね。全員認知してるらしいけど」

「三人……それ、昔のことですか?」思わぬ話に、一之瀬は声がうわずるのを感じた。

「全員、九〇年代生まれの子らしい。そのうち二人は、誕生日が二日違いとか」

「つまり……」

「やりまくってた、ということだよ。昔のあいつにはセーフ・セックスの概念がなかったんじゃないかな」

「田原さんの性癖は、今でもそんなに変わっていないみたいですね」

「そりゃあ、人間なんて簡単に変わるものじゃないから。あいつの性欲は、ジジイになっても衰えないんじゃないかな」

「隠し子が三人もいたら、後始末が大変だったんじゃないですか?」

「そりゃあ大変だろうけど、そういうことをきちんとやる人もいるから」

「トラブルシューター、みたいな人のことですか？」マネージャーだろうか。そんな仕事をさせられたら、たまったものではないと思うが。

「まあ、そんな感じだね。芸能界なんて、昔からいい加減だから、トラブルも多い。そういう時にどう解決するか、ノウハウも蓄積されてますよ。まあ、同じ芸能界の中の話ならそう難しくもないんだけど、外のことになると、また……」

「一般人にも手を出したんですか？」

「そういうこともあったみたいだね」

一之瀬はゆっくりと首を横に振った。頭が痛い……いったい田原という男は、どこまでクソ野郎なのだろうか。そして俺は、田原の隠し子の正体をこのまま追い続けるのだろうか。殺しの捜査であることも忘れ、一之瀬は全てを放り出してしまいたくなった。

「マネージャーさんは大変だったでしょうね」

「マネージャーというか……戸澤《とざわ》さんかな」

「ええと――」一之瀬は記憶の引き出しを探った。「『オフィスP』の会長の戸澤さんですか？」

「この業界で戸澤さんと言ったら、あの人のことだけど」

会長と社長……どういう関係なのだろう、と一之瀬は訝《いぶか》った。戸澤という男に関するデータは、肩書き以外まったくなかったのだ。訊ねると、馬場は軽くうなずいて教えてくれた。

「戸澤さんは、元々『レイバー』のプロデュースをしていたんですよ。そこからのつき合いだから、もう三十年でしょう」

「それで、今の会社を作る時にも二人で組んだんですね？」

「まあ、まあ……そんな感じです」

急に馬場の口調は歯切れが悪くなった。触れてはいけない話題が出てしまったように……「何か問題でもあるんですか」と確認したが、やはり馬場は口を濁した。こういう時は、さらに突っこむべきか、一度引くべきか――一之瀬は引く選択肢を選んだ。どうせ会社のことなのだから、様々な方向から調べられるだろう。特に戸澤については――何しろ、「レイバー」をミリオンセラーバンドに育て上げたプロデューサーである。九〇年代以降、日本の音楽業界ではプロデューサーの存在がクローズアップされてきたから、データも豊富にあるはずだ――いや、おかしい。だったら一之瀬も、彼の活動の歴史ぐらいは知っているはずなのに。

その疑問をぶつけると、馬場があっさり答えた。

「戸澤さんは本来、サラリーマンプロデューサーだから。元々は、『レイバー』の最初の所属レーベルの社員ですよ。だからそんなに表に出るわけじゃない――日本の音楽業界は、そういう人たちに支えられているんです」

合点がいって、一之瀬は質問を変えた。田原本人の「くそったれ」具合について——仕事でなければ、知りたくもない情報ではある。

「そりゃあ、あいつの女癖の悪さは、『レイバー』をやってる頃から有名でしたから」

「そんなにすごかったんですか？」本来は「ひどい」という言葉を使うべきではないかと思いながら一之瀬は訊ねた。

「そもそもビジュアル系だから、女の子は騒ぐよね。今はだいぶ丸くなったけど、昔はちょっと凄みのある……何ていうかな、切れ味のいいハンサムだった」

「分かります。放っておいても、女の子の方が寄って来る感じですよね」

「他のメンバーは、結構真面目にやってたんだけど、ミノルだけはね……来るもの拒まず、避妊もせず。ある意味、度胸がいいよね。病気だって心配しないといけないのに」

「ええ。もしかしたら『レイバー』が解散した原因はその辺りですか？　いろいろ資料を当たってみたんですけど、正確なところは分からないんです」

「確か『レイバー』は、正式には解散してないんじゃないかな」馬場が首を捻る。「活動停止、みたいな」

「実質的には同じじゃないですか？」

「全然違うよ。活動停止って言っておけば、いつでも好きな時に言い訳なしで再開できるでしょう。ただし、解散ビジネスはできないけど」

「ああ……分かります」

ラストアルバム、ラストツアー、記念グッズの数々――バンドの活動の中でも、最もプレミアがつく。もう生で観られないと思うとファンはつい飛びつき、普段は堅い財布の紐《ひも》を緩めるものだ。

「まあ、解散でも活動停止でもどっちでもいいけど、実際にはメンバーがミノルにうんざりしてたんだよ。今だから話せるけど、未成年との関係も普通にあったらしい。今、そんな話が出たら、大問題だよね」

「芸能人としては致命傷でしょうね」

「二十年も前だったから、まだ何とか隠せたんだと思うけど……未成年を妊娠させたらまずいよね。それも一人や二人じゃない」

「滅茶苦茶じゃないですか」一之瀬は目を見開いた。

「そう、滅茶苦茶だよ」馬場が認める。「今だったら、ネットで叩かれて、速攻で潰されていただろうね。あいつはラッキーだった。そういうことがあまり騒がれない、最後の時代のスターだよ」

そういう問題ではないような気がする。田原の話を聞いていると、苛立ちが募るばかりだ。芸能界というのは、やはり一之瀬の倫理観や常識とはかけ離れたところに存在しているようだ。

「今、バンドの他のメンバーは何してるんですか？」

「いろいろだね。自分のバンドを組んで頑張ってる奴もいるし、音楽業界からは完全に身を引いている人間もいるし」

「キーボードの矢作タケオさんは、『オフィスP』にいますね」

「ああ、タケオはミノルの腰巾着みたいなものだから。タケオは、揉めるといつもミノルの側について、他のメンバーとは対立してた。ミノルにすれば、何の問題もなく信じられる、数少ない人間ということでしょう」

「あの」

春山が遠慮がちに切り出した。馬場は笑みを絶やさず、「どうぞ」と掌を上にした右手を差し出す。

「馬場さん、ずいぶん事情に詳しいですよね。『レイバー』の仕事をしたことがあるんですか？」

「ないですよ。ただ、この業界は狭いから、噂はすぐに広がる……私自身、そういう話は嫌いじゃないしね」馬場の笑みが大きくなる。

気をつけないと、と一之瀬は気を引き締めた。自ら「噂が好き」と公言する人間にスキャンダルを教えてしまったら、とんでもない増幅効果がありそうだ。ここからさらに捜査の噂が広まってしまうと、ろくなことにならない。

「そう言えば、再結成……じゃないか、再始動の話があるみたいだね」

「そうなんですか？」

「活動停止から今年で二十年だから、ちょうどいいタイミングなんじゃないかな。再結成というか再始動ビジネスも儲けの定番だし」

「ああ……そうですね」一之瀬は緩く笑った。喧嘩別れで空中分解したはずのバンドが、何年か経つとあっさり再結成し、毎年のように平然とツアーを敢行していたりする。露骨な金儲《かねもう》けなのだが、ファンもファンで、好きなミュージシャンのライブに行けるのは歓迎なのだ。ただし、太って頭髪が少なくなったかつてのアイドルに失望させられる可能性も高い。

「ミノルは、『レイバー』の再始動ツアーをやりたがっている。タケオも当然、追従している。問題は、実質的に業界を引退しているベースの徳永《とくなが》タクと、ミノルと一番仲が悪かったギターの今市《いまいち》リョウタだ。タクは今、実家の商売を継いで、音楽業界とは切れている。リョウタはアメリカにいることが多いし、活動停止してからはミノルとは一切連絡を取ってないんじゃないかな」

「ドラムの松下《まつした》ユウジさんはどうなんですか？」

「ユウジは……どうしたかな？　私は知らないけど」馬場が首を傾げる。

「田原さんがそこまで嫌われる理由は……やっぱり、だらしなさが原因ですか？」

馬場がうなずく。

「リョウタはとにかく真面目というか、要するにギター馬鹿でね。ギターが弾けて、好きな曲が作れれば後は何もいらないっていうタイプなんだ。だからミノルみたいに、音楽以外のことにばかり目が向くタイプとは、基本的に馬が合わないんだろう。それなのに、『レイバー』の曲はほとんどミノルが書いていて、リョウタの曲はあまり採用されなかった。その辺も、反発する理由じゃないかな。要するに、金に関わる問題だからね」

「印税ですね？」

「そう」

「今回の再結成も、やっぱり金絡みなんですか？」

「いや、ミノルがまたスポットライトを浴びたくなったんじゃないかな……そういうものですよ。でも、俺は難しいと思うな。ギターとベースにサポートメンバーを入れてやることはできるかもしれないけど、今市に訴えられそうだよね」

「訴える？」

「名前の使用禁止を求めるとかね。リョウタは契約社会のアメリカでの活動が長くなって、向こうのやり方に染まってるらしいし」

三つ子の魂百まで……というのが田原の本音なのかもしれない。確かに一之瀬も、ステージの快感を今でも思い出すことがある。もちろん、東京ドーム５デイズを完全に売り切った「レイバー」とは比べるべくもない、小さなライブハウスレベルだが、客席より一段高いステージに立って歓声を浴びる快感は、体と心に刻みこまれている。一之瀬の場合、警察官である限り、二度とステージに立たない可能性が高いから、余計に懐かしく思うのかもしれない。

馬場の情報は、田原の傲慢《ごうまん》で奔放な性格を裏づけた。となると気になるのは、三分の二……三人いる田原の愛人のうち、彩以外の二人だ。

この二人も調べねばならないのだろうか。春山もうんざりした様子で、車に戻るなり溜息をついた。額に滲んだ汗を掌で拭うと、エンジンを始動させる。湿気のせいで背中から汗が噴き出し、濡れた一之瀬のワイシャツはシートに貼りついた。今はとにかくシャワーを浴びたい……。

春山がエアコンの温度をぐっと下げ、さらに運転席のウィンドウを開けて車を出した。一之瀬は助手席のウィンドウを開ける——雨混じりの風が車内を循環し、エアコンの冷たい風を完全に追い払ってしまった。もはやどうすれば涼しくなるのかも分からず、どうでもいい、という気持ちになっていた。

これだけ暑いと、自棄になって犯罪に走る人がいてもおかしくない。もっとも、事件の起きた六月二十日は、まだそれほど暑くなかったはずだが。

「どうします？」春山がだるそうに言った。

「決めかねてるんだ」誰かに相談したい……大城は避けたかった。となるとやはり、宮村と若杉だろう。横の連絡で情報を共有し、打開策を見つけたい。

特捜本部に戻りがてら、宮村に電話を入れた。聞き込みで移動途中ということだったが、時間は空けられるという。特捜本部に戻れば大城の目につくので、外で会うことにした。

一之瀬は、渋谷に転進するよう、春山に指示した。

「取り敢えず、渋谷中央署に車を停めさせてもらおう」

「アフターマス」のある麻布《あざぶ》から渋谷までは車で十五分ほど。渋谷中央署に車を置いてから再度宮村に電話すると、ちょうど聞き込みを終えたところで、明治通り——恵比寿と渋谷の中間地点付近を渋谷へ向かって歩いているところだという。それなら好都合だ。

「署で話をすればいいじゃないですか」春山が怪訝そうな口調で言った。

「渋谷中央署は、直接今回の特捜に関係ないだろう。そういうところで俺たちがこそこそやっていて、それが大城さんの耳に入ったらどうなる？」

「ああ」春山が渋い表情を浮かべる。「でも、そこまで警戒する必要、ありますか？」

「大城さん、結構評判が悪いみたいなんだ」

「マジですか」

「いろいろあるらしいよ」明治通りを歩き出しながら、一之瀬は大城に関する噂を披露した。

「何だか策士って感じですね」

「だから十分気をつけないと……大城さんは、あちこちにスパイを飼っているかもしれないし。どこで誰が何を話していたか——断片的な情報でも、組み合わせると、秘密にしていたことがバレてしまう」

「直属の係長を警戒しないといけないって、何だか本末転倒ですね」

「今回は、小野沢管理官や岩下さんにも気をつけよう。あの二人はまだ、高澤犯人説にこだわってる。こっちはそれを否定しようっていうんだからな」

「どっちの上司も否定ですか？　八方塞《はっぽうふさ》がりみたいなものですね」春山が複雑な表情を見せた。こいつにはまだ、こういう話は難しいか……いや、一之瀬自身にもよく分かっていない。

電話が鳴った。宮村。

「見つけたぞ」

「どこですか？」一之瀬は周囲を見回した。宮村も、背が高く目立つ若杉の姿もない。

「反対側だ。明治通りの右側か左側か、言うのを忘れてたよ。そこに歩道橋、あるだろう？　それを渡って、渋谷駅の新南口の方へ来てくれ」

自分で歩道橋を渡るつもりはないわけか……宮村とは知り合って二年ほどなのだが、どんどん怠慢、というか体を動かすのを面倒臭がるようになっている気がする。元々、趣味は古い刑事ドラマの鑑賞というインドア派だからかもしれないが。

「すぐ行きます」

「新南口のすぐ前に喫茶店があるから、そこで落ち合おうぜ」

渋谷駅前はいつ頃からか、「三百六十五日工事中」という感じになっていて、歩きにくいことこの上ない。新南口付近でも、新しいビルの建設が続いているのだが、いったいいつになったら終わるのだろう。永遠に工事が続く街……そう言えば、二〇二〇年の東京オリンピックを目指して、渋谷駅の埼京線ホームの移設が進められるはずだ。山手線のホームとは「一駅分」と言っていいほど離れている埼京線のホームが使いやすくなるのは歓迎だが、現在埼京線への一番近いアプローチポイントである新南口はどうなるのだろう。東京は日々顔を変える。東京生まれ、東京育ちの一之瀬でも、変化についていくのは大変だ。

指定されたカフェに入ると、宮村と若杉はカウンター前に並んでいた。宮村が手招きしたので近づくと、宮村は春山に「代われ」と命じた。春山もごく当たり前のように列に並ぶ。それぞれの注文を伝えておいてから、一之瀬たちは席を取った。午後早くは、こういうカフェが一番空いている時間帯である。昼食後なら一服、そして平日なら午後遅くから夕方にかけては、外回りの営業マンがだらけたり打ち合わせで使ったりするので、席を取るのが難しいほどだ。

「春山も、いつまでも最年少だと可哀想ですね」スマートフォンを見ながら順番を待っている春山をちらりと見て、一之瀬は言った。

「人事は巡り合わせだから、毎年必ず新人が入ってくるとも限らないよ」

警視庁の捜査一課は、総勢四百人の大所帯だが、人の入れ替わりが停滞してしまうこともあるようだ。一之瀬の係でも、春山は去年の春以降ずっと最年少だ。

「岩下さんが相当カリカリしてるぜ」宮村が打ち明けた。

「ですよね……でも、そろそろ引き時じゃないですか？　いつまでも高澤にこだわっていると、火傷しますよ」

「そうだな。でも俺たちの口からはなかなか言いにくい」

「ですよね……」

「岩下さんには傷ついて欲しくないよ。今考えてみると、悪くない係長だったよな」

「いつだって、前の係長の方が、新しい係長より絶対いいんですよ」若杉が唐突に言った。

「必ずそうなります……俺たちが警察を辞める頃には、岩下さんは聖人扱いかもしれませんよ」

宮村が一瞬押し黙り、まじまじと若杉の顔を見てからぽつりと言った。

「お前、なに気の利いたことを言ってるんだ？　そういうキャラじゃないだろう」

「いや、別に……」

若杉は特に言い訳はしなかった。確かに何かおかしい。若杉は上司批判もしないし、ただ淡々と自分の仕事をこなすタイプだ。キャラ変したわけではないだろうが、気になる。

「お待たせしました」

四人分のコーヒーをトレイに載せて、春山が戻って来た。正確には、コーヒーは三人分。若杉だけアイスカフェオレ……なのだが、上にべったりとアイスクリームが載っている。コーヒーフロート？

「お前、どうしたんだよ」一之瀬は目を剝《む》いた。「そういう甘ったるいの、お前らしくないぞ」

「最近、糖分の大切さが分かってきた。適度な糖分の摂取は、エネルギーの即時補給に極めて有効なんだ」

即時補給、ときたか……ちょっとからかいたくなったが自重する。若杉を怒らせるとすぐむきになるから面白いのだが、今はそういう状況ではあるまい。

一之瀬は、今調べていることを、できるだけ抽象的に、ざっくり説明した。宮村は渋い表情で聞いていたが、一之瀬が話し終えると、さらに渋い表情になった。

「で、その社長さんは、本当にこの件に嚙んでるのか？」

「分かりません」一之瀬は素直に認めた。「それは本人に確認するしかないんですけど、まだ時期尚早だと思います」

「噛んでるとして、何かやったと思うか？」

「周りの話を聞くと、どうもクソ野郎みたいなんですけど、それだけじゃ決められませんよね。何か決定的な材料が欲しいんですけど、今のところは何とも……ただ、話は複雑になるかもしれません」

「というと？」

「彩さんは、三分の一に過ぎなかったのかもしれないんです」

「三人いる愛人のうちの一人という意味か？」鋭く言って、宮村が目を見開く。

「そういう話を、何人かから聞いています。となると、人間関係のもつれで何かあってもおかしくはないですよね。宮さんの方、どうですか？」

「彩さんの方では、特に悪い話は聞かないんだよ。俺の方は別の線を引いちまったかもしれないけど、とにかく仕事熱心だったそうだ。会社にいる時間が長い人でね」

「もしかしたらその方が、田原と一緒にいられる時間が長いからじゃないですか？」

「なるほど……でも、会社で？」

「密室もあるでしょう」

「いやはや……」宮村が首を横に振る。「破廉恥な話だね、これまた」

「破廉恥って……昭和じゃないんですから」

「今時、そういうのは珍しくもないか？」

「どうですかね」一之瀬も言葉に詰まった。警察内部でそんなことがあったら大問題だが、民間の会社の場合はどうなのだろう。処分されるほどの問題ではないのか、あるいは単にバレていないだけか……「オフィスP」の場合、問題を起こしているにしても社長本人なわけで、誰も意見できないのかもしれない。

「多少野次馬根性的なところもあるけど、もう少し調べた方がいいだろうな」

「そうですか？」

「もしも社長が本格的に絡んでいたら……大物を一本釣りできるかもしれない」

「いやいや、マジですか？」

「何だよ、怖いのか？　そもそもこのネタを引っかけてきたのはお前だろう」

「ビビってるわけじゃないですけど、何だかピンとこなくて。それに、ああいう社会的立場の人が、そんな簡単に危ない橋を渡るとも思えないんですよね」

「でも、簡単に薬に手を出したりするじゃないか」

「今回の件とは違うでしょう。レベルにして五段階ぐらい違いますよ」

「俺も前にそう言っただろう」宮村が右手で顔を擦り、コーヒーをブラックのまま一口飲んだ。

「あの、係長の方はどうしますか？」春山が遠慮がちに訊ねる。

「できるだけ報告しないことだな」宮村が即座に言った。

「それでいいんですか？　直属の係長ですよ？」

「危険な感じがするんだ。係長に報告しないで済ませる手はいくらでもある……何か分かったら、会議でしか発表しないようにすればいいんだ。ぎりぎりで摑んだから、係長に報告している暇がなかったということにして……それなら、係長も文句は言えないだろう」

「分かりました……」まったく納得していない様子だったが、春山はひとまず引き下がった。

「まあ、何となく嫌な気分なのは分かるけど、頑張れよ」宮村が励ましてくれた。「俺はゴシップ好きだから楽しく思えるのかもしれないけど、お前だって音楽業界の話だったら嫌いじゃないだろう？」

「それは音楽そのものの話だけですよ。汚いゴシップなんか聞いたら、夢が壊れるじゃないですか」

「まだまだお子ちゃまだねえ、お前は」宮村が鼻を鳴らして笑う。「基本的に世の中は、ひでえ奴ばかりなんだよ。どこから見ても真っ白、叩いても埃《ほこり》も出ません、なんていう人間はどこにもいねえぞ」

「俺がそうなんですけどね」

一ノ瀬の言葉に、宮村が一瞬きょとんとした表情を浮かべたが、すぐに爆笑した。

「自分ぐらい信じられないと、この世はマジで地獄になるよな」そう言って、納得したようにうなずく。「今のは、俺の名言リストに入れておいてくれ」

「宮さん、そんなリスト作ってましたっけ？」

「今日から作ることにした。我ながら、今のはなかなか、いい感じだったな」

この人は……まあ、出世はしないだろうな、と一之瀬は思いを新たにした。しかし職場にはいてもらわないと困るタイプだ。仕事はきちんとこなし、どこか飄々としていて、その存在自体が一服の清涼剤になる。

それに比べて自分の役目は何なのだろう、と一之瀬は思った。仕事とは——特にチームで仕事をするということは、何と難しいものなのか。

〈14〉

馬場と話して、手がかり——当たるべき人は何人か分かっていた。ゴシップ漁りはやはり好きになれないが、この際だから、九〇年代を代表するバンドの裏歴史をさらってみるのもいいかもしれない。何でも勉強にはなる。

バンドの活動停止後、芸能界を引退した徳永タクは家業を継いだのだが、それが江戸時代から続くという老舗《しにせ》の料亭だと聞いて、一之瀬は軽い衝撃を受けた。ベースを包丁に持ち替えたのか？

上野にある料亭は、確かにいかにも古い造りだった。玄関から続く細い石畳の道には打ち水がしてあり、昼間の暑さを忘れさせてくれるひんやりとした空気が漂っている。引き戸のところには盛り塩。恐る恐る――刑事がビビってはいけないのだが――面会を求めると、タク本人は直接出て来ないで、中年の仲居に案内された。静かな廊下を歩いているうちに、不安になってくる。客が増える時間帯を避けて、午後五時に訪れたのだが、事情聴取に適した環境ではない。

通されたのは六畳ほどの和室だった。料亭の個室とは、こういう感じなのか……一之瀬は仕事でもプライベートでも料亭に来たことがなかったので、新鮮な気分ではあった。ただし今後も、こういうところで食事をする機会はないだろう、と情けない気分にもなる。事前に調べたところ、この店の夜のコースは、最低が一万二千円「から」なのだ。

五分ほど待っていると襖《ふすま》が開き、徳永タクが姿を現した。一之瀬は一瞬、言葉を失ってしまった。徳永タクの昔の写真はインターネットで確認できたのだが、バンドメンバーの中でも一番ほっそりしていて、頬などこけて見えるほどだった。それが今や、ぽっこりと腹が出て、頭上高くセットされていた髪は短く――いや、かなり薄くなっている。二十年の歳月は、人をこんなにも変えてしまうものなのだと改めて意識した。当たり前だが格好も当時とはまったく違う。七月なのにきちんとスーツを着て、ネクタイを締めていた。

「お待たせしました」

言いながら腰を下ろし、あぐらをかく。非常に奇妙な感じだった。最近は、個人宅を訪れても、和室で話を聴くことなど滅多にない。立派な卓を挟んでの会話は、金か次の選挙の話題が合っているように思えてくる。

名刺を交換する。徳永の肩書きは「株式会社　水葉社《すいようしゃ》　代表取締役社長」だった。店の名前が「水葉《みずは》」なので、会社組織にする時にこの名前にしたのだろう。

「失礼ですが、ご自分で料理はしないんですか？」

「経営と料理は分離している、と言うべきでしょうかね」徳永がすらすらと言った。バンド時代はコーラスも担当し、特に高音部に定評があったはずだが、今は低く落ち着いた声だった。

「料理人は別なんですね」

「もちろん、味については……まあ、こういう店をやっていますから、味音痴というわけにはいかないのでね。食べ歩きも仕事のうちなんです」

徳永が腹をぽん、と叩いた。微妙に話がずれていたが、この体形をネタにしたジョークなのだろう。その瞬間一之瀬は、彼の顔に皮肉な表情が浮かんでいるのに気づいた。もしかしたらこの人は、二十年という歳月を消化しきれていないのかもしれない。まだバンド活動を続けて、歓声を浴びていたかもしれないのに——失礼で危険だろうと思いながらも、一之瀬は思い切った質問から入った。

「バンド解散後に実家のお仕事を継いだのはどうしてですか?」

「約束ですよ」徳永がさらりと言った。「バンドは三十でやめて、店を継ぐという約束でしたから。そういう条件で、親に許してもらっていたんです」

「ご兄弟はいないんですか?」

「残念ながら一人で……創業安政《あんせい》元年の店を潰さないために、私一人に責任がかかってきたんですよ。しょうがないですよね」

「もったいなかったですよね。ミリオンを二枚も出したバンドをやめるのは、大変な決心だったんじゃないですか?」

「いやいや、私はやめたわけじゃないので。運がいいというか、三十歳になるタイミングで活動停止になっただけです」

「その件なんですが……いろいろと調べたんですけど、どうして活動停止になったのか、はっきりとは分かりませんでした。何があったんですか?」

「色々な人に聞かれたんですけど、誰にも喋ってません。だから、あなたに喋る特別な理由はないでしょう」徳永が急に頑なになった。顔には笑みを浮かべたままだったが。「まあ、バンドが終わる時っていうのは、大抵いくつもの理由が重なって、なんですよ。そんなに単純なものじゃない」

「主に田原さんの女性問題が原因なんじゃないですか」

「それも一つです」徳永があっさり認めた。

「隠し子が三人いるという話ですけど」

「あれ？　私が知っているのは二人だけど、その後に増えたんですかね」

徳永が軽い調子で言った。これは気をつけないと、と一之瀬は逆に気を引き締めた。情報が入る分にはありがたいが、あまりにペラペラ喋る人間も信用できない。話半分のつもりで聞かないと。

「私は三人と聞いていますよ」

「二人でも三人でも、あいつがどうしようもないクソ野郎なのは間違いないですね」さらりとした口調で徳永が罵倒する。

「しかし今は、大手音楽事務所の社長ですよ。昔に比べればまともになったんじゃないですか」

「あいつは単なるお飾りですよ」徳永が鼻を鳴らした。

「つまり、実際に会社を動かしているのは……会長の戸澤さんですか？」

「何だ、あなた、知ってるんじゃないですか」呆れたように徳永が言った。

「今のは当てずっぽうです」一之瀬はさっと頭を下げた。「戸澤さんは、元々『レイバー』

のプロデューサーですよね」

「俺たちにたっぷり儲けさせてくれたのは戸澤さんですよ……それは間違いない。しかし、あんなに山っ気のある人だとは思わなかったな」

「音楽関係の仕事なんて、山っ気のある人しかできないんじゃないですか？」

「たぶん戸澤さんは、『レイバー』の仕事ではそんなに儲けてないんですよね。当時はあくまで、レコード会社の社員だったから。臨時ボーナスぐらいは出たかもしれないけど、我々——特に田原の儲けっぷりを見ていて、馬鹿馬鹿しくなったんじゃないですか？　だから会社を辞めて、田原と一緒に一儲けしようと思ったんですよ」

「そんなに簡単にできるものですか？」

「戸澤さんには、こういう仕事に絶対必要な人脈があった。田原はああいう目立ちたがり屋だから、神輿《みこし》に担いで看板にするのにちょうどいい。二人の役目と思惑《おもわく》が一致したんじゃないですか」

「なるほど……オリジナルメンバーでは、矢作さんだけが田原さんと一緒に動いたんですね」

「矢作は一人だけ年下で、田原の腰巾着だったから……私たちは、バンドの中でも田原と衝突ばかりしていたから、あいつと仕事を続けるのは無理でしたね」

「——ということを、今市さんと愚痴ったりしたんですか？」

「まあね」徳永が苦笑する。「今市は特に愚痴の多い男だけど、私も、田原と一緒にできない、という点では意見が一致しました」

「会社を立ち上げる時、誘われたんですか?」

「いや」急にバツが悪そうな表情になって、徳永が短く否定した。

なるほど……田原の方でも、気の合わないメンバーは最初から排除するつもりだったわけだ。バンド時代よりもさらにシビアに金の話をするためにも、本音で話し合えない人間と一緒にいる意味はない。

「本当に、お互いに合わなかったんですね」

「まあ、看板のヴォーカルというのはわがままになるのが普通ですけどね」諦めたような口調で徳永が言った。「こちらとしても、活動停止はいいきっかけでしたよ。田原と縁が切れただけでもよしとしないと」

「そこまで嫌うものですか?」

「こっちまで疑われたらたまらないですからね」

「疑う?」一之瀬は一瞬でピンときたが、とぼけた。できれば向こうの口から事実を認めさせたい。

「警察の人が来たっていうのは、そういうことなんでしょう? あいつもいい歳して、困ったもんですよねえ」

「薬物関係のことをおっしゃってるんですか?」一之瀬はまっすぐ徳永の顔を見ながら訊ねた。

「違うんですか?」徳永が目を見開く。

「そちらの名刺なんですが……」一之瀬は、徳永が卓に置いた自分の名刺に目をやった。

「私は捜査一課の所属です。捜査一課は、基本的に薬物事件の捜査はしません。私の担当は殺しです」

「殺しって……」徳永が困ったように目を細める。「まさか、田原が人を殺したとでも言うんですか?」

「詳しいことは言えませんが、田原さんの交友関係を調べています――田原さん、ドラッグでもやってたんですか?」

「そういう場面を直接見たことはないですけどね」

徳永が言葉を濁す。あるな、と一之瀬は確信し、徳永の顔にさらに強い視線を注いだ。

徳永が目を逸らし、咳払いをする。

「まあ、あの、直接は、ということですよ。煙を吸ったり、注射したり、そういう場面は」

「使用後の場面は見てるんですね」一之瀬はさらに攻めこんだ。

「普段とは全く違う様子のあいつを、何度も見てますよ。特にでかいステージの前はね……田原は基本的に神経質で、元々は人前に出ることがかなりのストレスだった。場慣れするに従って、だんだん楽になってきたようですけど、でかい会場だとやっぱりね……最初のドームツアーの時は、田原もかなりプレッシャーを感じてたみたいで、初めて使ったのはその頃だと思います。あ、でも、二十年以上も前の話は、そもそも関係ないでしょう？」

「今はどうなんですか？」

「さあ」徳永が首を捻る。「もう何年も会ってませんから。でも、一応は社長なんだし、戸澤さんが目を光らせてるはずだから、そんな馬鹿なことはしないんじゃないですか？」

「何年も会っていないとなると……『レイバー』の活動再開の話があるみたいですけど、その件も話していないんですか？」

徳永の目から、いきなり光が消えた。何かまずいことを言ってしまったのだろうか……しかし彼は、短く一言、「いや」と否定するだけだった。

「聞いてないんですか？」

「正式にはね」

「非公式にはどうなんですか」一之瀬はさらに突っこんだ。

「話は何となく伝わってきてるけど、こっちには関係ない、ということですよ」

「つまり、活動再開は、徳永さんたちは抜きなんですか」

「そもそもオリジナルメンバーでの活動再開は無理なんですけどね」

「今市さんがアメリカをベースに活動しているから?」

「違いますよ」徳永が意外そうに目を見開く。「一人欠けてるからです。ドラムの松下は亡くなりました」

「……初耳です」業界の事情通である馬場も、松下に関しては「知らない」と言っていた。音楽業界と完全に縁を切って、まったく関係ない世界でひっそりと生きているのではないかと想像していたのだが、まさか死んでいたとは。「いつですか?」

「二年前に、心筋梗塞で」

「『レイバー』ほどのバンドなら、メンバーが亡くなったことはニュースになりそうですけど」一之瀬は首を捻った。

「出ないように、周りが気を遣ったんですよ。本人は、音楽業界からは完全に身を引いていましたしね」

「お仕事は何だったんですか?」

「普通の会社員です」

「『レイバー』のドラマーが普通の会社員?」松下は、ドラム台ごと宙づりになるなど、ド派手な演出を売りにしていた。モトリー・クルー辺りのパクリだと思うが、とにかく松下が「レイバー」の派手な面を代表していたのは間違いないと思う。

「あいつも苦労したんですよ。音楽活動からはすっぱり身を引く覚悟だったんだけど、マスコミの連中には追いかけられるし、就職した会社でもいろいろ言われたりで……結局、落ち着いたのは三十五歳になってからでした。それから十年以上、普通に働いていたんですけどね」

「お仕事は何だったんですか？」

「食品関係——正確に言うと、業務用食品卸です。レストラン関係への食品の納入とか、そういう仕事で……何かとつき合いが多かったんでしょうね。元々酒は呑めなかったのに、つき合いで無理して呑むようになって。それで体を壊していたんだと思います。申し訳ないことをしました」

「もしかしたら、その仕事を紹介したのはあなたですか？」

徳永が無言でうなずく。ということは、彼はバンドの活動停止後も松下とずっとつながりがあったわけだ……悔しさもひとしおだっただろう。

「だから、オリジナルメンバーでの活動再開は不可能なんです。松下の葬式には田原も来てたんだから、そういうことはよく分かっていたはずなんですよ。でも、我々には何も言わないで準備を進めている……矢作を使ってね。本当にやるつもりかどうかは分かりませんけど」

「何か、法的に問題はないんですか？」

「ないんじゃないかな。バンドをやってる時は、権利関係とかはまったく気にしていなかったけど、活動停止になってから、田原たちが上手くやったみたいですね。『レイバー』という名前の商標登録から始めて、当時のロゴとかも、全部自分たちが自由に使えるようにした。もちろん、声をかけられても乗るかどうかは分かりませんよ。いや、無理でしょう。私には仕事があるし、今市は田原を徹底して嫌っているから、絶対に出てこない。そういう事情は分かっていて、田原は自分の金儲けのために『レイバー』の名前を使おうとしたんだ。ろくでもない人間ですよ」

激しい物言いに、一之瀬は一歩引いて黙りこんだ。徳永は現在の生活が不満なのだろうか。老舗料亭といっても、言ってしまえば水商売である。夢――いや、栄光を捨て、継ぐだけの価値があったのかと、今でも自問しているのかもしれない。しかし、そもそも「レイバー」を続けていくこと自体が無理だったのか……無理にしたのは田原、と考えているのだろう。

「田原さんが現在、どんなことをしているかはご存じないんですね」

「幸いにも」徳永が皮肉っぽく言った。

「女性関係では相変わらず揉めているようですが」

「あいつ、何かやらかしたんですか？」徳永がぐっと身を乗り出した。心配するというより、嬉しそうな表情だった。

「それは、現段階では何とも言えませんが……今市さんとは、今でも連絡を取り合ってますか？」

「滅多に会えませんけどね。あいつは海外にいる方が多いから」

「できたら紹介してもらえませんか？　今市さんにも話を聴いてみたいんです」

「いいですよ。それに何かあったら、私を証人で呼んでもらってもいいです。田原の悪行の数々、いくらでも証言しますから」

犬が水に落ちたら叩く、ということか。現段階では……無理だろう。田原は、ある意味「保護下」にある。例えばネットで叩くことはできるかもしれないが、そんなことをしても、一般人が興味を持つかどうか。「レイバー」人気は一時は猛威をふるったわけだが、二十年も昔の話である。ファンは気まぐれで、活動停止したバンドに、いつまでも強い興味を持つわけがない。しかし仮に逮捕されて裁判にでもなれば……。

果たして捜査は、そっちの方向へ行くのだろうか。

考えると身震いするようだった。

〈15〉

一之瀬が学生時代に組んでいたバンドは、メンバーそれぞれの就職で自然消滅してしまったが、プロならば——しかも「レイバー」ほど成功したバンドならば、メンバーの執着心は一之瀬には想像もできないほど強いものだったことだろう。徳永はチクチクと人を刺すようなきつい皮肉を吐き続けたが、彼が「レイバー」に対して彼なりの愛着を持っていたことは理解できた。もしも「水葉」を潰すほどの強い覚悟があったなら、バンドを続ける努力をしていたのではないだろうか。

特捜本部に帰る車の中で、一之瀬はつい春山に打ち明けた。

「俺も昔、バンドをやってたんだ」

「マジですか」ハンドルを握る春山の声が弾《はず》む。

「学生時代にね……自然消滅して、今はバンドを復活させる暇なんてないけど」

「じゃあ、田原たちの気持ちも少しは分かりますか？」

「全然分からない」一之瀬は正直に認めた。「成功したバンドとアマチュアバンドじゃ、メンタリティから何からまったく違うよ。音楽の話という点だけは共通しているかもしれないけど」

「でも、一之瀬さんには得意な話じゃないんですか？」

「いや、全然。この件で今まで出てきている話は、人間関係か金のことだけだ。俺にはあまり想像つかないな」

「そうですか……音楽業界って、色々大変なんですね」

「どこの業界も大変だろうけど、まあ、かなり変なんだろうね」

「今の件、捜査会議での報告は……」

「昔の薬物問題を持ち出したって、何にもならないよ。検証するのも不可能だろうし」

「……ですよね。だったら、黙ってます？」

「事情聴取したことは報告するけど、それだけだな。内容はなるべく出さないようにしよう。そうだ、君が報告してくれないかな」

「俺がですか？」春山が不安げに言った。

「一緒に話を聴いてたんだから、大丈夫だろう？　詰まったら助けるよ」

「分かりました」見る見るうちに春山の肩が盛り上がる。

「そんなに緊張することないって」

「緊張しますよ。報告なんて、ちゃんとやったことがないんですよ」

「まあまあ。こういうのも慣れだから」二人で事情聴取を担当していて、報告は代わる代わる——何となく、それで上を騙せるのではないかと思った。

こういうことを気にしながら仕事をしなければならないのは、何とも変な感じだったが。自分は判断せず、聴いた話は右から左へ流してしまう方がよほど楽だ。

夜の捜査会議の最中、一之瀬はずっと落ち着かなかった。会議が始まる前、大城から「今日終わったらつきあえ」と声をかけられたのだ。断ることもできず、深雪に「遅くなる」と電話をかけると、「何でそんなにどんよりしてるの？」と不思議そうに訊かれた。隠すわけにもいかず、「嫌な上司に誘われたんだ」と打ち明けると、深雪は一笑に付した。どうも彼女は、職場環境に恵まれているようで、一ノ瀬に上司や同僚の悪口を言ったことが一度もない。研究職というのは、量的な目標を達成するのが一番だから、人間関係であれこれ悩まないのかもしれないが。

今日もあまり動きがないまま、捜査会議は一時間もかからず終了した。一之瀬は明日の動きについて春山と簡単に打ち合わせしたが、それでもまだ午後九時前である。これから何時間連れ回されるのだろうかと考えるとぞっとした。酒癖の悪い人だったらどうしよう。特捜だから週末も関係ないが、土曜の夜に……と考えるとうんざりしてしまう。

連れ立って署を出ると、大城はすぐに地下鉄の駅の方へ向かった。電車で移動となると、飲み会のスタートはさらに遅くなる……しかし大城が告げた行き先は、すぐ近くの五反田だった。

「そこで呑むんですか」

「行きつけの店がある。静かに話せるところだ」

それで少しだけ気が楽になった。山手線の駅の近くにいれば、中央線沿線の住人である一之瀬は帰宅しやすい。そう考えただけで、何とか今夜を乗り切れそうだった。

五反田は非常にごみごみしている……一之瀬にはほとんど縁がない。しかし大城には馴染みの街のようで、まったく迷わず歩き、桜田通りから一本入った狭い道にあるビルへ一之瀬を誘導した。店は、一階の居酒屋。言葉通り行きつけのようで、店員に一言二言話すと、すぐに個室に案内された。店の喧騒《けんそう》が急にかき消え、二人きりになったことを強く意識する。考えてみれば、この係長と二人だけで酒を呑むのは初めてだった。

「食べるものは軽く、でいいな」

「そうですね」今日は捜査会議が始まる前に弁当で夕食を終えていた。

「俺は日本酒にする。お前は？」

「ビールをいただきます」

その会話が途切れたところで個室に入って来た店員に、大城がすぐに注文する。料理は「軽く、適当に」。それだけで話が通じてしまったようだった。こういうのは少しだけ羨ましいと思う。一之瀬は自分から積極的に酒を呑む方ではないので、いわゆる行きつけの店は一軒もない。店の人となあなあの関係になって、冗談を飛ばし合うのもあまり好きではなかった。

「今日は何を隠していた？」

酒が運ばれて来ると、大城がいきなり切り出した。読まれているのか、カマをかけているのか……判断できず、一之瀬は「報告する必要のあることは全部報告していますよ」とだけ答えた。大城が鼻を鳴らし、グラスを口元に運ぶ。日本酒のオンザロック。珍しい呑み方だ。

「そうか。別に、全部言う必要はない」

「岩下さんたちは、まだ高澤犯人説にこだわっているみたいですが」特にトラブルなく進んだ今夜の捜査会議だが、岩下たち——最初から特捜本部に入っていた刑事たちは、まだ高澤の犯行説を捨てていないようだった。一之瀬たちが拾ってきたアリバイの不備——証言のあやふやさを突いてきて、「まだ分からない」「高澤の線を押したい」と強調したのだ。一之瀬にすれば、言いがかりのようなものだが。

「まだ負けを認めたくないんだろう」大城がさらりと言った。「実際には負けは決まってるんだが、お前が早くとどめを刺さないから、往生際が悪くなるんだ」

「まだ決定的な証拠は出ていませんよ」

「そうか……社長がやったと思うか？」

「まだ、何とも」やっていてもおかしくないのでは、という方向へ一之瀬の考えは傾きかけていた。女にだらしがなかったが故に、トラブルも多々あっただろう。それに昔のこととはいえ、薬物の疑惑もある……たぶん田原は、「オフィスＰ」の看板に過ぎないのだ。実務は戸澤が仕切って、表向きの顔として田原を立てているだけなのだろう。犯罪にでも手を染めない限り、これで上手くいくはず——田原だって、自分が何かすれば失うものがどれだけ大きいか、理解しているはずだ。どんなに激情に駆られても、人を殺すとは考えられない。

「本人が何もやってなくても、他の愛人が手を出したかもしれない」

「それは、可能性としてはあり得ますね」

「他の女の存在が許せないのは当然だろう。それで田原を恨むんじゃなくて、相手の女の方を恨む——それも想像だけの話じゃない」

「ええ」

「この線を押せ——高澤以外に犯人がいれば、俺の面子は立つからな」

「代わりに小野沢さんの面子は丸潰れになりますよね」

「小野沢さんは、今のポジションにいるべき人じゃない。そこまでの能力はない」

露骨な上司批判に、一之瀬は驚いた。こんなことを言っているのが外に漏れたらえらいことになる——自分以外の一課の人間は、大城のこういう一面を知っているのだろうか、と一之瀬は心配になった。

「もしも高澤が関係していないと分かったら、小野沢さんはどうなりますかね」

「退場してくれるかもしれない」

「退場って……」

「一個ポジションが空けば、こちらとしてはありがたい限りだ」

一之瀬は何も言えなかった。仮に小野沢が管理官から飛ばされても、大城がそのままそのポジションを埋めるのは不可能である。大城はまだ警部で、管理官は警視ポジションだから……少なくともあと数年、大城は警部としての仕事をこなさねばならない。それに警視になったとしても、まずは所轄の刑事課長に転出して、指揮官としての基本を現場で学ぶ必要がある。

「俺は何も言えませんけど……」

「お前は何も言わなくていい。事件の解決だけを目指せ。この件が上手くいけば、お前にとっても大きなプラスだぞ。査定がぐんと上がる——上がるように俺が手を回しておく。お前だって、もっと上に行きたいだろう」

「そんなこと、何も考えてませんよ」

「考えろ」真顔で大城が言った。「警察官には二通りのタイプがある。自分の仕事を守って、現場で定年まで頑張るタイプと、人を動かす方に回るタイプだ。お前は明らかに後者だと思うが」

「俺は、別に……」

「人を動かす人間がいないと、警察のようにでかい組織は回らない。それは分かるな？」

「ええ」

「ところが最近の若い奴は、出世欲がないというか、安定思考というか……これは警察的にはまずいことなんだ。お前は現場の刑事よりも、指揮を執る方が向いている」

「まだ現場の面白さも全て分かったわけじゃないですよ」

「関係ない」大城が首を横に振った。「お前はできる。そして、できる人間は責任を果たさないといけない。楽な方向へ逃げるなよ」

「逃げてませんよ」

「だったら宣言してみたらどうだ？　将来は捜査一課長になります、と」

「それは――」

一之瀬は思わず言葉を呑んだ。仮に自分が捜査一課長になるとしても、二十年――二十五年も先のことだろう。そんな先のことを「目標」として口にすることはできない。黙っていると、大城が「まあ、いい」と言って鼻を鳴らした。それで何となくほっとしてしまう自分が情けない。ここで堂々と、「将来は捜査一課長を目指します」と言うべきなのか？

いや、一之瀬の周りには、そんなことを言う人間は一人もいない。そういう思いは胸に秘めて、隠しておくべきだろう。

大城は真面目なのか？　それとも真顔で俺をからかっているだけなのか？　まったく判断がつかなかったし、確かめる気にもなれない。

「とにかく今回の件では——何か新しい情報があったら真っ先に俺だけに知らせろ。悪いようにはしない」

「何かあれば——はい」これは嘘でも何でもない。ただし、その「何か」が「何でもない」と自分で判断することはできる。前に宮村と話し合った保身の術を、一之瀬はまた自分に言い聞かせた。

ヘマするわけにはいかない。捜査一課長になるかどうかはともかくとして。

〈16〉

田原に一番近いはずの人間——矢作に接触するのは容易ではなかった。いや、もちろん会社に電話して「事情を聴きたい」と頼みこむのは簡単なのだが、それではこちらの動きが会社側、つまり田原に筒抜けになってしまう。何とか極秘にやりたいと考えた末に、一之瀬と春山が選んだのは、日曜の朝に自宅を急襲する方法だった。こういうやり方は珍しくもないが、効果的ではある。人は、一番安全だと思える自宅にいると気が緩むので、案外簡単に本音を喋ってしまったりする。

難しいのはこっちの体調だ。

何だかすっかり酒に弱くなってしまったようだった。昨夜は大城につき合ってビールを呑んだだけなのに、今朝は起きるのが辛くて仕方なかった。深雪が起こしてくれなければ、そのまま朝寝が続いていただろう。こういうのは結婚したメリット――と考えたものの、すぐに自分で否定した。

俺は、朝起こしてもらいたいから彼女と結婚したわけじゃない。

「週末、潰れちゃったね」

「ごめん」思わず頭を下げた。

「私はいいけど……ご飯、それだけでいいの?」

「今朝はこれぐらいしか入らないよ」

今日の朝食は味噌汁一杯だけ。それでかなり回復したものの、軽い頭痛を抱えたまま、一之瀬は大慌《おおあわ》てで待ち合わせ場所の原宿《はらじゅく》に向かった。矢作の自宅の最寄駅は、原宿というか明治神宮前というか……とにかく渋谷区で一番若向けの街である。ただ、賑やかなのは表面上だけで、ちょっと奥まったところには、静かで上品な住宅街が広がっている。一之瀬は結婚してから、不動産情報をよくチェックするようになったので、この辺りの戸建はどんなに小さくても一億円はすると分かっていた。ただしそれは、出物があった場合の話であり、この辺りでは不動産取引はあまり活発ではない。

「こんなところに住んでいる人、いるんですねえ」春山が呆気《あっけ》に取られたように言った。

「そりゃいるさ」

「何だか、有名人とか普通に歩いてそうですね……」春山が周囲をきょろきょろと見回した。

「そうかもしれないけど、芸能人を見かけても声を上げたりするなよ。東京の人間は、そういうことをしない」

「それぐらい、分かってますよ」春山が苦笑した。「もう、十年も住んでるんですから。最初の頃は確かに、びっくりしましたけど」

「芸能人がたくさんいて？」

「何だか俺、よく遭遇するんです」

「ああ、そういう人、いるんだよな」

気軽な会話を交わしているうちに、一之瀬は急激に体調が回復してくるのを感じた。深雪の味噌汁のおかげか、歩いて少し汗をかいたせいか、あるいは春山との気軽な会話がよかったのか。

こういう人間が身近にいるといいな、と思う。精神安定剤になるし、これから経験を積めば、参謀役としても使えるようになるのではないだろうか。自分が捜査一課長になったら、理事官として脇を固めてもらうとか——おいおい、大城に言われたからって、調子に乗り過ぎじゃないか？　一之瀬は顎を引いて、ぐっと気持ちを引き締めた。

矢作の家に到着すると、春山がまた啞然として言った。

「馬鹿でかい家ですね……」

「確かに」これもちょっと不思議な話だ。矢作は確かに「オフィスＰ」では田原の右腕なのだろうが、平取締役でしかない。どれほどの給料をもらっているのだろう。あるいは、バンド時代に無駄遣いせずに貯めこんでいたのか。いずれにせよ、普通のサラリーマンには絶対に無理な場所、大きさの家である。

「インタフォン、鳴らしますか？」春山が指示を求めた。

「少し待とう」一之瀬は、腕時計で時刻を確認した。午前八時。日曜日だから、矢作はまだ寝ているかもしれない。寝起きを急襲するのは相手を動揺させる基本だが、もう少し寝かせておいてもいいのではないか……。

いつまで待つべきか、と考えているうちに、急に腹が減ってきた。二日酔いの朝に空腹を感じるのは、体調が回復してきた証拠なのだが、今は朝食を食べている時間がないのが残念だ。せめてコーヒーでもいい。春山を走らせて、その辺でーヒーを買って来るように頼んでもいいのだが、一之瀬は後輩に使いっ走りさせるのが好きではない。

「一之瀬さん、コーヒー飲みませんか？　持って来たんです」春山が唐突に切り出した。

「持って来た？」

　春山がショルダーバッグの中を漁って、携帯マグを取り出した。蓋を外すと、熱いコーヒーを注いで一之瀬に渡す。

「こんなの、どうしたんだよ」

「今朝、コーヒーを飲んでる時間がなかったんで、家で淹《い》れたやつを持ってきたんです」

「俺にとってはラッキーだな」一之瀬はカップ代わりの蓋を顔の高さに掲げてみせた。

「ちょっと二日酔い気味だったんだ」

「一之瀬さんが？　珍しいですね」

「昨夜大城さんと呑んだから、調子がおかしくなったのかもしれない」

「ああ……何となく分かります」春山が曖昧な笑みを浮かべた。

　かなり濃いコーヒーの効果はてきめんで、一気に酔いが醒めたようだった。その分空腹は激しくなったが、これは我慢するしかないだろう。

　コーヒーを飲み終え、蓋を春山に返した瞬間、動きがあった。玄関脇にあるガレージのシャッターが、いきなり上がり始めたのだ。家の中からガレージに直接アプローチできるタイプ……だとすると、この家は一之瀬が想像していたよりも広いのかもしれない。

「日曜なのに早いな」

言い残して、一之瀬は道路を素早く渡った。シャッターが上がりきると同時に、アウディのセダンが姿を現す。エンジンの音が野太く勇ましい。もしかしたら、V8エンジンを搭載した高性能な「S」モデルなのかもしれない。

一之瀬は素早く車の前に立ちはだかり、両手を広げた。ほんの数センチほど前に出たところで、アウディががくんと停まる。ハンドルを握った男の顔が、一瞬で蒼褪めた。そこまで驚くことだろうか、と一之瀬は不思議に思った。自分の膝《ひざ》からアウディのバンパーまでは、まだたっぷり二メートルもあるのに。

急いで助手席側に歩み寄り、身を屈めてウィンドウをノックする。春山は打ち合わせ通り、運転席側に回りこんだが、特にアクションは起こさない。彼は何かあったら対応する、という作戦だった。

ウィンドウが下がり、まだ蒼い顔をした矢作が、怪訝そうに一之瀬の顔を見詰めた。一之瀬はすかさずバッジを示すと同時に名乗った。矢作の顔にゆっくりと血の気が戻ってくる。日曜の朝に急襲されるような、後ろ暗いことがあったというのだろうか。座っていても、非常に小柄でほっそりしているのが分かった。髪は耳を覆うぐらいの長さで、隙間からピアスが見える。全体としては昔の雰囲気を保っている——老けから上手く逃れているようだった。

「朝からお騒がせしてすみません。実は、亡くなった小田彩さんのことで話をお伺いしたいんですが」

「私は特に、話すことはありませんけど」矢作の声は、今にも消え入りそうだった。

「こちらには聴きたいことがあるんです……今日は、日曜なのに仕事ですか？」

「ええ」

「ずいぶん早いですね」

「午後から出張でして……それまでに会社の方で仕事を済ませておきたいんです」

「今のお仕事は何なんですか？」

「何でも屋ですよ。イベントの仕切りが多いですが……うちの会社、かなりたくさんイベントをやってますから」

「小田さんも同じような仕事をしていたそうですね。あなたの部下だったんですか？」

「いや、うちは普通の会社のような組織ではないので……ちょっと説明しにくいんですけどね」

「失礼ですが、私、このまま話していないといけないんでしょうか？」一之瀬は軽く皮肉をかました。

「ああ、いや……」矢作が逡巡した。「だけど、これから会社へ行くんですよ」

「自動車出勤なんて、贅沢《ぜいたく》ですね」

「創業メンバーだけに許された特権といいますか」

この人はどこかずれている、と一之瀬は確信した。社員――それも社長の愛人と噂される社員が殺され、警察が社内を嗅ぎ回っている。普通は警戒して、口をつぐむのではないだろうか。あるいは、無駄話を続けることで、核心から逸らそうとしているのかもしれないが、上手い作戦とは言えない。

「乗せて行ってもらえますか」

「はい？」途端に矢作の顔が引き攣る。

「申し訳ないですが、我々には時間がありません。それはあなたも同じですよね？　会社で仕事の邪魔はしたくありませんから、車の中で話を聴かせてもらうのが、お互いに無駄がないと思いますが」

「強引な人ですね」矢作が苦笑する。

「強引にならなければいけない時はそうします――会社まで二十分ぐらいですか？」

「この時間だと十五分で着くでしょう」

「十五分でも結構です。時間をいただけますか？　無理なら、改めて会社かどこかでお会いすることになります。あるいは、今日の出張について行って、新幹線か飛行機の中でみっちり話を聴かせてもらうとか」

「……分かりました」矢作が露骨に溜息をついた。「会社へ着くまでですよ」

「結構です。ありがとうございます」

一之瀬は素早く助手席に滑りこんだ。春山は後部座席に。バックミラーを見た矢作が顔をしかめる。

「二人一緒ですみません」

春山が細い声で言って頭を下げる。矢作がまた溜息をついた。このままだと、会社へ着くまでに背中が曲がってしまうかもしれない。

車がガレージを出た直後、一之瀬は直接事件に関係ない質問から始めた。

「『レイバー』が活動再開するという話があるんですか?」

「どこで聞きました?」矢作の声が尖る。

「さる筋から」

「どの筋だか知りませんけど、どんな風な形になるかは分かりませんよ」

「計画自体はあるんですか?」

「年末――活動停止からちょうど二十年になる時点で、何度かステージをこなす、という話はあります。今日もその関係で出張なんですけどね」

「会場探しですか?」

「そうです」

矢作があっさり認め、一之瀬は軽い違和感を覚えた。自分のバンドの活動再開ライブの会場を自分でブッキングする？　彼は「レイバー」においては裏方ではなく、あくまでプレイヤーである。

「よく分からないんですが、オリジナルメンバー全員は揃いませんよね？　ドラムの松下さんは亡くなっていますから」

「社長の感覚では、自分がいれば『レイバー』は成立する、と」

「そうなんですか？」

「社長はそう信じているし、周りでもそれに賛成する人がいる、ということです」

「矢作さんはどうするんですか？」

「さあ」矢作がハンドルを抱えたまま肩をすくめる。「私は何も言われていないので。会場を押さえるように指示を受けただけですから」

「準備は大変そうですね」

「でしょうね」

「矢作さんはステージに立たないんですか」一之瀬は数瞬前の質問を繰り返した。

「それを決めるのは私ではないので」

「でも矢作さんは、バンドの要《かなめ》でしょう」

「それも、自分で言うようなことじゃないですから」

何なんだ、この卑屈な態度は？　矢作のことを「田原の腰巾着」と言っていたのは誰だったのだろう……非常に失礼な言い方だと思っていたが、誇張ではなかったようだ。

「田原さんに愛人が三人いるのは本当ですか？」

「ええ」

あまりにもあっさり認めたので、一之瀬はむしろ警戒した。どうしてこうも簡単に？　何となく、矢作には人間らしい感覚が薄い感じがする。自分の処遇に関しても、田原がどんな人間関係を築いていても、まったく関心がないような態度。

「まあ、社長は昔からそういう人ですから」

「その辺が、活動停止の原因だったんですか？」

「そんな解釈でいいと思います」

「矢作さん」一之瀬は焦《じ》れて言った。「どうしてそんなに他人事みたいに言えるんですか？　バンドの問題はあなたの問題でもあるでしょう」

「二十年も前の話ですから……それで、何が言いたいんですか？　社長のことを嗅ぎ回っているんですか？」

「調べている、ということです。その事実をご本人には知られたくないですが」

「私が言わないとでも思っていますか？」矢作が不思議そうに言った。

「もしもこれで、田原さんが何か対策を取ったら、あなたから情報が漏れたとすぐに分かります。その対策が違法行為なら、あなたも共犯に問われる可能性があります」

「そうですか」

手応えがまったくない……人間と話している感じがなくなってきた。俺は今、出来の悪いAIを相手にしているのか？

「何とも思わないんですか？」

「社長が倒れたら私も倒れる。当たり前のことでしょう」

「一心同体ということですか」

「私が社長の付属物、ということです」

「それで……あなたは三人の愛人を全員知っているんですね？」

「ええ」

「そのうち一人が小田彩さんだったということも？」

「ええ」

「会社的に問題ないんですか？　社長が手をつけた社員が殺されたんですよ？　状況的に、社長が疑われても仕方ないでしょう」

「その日の社長の行動なら、私が説明できますよ」

「そうなんですか？」

「六月二十日は、社長とずっと一緒でしたから。正確に言えば、当日の午後から、二人で山梨に出張でした。来年の夏フェスの会場の関係です」

「その時会っていた相手は教えてもらえますか？」

「もちろんですが、それではアリバイは証明できません。向こうでの仕事は、夜の八時ぐらいには終わったので。事件が起きたのは、それから五時間後ぐらいですよね？」

「日付が変わった直後と見られています」

「その時間の社長のアリバイを説明できるのは私だけです。東京へ帰って来てから、社長と一緒に酒を吞んでいましたから。ちなみに場所は、六本木にある会員制のクラブです。すぐに確認が取れますよ」

まるで一之瀬たちの訪問を事前に予測していたかのような、淀みない答えだった。それも仕方ないことかもしれない。何しろこれまで、会社の人間と多数接触してきたのだから、こちらの動きもかなり漏れているはずだ。今更ながら、このやり方は失敗だったと悟る。どうせなら、大人数で一斉に会社の人間から事情聴取すべきだったのだ。それこそ、事件発生直後から……あれからかなりの時間が経っており、もしも田原が犯人だとしても、もうとっくに防御壁を張り巡らせてしまっただろう。

特捜は、最初から間違った方向へ走っていたのかもしれない。ストーカーの情報が早い段階でもたらされなければ、様々な可能性を探っていたはずだが……特捜本部の全員が一度同じ方向を向いてしまうと、引き戻すのは極めて難しくなる。自分が最初から特捜にいても同じだっただろう。

だからといって、小野沢や岩下のミスが許されるものでもないが。

「いつでも確認して下さい。私は協力しますよ……というわけで、会社に着きましたが」

「お手数おかけしました」

ここは一度、引き下がるしかない。一之瀬は唇を嚙み、一瞬、真っ直ぐ前を見つめた。

〈17〉

週明け、捜査は停滞した。

問題の会員制クラブに確認したところ、犯行当時の田原のアリバイが「半分は」確認されたのだ。六本木にあるクラブの営業は午前零時まで。田原と矢作は、閉店と同時にこの店を出ている。六本木から彩の自宅まで、車で三十分はかからないから、犯行は不可能ではない……ただし、この程度の情報では、田原に直当《じかあ》たりするわけにもいかない。

こういう時は、搦《から》め手《て》から攻めるのも一つの方法だ。業界に詳しい人……ではなく、藤島から引き継いだネタ元であるQに一之瀬は接触を図った。正体は未だに分からないが

――藤島からは「探らないように」と厳命されている――様々な業界内の事情にやけに詳しい人物である。特に財界、それに警察内部の噂話に異常に通じている。それ故一之瀬は、経済事犯が専門のキャリア警察官か、検事ではないかと疑っているのだが……警察官が警察官をネタ元にしているとしたら、おかしな話ではある。

Qと話す時はタイミング、それに賄賂《わいろ》が必要だ。といっても、その賄賂は、上等な和菓子と美味い焼酎《しょうちゅう》である。手土産《てみやげ》に和菓子を持って、「森伊蔵」を置いている居酒屋に招待すれば、大抵は機嫌よく話してくれる。

ただし今日は、おかしなことになった。Qは電話で話す時はしばしば不機嫌で、面会を断られることも多いのだが、今日はその厄介な段階は簡単にクリアできた。珍しく機嫌がよかったのだろう。しかし店に入って話題を切り出した瞬間、いきなり顔をしかめる――いや、露骨に不機嫌になった。

「君は、芸能界の大きさと怖さを知ってるのかね」

「いえ、専門外の世界なので」以前、ジョギング中のタレントが襲われた事件を捜査したことがあったが、被害者のタレントがまだ売り出し中で、世間にもあまり知られていなかったから、大ごとにはならなかった。あの時に少し芸能界の内幕を覗いたが、特にプレッシャーを感じたわけでもない。

「田原に戸澤か……十分気をつけることだな」

「何か闇があるんですか？」

「ないわけがないだろう」Qがあっさり言った。「もちろん、全部が全部本当かどうかは知らないが、噂の五パーセントが真実だとしても大変なことになるだろうな」

恐ろしい台詞と瀟洒《しょうしゃ》なスタイルが合っていない。今日のQはコロニアルスタイルとでもいうべきか、生成《きな》りの麻のスーツに真っ白いシャツ、濃紺と白の縞模様のニットタイという格好だった。靴は確認していないが、白茶コンビのウィングチップかもしれない。これでカンカン帽でも被れば、そのままインドの高級な避暑地に置いても不自然ではない感じだ。

「そんなにヤバい連中なんですか？」一之瀬は取り敢えず、薬物関係を想像した。

「非常にまずい。身辺には十分注意したまえ」

「身辺って……」一之瀬は周囲を見回した。居酒屋の個室なので、誰に気を遣う必要もないのだが。「別に何もないですよ」

「本人たち以外の会社関係者、昔のバンド仲間には接触しているわけだろう？　当然、田原は自分に捜査の手が迫っていると感づいているはずだ。そこで何か反撃に出てもおかしくない」

「まさか」一之瀬は思わず声を上げて笑ってしまった。警察官を襲う？　そんなことをしてもメリットは何もないはずだ。ただ事態がややこしくなるだけだろう。

「まさか、じゃない。田原はこれまでに何度も、危ない橋を渡ってきたんだぞ。その度に疑惑を上手く揉み消してきた」

「あり得ません」一之瀬は即座に否定した。

「警視庁では、な。問題は地方だ」

「地方、ですか？」

「バンドをやっていた時代には、地方のツアーが多かっただろう。それは会社を起こしてからも変わらない。むしろ増えたかもしれないな——自分の事務所に所属するアーティストのライブやイベント出席に合わせて出張するんだ」

「社長自らですか？」

「出張という名目で地方へ行く。そして地元の女性とトラブルを起こす」

「それは……」嫌な予感が頭の中に広がった。「要するにナンパですか？」

「君の言語感覚は、二十年ぐらい遅れているようだな」Qが冷ややかに言った。「今時、ナンパなどという言葉は使わないのでは？」

「死語になったわけじゃないと思いますが……」

「まあ、いい。とにかく田原は、アルコール、薬物、あらゆるものを使って女性を落とす。もちろん、向こうから近づいて来る女性はウェルカムだ。田原の名前は、地方では未だにご威光を保っているようだしな」

「活動停止から二十年も経つのに、ですか?」一之瀬は目を見開いた。

「若い頃イケメンだった男は、五十になっても髪がふさふさしていて太っていなければ、それなりにモテるものだ。しかも本人は女性が大好きだから、トラブルが起きないわけがない。一種の性依存症だと思う」

「愛人が三人いるそうです」

「なるほど」Qがうなずき、森伊蔵を一口呑んで急に顔をしかめる。「君が不快な話を持ってくるから、今日の焼酎は美味くないな」

「すみません……しかし、人を殺すほどだと思いますか?」

「それは分からない。これまでは、上手く処理してきたようだから。いいスイーパーがいるんだね」

「それはもしかしたら、戸澤会長のことですか?」

「さすがに今は、自分では手を下さないと思うが、昔からずっと、性癖に問題のある田原の面倒を見てきたから、慣れてるんだろう。まあ、六十にもなって、そんなことをしているのは情けない感じがするが、逆に言えば田原のことが大好きなんだろうな。どうしても守ってやりたい存在ということだ」

「意味が分かりません」

「私も分からん」Qがあっさりと言った。「ただ、戸澤は裏の社会ともつながりがあるはずだ。その力をバックに、今まで人を黙らせてきたんだろう。馬鹿にできないぞ」

「こっちは警察ですよ？　暴力団がバックにいようが何だろうが、関係ありません」

「暴力団と芸能界の関係については、勉強し直した方がいい。馬鹿にしていると痛い目に遭う」

「それは、話としては聞いてますが……」一之瀬は森伊蔵のお湯割りを一口呑んだ。Qがいつもこれなので一之瀬もつき合うのだが、どこが美味いのかさっぱり分からない。自分は焼酎には向いていないのだろう。

「戸澤というのは、あちこちにつながりのある男だ。あの業界で四十年――ということは、色々な人間とずぶずぶの関係だよ。警察も怖がらないだろう」

「そんな人、いるんですか？」

「いる」Qがあっさり断言した。「その辺は、警察でも解き明かせないだろうな。知らない間に網にかかってしまったりするから」

「じゃあ、田原の件は捜査しない方がいいっていうんですか？」Qの引き気味の態度が気にくわない。「ことは殺人事件ですよ？　放置するわけにはいかないでしょう」

「それを決めるのは警察だ。しかし、やるならできるだけ慎重にやるべきだ」

「田原が犯人だと思うんですか？」

「そんなこと、私が知るわけがない」むっとした表情でQが言った。「それは君が調べるべきことだろう——ただ、十分に注意することだ。私は警告したからね」

何を馬鹿なことを——軽く酔いが回った状態で自宅への道をだらだら歩きながら、一之瀬は次第に怒りが募ってくるのを感じていた。これまでQの情報は常に「当たり」だった。しかし今日のあれは何だったんだ？　まるで、捜査しない方がいい、と言っているようなものではないか。Qにそんなことを言う権利はない……無駄に終わった会談の疲れもあって、非常に気分が悪い。

どこかでコーヒーでも飲んでいこうかと思った。少し頭をすっきりさせて、アルコール臭さも抜かなくてはいけない……深雪にも申し訳なかった。妊娠してから、彼女はすっかり酒が苦手になってしまったのだ。とはいえ、駅から離れると、阿佐ヶ谷でもコーヒーが飲める店は多くはない。そうなると惹かれるのは自動販売機……今日も暑かったし、Qにつき合って呑んだ森伊蔵のせいで内側からも熱い。ここで冷たい缶コーヒーを飲んで、体を冷やしておくのもいいだろう。

しかし、缶コーヒーというのはどれだけ種類があるのだろう。さて、どれにしようか……酔いが回っているせいか、判断力が鈍くなっているようだ。まあ、缶コーヒーなんかどれでも同じ味だし、どうでもいいか。喉の渇きを癒《いや》すために、大きい三百五十ミリリットル入りにしようと決めて、二百円を投入する。ボタンを押し、ごとりという妙に大きな音を聞いて屈みこんだ。取り出し口に手を突っこみ、指先がひんやりとした感触に触れた瞬間、一之瀬は後頭部に激しい衝撃を感じた。巨大なバットでぶん殴られた——そんな目に遭ったことはないが——ような衝撃。同時に体が前につんのめり、膝、続いて額に激しい衝撃を感じる。

一之瀬が最後に聞いたのは「おい！」という誰かの怒声だった。

こんなに頭ががんがんするほど呑んだはずはない……半分眠った状態で、一之瀬はぼんやりと考えた。だいたいこの痛みは、酒のせいではないだろう。だったら何だ？　思い切って目を開ける。パッと白い光が飛びこんできて、目から脳に突き刺さるようだった。冗談じゃない。こんなに眩《まぶ》しかったら目が潰れてしまう……慌てて目を閉じたが、まぶたの裏で星が散って、痛みはさらにひどくなった。

「拓真？」

え？　深雪？　ということは、俺は家に帰って来たのか？　だったら安心だ。ちょっと酔いが残っているだけなのだろう。焼酎は鬼門だから、次からはQと呑む時も別のものにしよう……。

「拓真！」

深雪の声が潤《うる》んでいる。やばいな、マジで怒らせてしまったのかもしれない。こういう時は早めに謝るに限るんだよな……一之瀬はもう一度、かなり努力して目を開けた。今度は、深雪の顔が自分の顔の真上にある。なま温かいものが顔に触れ……泣いてる？　何だよ、大事な奥さんを泣かせるようなことをしてしまったのか？　瞬時に浮かんだのは母親の顔だった。母親は昔から、深雪を実の娘のように可愛がっている。深雪を泣かせたことが知れたら、一之瀬は殺されてしまうかもしれない。

一之瀬は何とか耐えて、目を開け続けた。笑おうとして失敗し、頬が痙攣《けいれん》する。そもそもここはどこなんだ？　深雪は部屋着姿ではない。

病院か。

ベッドに肘をつき、よろよろと上体を起こす。少しめまいがしたし、依然として頭痛は残っているが、何とかきちんと座ることができた。よし、問題なし。

様々な医療機器が置いてある部屋……どうやら病室ではなく、緊急処置室のようだ。こういう場所へは何度も来たことがある。刑事になってから、病院はすっかり馴染みの場所になっているのだ。

「拓真、大丈夫？」

「大丈夫、大丈夫。君こそ平気なのか？」

深雪は、屈みこむだけできつそうだった。息が少しだけ荒い。

「私は平気だけど……びっくりした」

「ここ、どこなんだ？」

「阿佐ヶ谷総合病院」

「ああ、そうか……」家から一番近い総合病院だ。深雪が出産を予定している病院でもある。「連絡は誰から？」

「所轄の人」

「そうか……」特捜にはもう話が通っているだろうか。誰かに襲われたのは間違いないが、事件としては所轄が捜査するのが筋……考えているうちにまた混乱し始めた。一体誰が俺を襲った？

Qの警告が脳裏に蘇る。「十分に注意することだ」。忠告を受けた矢先にこれである。まさか、俺の注意が足りないと自覚させるために、Qが自分で襲撃したとか？　それは考え過ぎだろうが……しかし、Qが何か事情を詳しく知っていた可能性もある。一之瀬が「地雷」を踏んでしまい、襲われることがあらかじめ予期できていたとか。そういう状態でも、Qははっきりとは予告できないだろう。自分もある種の「共犯」と見られてしまうことは明らかだ——だから曖昧な警告だけにした。

まさか。これまでの関係から考えても、Qがそんなことをするはずはない。

一之瀬はベッドから足を下ろそうとしたが、深雪に肩を押さえられた。それだけでまた倒れてしまいそうになる。最初に考えていたよりも重傷なのか？　まさか。

処置室のドアが開き、制服警官が医師と一緒に入って来た。だいぶベテランのようで、短いもみあげには白いものが交じっている。

「おや、お目覚めかな」

一之瀬は無言でうなずいた。向こうの態度が読めないので、ここは慎重にいかないと。

「阿佐谷署刑事課の福本《ふくもと》です」手早く自己紹介し、ベッドに近づいて来る。「具合は？」

「何とか大丈夫そうです……今日は当直ですか？」

「そうそう――まあ、俺のことはどうでもいい。奥さん、心配でしたね」

「いえ……ありがとうございました」深雪が頭を下げる。それだけでかなり苦しそうだった。

「申し訳ないんだが、ちょっと話を聴かなくちゃいけない。奥さんはここでお待ちいただいてもいいし、帰ってもらってもいい――どちらでも構いませんよ」

「待ちます」深雪が即答した。

「いや、先に帰っていてくれないかな」一之瀬は頼みこんだ。「時間がかかると思うから」

「待ちます」深雪の口調が強張った。「大丈夫だから」

こうなってしまっては、深雪は絶対に言うことを聞かない。普段はほんわかした人なのだが、一度こうと決めたら引かないのだ。

「じゃあ、ここで手早く済ませるので……先生、大丈夫ですね？」福本が医師に確認した。

「あまり長くならないようにお願いします。念のために今日は、病院に泊まってもらうつもりですから」

うわ、面倒な……思わず顔をしかめてしまったが、殴られたのは頭だ、と思い直す。後から症状が出てくることもあるから、無理はしない方がいいだろう。このところ寝不足だったから、ちょっとした休暇だと考えればいい。

「そう言えば、一課の方には連絡してもらえましたか?」一之瀬は遠慮がちに訊ねた。

「ああ、ご心配なく。その辺は抜かりないよ。たぶん、誰かこっちに来るから」

来て欲しくない一位は若杉、二位は大城だ。若杉はうるさ過ぎるし、大城は一緒にいるだけで不安になる。

一之瀬は深雪に目配せして、外で待っていてくれるように頼んだ。廊下が適温だといいのだが……いや、ここは彼女にとってもかかりつけの病院だから、何かあっても自宅にいるより安心だろう。

「さてと」福本が椅子を引き寄せて座った。手帳を取り出して構える。

「その前にいいですか?」

「何だい」出鼻を挫《くじ》かれたと思ったのか、福本がむっとした表情を浮かべる。

「犯人は捕まっていないんですね?」

「ああ」

「襲われた直後に、『おい！』という叫び声を聞きました。誰か、現場近くにいたんじゃないですか？」

「それは一一〇番通報してくれた人だろう。あんたが襲われる現場を直接見ていたんでね。でかい声を出したら、犯人はすぐに逃げ出したそうだ。それで、この程度の怪我で済んだんだな」福本が自分の後頭部を平手で叩いた。

「後でお礼を言わないといけませんね」

「それはあんたに任せるけど……襲われた時の状況は？」

一之瀬は思い出しながらゆっくりと話した。自販機で買った缶コーヒーを手に取ろうと屈みこんだところで、後ろから殴りつけられたらしい——殴られた勢いで、自販機にも頭をぶつけたはずだ。

「あんた、自販機を弁償しないといけないかもしれないよ」

「何でですか？」

「商品見本のディスプレイがあるだろう？　何て言うのか知らないけど……そこが見事に割れていた。しかし、危なかったな。あれが顔に刺さっていたら、こんな風に話はできなかったかもしれないよ」

その可能性を考え、一之瀬はぞっとした。もしも目に刺さっていたら……子どもが産まれるタイミングで失明でもしたら最悪だ。

「犯人の目処《めど》はついてるんですか？」

「顔はばっちり映ってるよ」

「防犯カメラですか？」

「ああ」

「今時の犯人だったら、それぐらいは用心しそうですけどね」

「予《あらかじ》め襲うポイントを決めていたら別だけど、そういうわけじゃないだろう。尾行していて、たまたまタイミングが合って、あそこで襲ったんだと思う。そういう状況だと、カメラなんか事前にチェックできないだろうな」

いや、最近はそういうこともできるのではないか？　地図と連動させて、防犯カメラの場所を確認できるようなアプリを作っている人間がいるかもしれない。

「あんた、誰かに恨みを買っている可能性は？」

「まさか」ないわけではないが、一之瀬はすぐに否定した。この件を所轄に話すと、事情がややこしくなる気がする。

「一課の刑事さんだと、いろいろ危ないところにも首を突っこんでいそうだが」

「そんなことありませんよ。常に安全運転、安定志向です」

福本が声を上げて笑った。すぐに真顔になると、「ま、今夜はゆっくり休んでくれ。明日、正式な調書を巻かせてもらうけど、必ず犯人は捕まえるから」と力強く宣言した。

「よろしくお願いします」

さっさと済んでよかった。あとは早く深雪を家に帰さないと……足を下ろして床につけた瞬間、今度は宮村が飛びこんで来る。

「宮さん……」

「無事だったか」宮村がほっとした表情を浮かべる。顔は汗だくだった。

「大丈夫ですよ」意識を取り戻してから、頭痛とめまいは急激に引いている。この分なら、病院に泊まる必要もないだろう。今は一刻も早く家に帰りたい——壁の時計を見ると、もう一時過ぎだった。冗談じゃない。出産間近の妊婦が、こんな時間まで起きていていいわけがない。

「誰にやられた？」声をひそめて宮村が訊ねる。

「分かりません」

「まさか、通り魔か？」宮村が目を見開く。「刑事が通り魔に襲われてたら、洒落《しゃれ》にならないぞ」

「ちょっと酔ってたんですよ」そこまで言って、一之瀬は躊躇《ためら》った。Qの存在を知っているのは、自分以外には藤島だけのはずだ。いかに親しい先輩とはいえ、秘密のネタ元を教えていいとは思えない。しかし……宮村は福本とは違う。毎日顔を合わせる仲間だ。いつまでも隠し通しておけるとは思えない。

「実は……今夜、ネタ元と会ってたんです」一之瀬は打ち明けた。

「ああ、その話は春山から聞いた。それがどうしたんだ？」

「忠告されたんですよ」

説明していくうちに、宮村の表情が強張る。聞き終えると、小さく溜息を漏らした。

「お前、かなりやばいところに首を突っこんでるんじゃないか？　自分でも気づかないうちに」

「いや、田原はとっくに全部知っていたと思います。こっちはかなり手を広げて事情聴取していましたから、耳に入らない方がおかしいでしょう。どれぐらいやばい話だったかは分かりませんが」

「お前のネタ元が田原とつながってる可能性はどうだ？」

「それはないと思います」一之瀬はすぐに否定した。そう……Qは事情通とはいっても、特に詳しいのは「硬派」な業界についてである。音楽業界のような「軟派」な世界に、それほど伝手があるとは思えない。いや、そんなこともないか。Qは田原と戸澤の危うさをよく知っているようだった——ますます彼の正体が分からなくなる。

「そうか……所轄の方、話は終わったか？」

「明日、もう一度正式に調書を取られると思いますけど、今夜は解放されました」

「じゃあ。家に帰るか？　奥さん、待ってるんだろう」

「ああ……そうですね」帰りたい、と強く思った。怪我はそこまでひどくない。黙って抜け出したのがばれても、医師に厳しく叱責されるようなことはあるまい。

「二人一緒に送ってくよ」宮村が申し出る。

「送ってもらわなくて大丈夫ですよ。うち、ここから歩いて五分ぐらいですから」

「しかし、怪我人《けがにん》に臨月の妊婦さんの組み合わせだろう？　二人とも半分ぐらいしか役にたたないじゃないか。待ってろ、すぐにタクシーを呼んでやるから」

意地もあったし、断るべきだと思った——しかし、帰り道の五分間で深雪に何かあったら、今の自分では庇いきれないかもしれない。結局一之瀬は、宮村の厚意に素直に従うことにした。

「ちなみに、大城係長にはもう話をしてある。概略だけな——明日以降、どう説明する？」

「何も分からない、と言っておきましょう。今はあれこれ考えても、何の証拠もないんですから」

「分かった。明日は、少なくとも午前中は休んでおけよ。俺の方からちゃんと言っておくから。調子が悪かったら、そのまま公休にしちまってもいい」

「大丈夫だと思います」一之瀬は立ち上がり、軽く頭を左右に振ってみた。取り敢えず何ともない——何とか歩けそうだ。歩けさえすれば、仕事はできる。

しかし、俺を襲ったのは誰だ？　状況によっては——田原が嚙んでいたら、今後どのように捜査を進めればいいのだろう。

家に帰り着くまで、深雪は気丈に振る舞っていたが、宮村と別れ、ドアを閉めた瞬間に体から力が抜けたようだった。玄関でへたりこみそうになったので、慌てて腕を摑んで支える。

「ごめん、色々言いたいことがあるのは分かるけど、今日はとにかく寝てくれないか？　体に悪いよ」

「でも……」

「今は、何よりも先に子どものことを考えないと」

「分かってるけど、これぐらいは何でもないから」

「君が頑張ってくれてるのは分かってるけど、今だけは気をつけてくれよ。頼むから」一之瀬は頭を下げた。

「……分かった」

気張ってはいても、深雪が疲れているのは見た目で明らかだった。先にベッドに入ってもらい、一之瀬は洗髪せずに体を洗うだけにして、手早くシャワーを終えた。寝室に戻ってみると、深雪はもう寝息を立てている。やっぱり疲れていたんだ……ほっと一息つき、ダイニングテーブルについた。ふと思いつき、Qにメールを送る。こんな時間に見るわけもないだろうが、一応報告しておかないと。

襲われたこと、しかし怪我は大したことがなかったとつけくわえてメールを送る。あとは明日にしよう……と思って立ち上がったが、いきなりメール着信を告げる「ピン」という音が聞こえた。おいおい——見ると、Qからの返信だった。

『だから言わんこっちゃない』

それが怪我した人間に対する言葉か？　むっとしたが、彼の言い分にも一理ある。用心するように言われたのに、俺はそれを真《ま》に受けていなかったのだから。

返信はしなかった。ただ、一つだけ決めた。

明日、実家に行くように深雪を説得しよう。病院からは少し遠くなってしまうが、それでも俺から離れて両親と一緒にいる方が安全だ。

深雪だけは——深雪とお腹の子どもだけは、絶対に守らなければならない。

〈18〉

翌朝、一之瀬は朝食の席で深雪を説得した。自分が襲われたことは置いておいて、特捜本部の仕事が長引きそうなので、念のために実家にいて欲しい、という理屈を押し通す。予定日まではまだ間があるし、自宅の方が病院に近いと深雪は渋ったが、一之瀬は何とか押し切った。俺を安心させるためにも実家にいてくれないか？　今日は遅れていいことになっているから、送って行く——結局深雪は折れた。何となく不安でもあったのだろう。

ほっとして、途中になっていた朝食を平らげる。それから深雪には急いで荷物をまとめてもらい、タクシーを拾って家を出た。とんだ出費だが、電車で移動するのは今の深雪にはきついし、マイカーもないから仕方がない。そう、子どもが産まれたら今度は車の購入も考えないと。何かと物入りだ……。

深雪の両親に入念に頼みこんでから、一之瀬はまず阿佐谷署に立ち寄った。昨夜一之瀬に事情聴取した福本は、当直勤務が終わって引き上げてしまっていたので、刑事になりたてのような若い男に話を聴かれる。これがまた、手順に慣れていなくて、十分もしないうちに一之瀬は苛つき始めた。自分が所轄の刑事だった頃は、もう少し上手くやっていたと思う。

結局、一時間ほどもかかってしまった。それでもう昼前。一之瀬は慌てて電車に飛び乗り、午後一時少し前に特捜本部に顔を出した。春山が手持ち無沙汰にしている——いつも組んでいる一之瀬がいないので、特捜本部の電話番を任されたようだった。一之瀬の顔を見ると、慌てて飛んで来る。

「大丈夫なんですか？」第一声には、真剣に心配する調子が滲んでいた。

「何とか。単なる打撲だよ」

「一之瀬！」

小野沢が声を張り上げる。一之瀬は春山にうなずきかけると、できるだけゆっくりと小野沢に近づいた。まだ多少ダメージが残っている——そんな演技をした方が、怒鳴られずに済むかもしれない。

「本当に大丈夫なんだな？」小野沢が念押しする。

「はい」

「阿佐谷署での事情聴取は済んだな？」

「終わりました」

「で、いったい何があったんだ？」

と思います」

「分かりません」

「お前、何か隠し事をしてないか？」小野沢が一之瀬を睨《ね》めつけた。

「まさか」一之瀬は笑みを浮かべて首を横に振った。「管理官に隠し事をしても、何にもなりませんよ。被害者の立場からは何とも言えませんが、刑事としてなら通り魔か何かだと思います」

「あるいは路上強盗か？」

「そうかもしれません。近くで大声を上げてくれた人がいなかったら、財布は盗まれていたかもしれませんね。そういう意味では刑事失格です。以後、十分気をつけます」

先に反省の弁を並べたてることで、一之瀬は小野沢の封じこめに成功した。小野沢が顔を赤くして「もういい」と吐き捨て、右手を振って一之瀬を追い払う。気にくわない仕草だったが、いつまでもねちねちと注意されるよりはましだ。

ほっとして、トイレに向かうために廊下に出ると、今度は大城に出くわした。昨夜は宮村が上手く取り繕ってくれたはずだが、何を言われるか……しかし大城は、一之瀬を一瞥《いちべつ》したただけだった。まるでお前にはもう興味なんかない、とでも言いたげに。むっとしたが、突っこまれるよりはいい、と一之瀬は怒りを抑えた——よしよし。かっとしないで済んだ。もうすぐ父親になる身としては、こうでなくては。

トイレを終えて戻ると、春山が蒼い顔で部屋から飛び出して来た。

「一之瀬さん！」

「何だよ、犯人でも捕まったのか？」

「捕まりました」

「マジかよ」一之瀬は慌てて特捜本部に戻った。まさか、自分が何もしていないうちに、彩殺しの犯人が捕まるとは……部屋に入ると、小野沢が電話で誰かと話している。興奮した様子もなく、淡々とした表情だった。一之瀬を見ると、手招きで自分の方に呼び寄せ、受話器を差し出す。

「お前を襲った奴、見つかったそうだ」

そっちか。こんなに早く？　一之瀬は受話器を受け取り、すぐに名乗った。

「ああ、阿佐谷署の矢中《やなか》だがね」

「はい」聞き覚えのない名前……誰だろう。

「犯人が捕まった。一応、顔を見に来てくれないか？　面通しの意味はないかもしれないが」

「分かりました」

受話器を小野沢に返す。どうしてこんなに早く……と訝ったが、防犯カメラの映像から割り出せたのだろう。街中の監視システムは、一般市民的な感覚では何となく嫌な感じがするが、警察官の立場としては非常に助かる。防犯カメラとＤＮＡ型鑑定が捜査の根本的なやり方を変えた、と以前藤島が言っていたのを思い出す。

「阿佐谷署の矢中さんから呼び出されました――誰ですか？」

「刑事課長だ」

「ちょっと顔を出して来ます。犯人の顔を拝んでおけということでした」

「分かった。春山を連れて行け」

「彼は、俺の件では関係ありませんよ」

「怪我人を一人で行かせるほど、俺は非情な人間じゃないんでね」

話を聞きつけたのか、春山がすっと寄って来る。何だか嬉しそうな顔をしていた。珍しく、自ら進んで申し出る。

「あの、車を一台借りてもいいでしょうか。一之瀬さん、怪我されてるので」

「阿呆！」小野沢が声を張り上げた。「そこまでサービスしてやる義理はない！　てめえの足で歩いてここまで来れたんだから、甘やかすな！」

実際、春山が気を利かせてくれたのはあくまで杞憂だった。昨夜それなりにちゃんと寝たせいか――一度も目が覚めなかった――むしろ体調はよく、怪我の後遺症のようなものもない。痛みや吐き気は、朝の段階ですっかり消えていた。

最寄駅から阿佐谷署までは、結構歩く。春山は心配している様子だったが、一之瀬は意識して大股に歩き、平常の自分を取り戻そうとした。何でもない。俺は元気に生きていて、犯人は捕まった——。

刑事課に顔を出すと、刑事課長の矢中がニヤニヤしながら出迎えてくれた。五十歳ぐらいの小柄な男で、愛想はよさそうだ。

「何だ、手ぶらか」

「はい？」

「スピード解決だぞ。一升瓶の一本ぐらい、ぶら下げてきてもバチは当たらないだろう」

「ツケにしておいて下さい……ちなみに犯人は何者なんですか？」

「笠原真司《かさはらしんじ》、二十九歳。マル暴だ——石川《いしかわ》興業の構成員と把握している。あんた、マル暴に狙われるような理由でもあるのか？」

「ありませんよ……マル暴だから、こんなに早く見つかったんですか？」

「防犯カメラにバッチリ映っていた。あんたを襲う瞬間は映ってないけど、その前後……明らかに様子がおかしかった。直前の映像では、あんたが通り過ぎたすぐ後に奴が跡を追っていた。尾行されているのに気づかなかったのか？」

「すみません。昨夜は少し酒が入っていたんです」

「だらしねえなあ」

「おっしゃる通りです」一之瀬は反射的に頭を下げた。「それで笠原は、容疑は認めているんですか？」

「ああ」

「私を狙ったことも？」

「いや」

「つまり、通り魔か路上強盗だったんですか？」

「本人はそう言ってる。財布を奪って逃げようとしたところで、誰かが声を上げたんで慌てて逃げた、と」

筋は通るが、一之瀬は釈然としなかった。路上強盗に遭いやすいタイプの人はいる。女性や高齢者など、暴力に弱い人、酔っ払っていて用心が足りない人——昨日の一之瀬は確かに酔ってはいたが、千鳥足になるほどではなかった。それに自分は「手を出すと危ない」という気配を発しているはずだ——そう考えているのは自分だけかもしれないが。

「それで通すつもりですか？」

「いや」矢中があっさり否定する。「奴は、こういうチンケな犯罪をやるようなタイプじゃない。絶対に何か裏があるな。あんたをずっと尾行してきて、あそこで犯行に及んだ——昨夜も聞かれたと思うが、本当に心当たりはないのか？」

「ないですね」否定するしかない。特捜本部の人間も知らないことを、ここで開陳するわけにはいかないのだから。だいたい一之瀬も、この件がどこにどうつながっているか、はっきりとした確信はない。笠原がペラペラ喋れば別だが、そう簡単にはいかないだろう。

「俺たちは、単純な強盗事件ということで捜査を進めればいいのか？」矢中が探るように言った。

「それは、私には何とも言えませんが……」

「何かあるんだな？」

どうやら矢中は、愛想のいい外見や態度とは裏腹に、なかなかシビアな人間のようだ。

「はっきり言おうか。この事件は、うちにとっては金の卵みたいなものだ。簡単に手に入った被疑者から、思いもかけないでかい事件が転がり出してくるかもしれない。それは非常に効率的で、うちとしてはありがたい限りなんだよ」

それは確かに……これから笠原を上手く料理すれば、阿佐谷署のポイントは一気に上がるだろう。ここで言えることだけを言っておこう、と決めた。

「今やっている特捜に絡んだ件かもしれません」

「ほう」矢中が身を乗り出す。「となると、笠原はそっちへ引っ張っていくことになるのかな？」

「それはまだ分かりませんが……私の方でも、はっきりしたことは言えないんです。分かればすぐにお知らせしますが」

値踏みするように、矢中が一之瀬をじっと見た。やがて、握っていたボールペンをデスクに転がす。

「笠原の顔を拝んでくれるか?」

「そのために来ました」

「ただしあんたは、あくまで被害者だ。直接対決は駄目だぞ」

「そんなこと、希望してませんよ」一之瀬は笑みを浮かべた。「自分を襲った人間の顔なんか、怖くて見られません」

矢中が鼻を鳴らした。

「あまりそれっぽくないですね」マジックミラー越しに笠原を見ながら、春山が感想を漏らした。

「確かに」

笠原は小柄で——たぶん身長は百六十五センチぐらい——Tシャツにジーンズという軽装だった。顔に傷があるわけでもなく、無駄なアクセサリーもつけていない。その辺を歩いている普通の二十九歳という感じで、暴力団員らしい気配は感じられなかった。

「君なら楽に組み伏せそうだな」一之瀬はちらりと春山の顔を見て言った。

「そうですね」

春山は段位にこだわってはいないが、柔道はかなりの実力者である。

「一之瀬さん、本当に見覚え、ないんですか」

「ない。今まで、暴力団絡みの事件もほとんど捜査してないし」

「自分が直接叩きたいですけど……無理でしょうね」

「それは越権行為だよ」

「もしも今回の特捜に何らかの形で絡んでいたとしても、喋らないような気がします」

「そもそも、どこに当てはまるのか、想像がつかない」

「……ですよね」

一之瀬はふと、不安を抱いた。取調室で笠原と対峙《たいじ》しているのは所轄の冴えない中年の刑事で、どうにも苛々《いらいら》する取り調べを展開している。質問が行ったり来たりして、すぐに本筋から外れてしまうのだ。雑談で心を解《ほぐ》してから本格的な取り調べにかかろうとしているなら、まず、本筋の件は完全に置いておかないと。そもそも笠原は、質問にはきちんと答えている。嘘はあるかもしれないが、淀みはない——つまり、雑談などする必要はないのだ。こういう相手に対しては、とにかく淡々と調べを進めていけばいい。

「ここに誰か、助っ人を送りこむのは反則かな」ふと思いつき、一之瀬はモニターを凝視したまま言った。

「助っ人って、どういう意味ですか?」春山が不思議そうな表情を浮かべる。

「うん……今担当している人、ちょっと頼りないというか」

春山が周囲を見回し、不安げな表情を浮かべた。「聞かれたらまずいですよ」と小声で忠告する。

「もう聞こえてる」

背後から声をかけられ、一之瀬はびくりと身を震わせた。矢中が、依然としてニヤニヤしながら立っている。

「うちの刑事じゃ頼りないか」

「いや、あの……そういう意味ではないですけど……」一之瀬は言葉を濁した。口は災いの元——気をつけないと。

しかし矢中は、特に怒っている様子ではなかった。

「あんたが自分で調べるわけにはいかないだろう」

「被害者ですからね」

「うちは今、人材不足でね……情けない限りだが。ここは思い切って、本部から応援を貰おうか」

「そんなこと、できるんですか？」特捜本部事件ならともかく、このレベルの事件だったら、所轄で全て解決すべきだ。

「うちのボンクラ刑事たちに、本部の刑事のテクニックを見せるのもいい——研修みたいなものだな。実は心当たりがある」

「誰ですか?」

「一課の強行犯第一係に、池畑《いけはた》というベテランがいるんだが、知らないか?」

「いえ……」捜査一課には、殺人事件などを担当する強行犯担当だけで九つの係がある。第一係は少し特別で、捜査ではなく課内の庶務を担当するセクションだ。

「まあ、一課は大所帯だから、知らなくて当然か……昔は『落としの池さん』と呼ばれてたんだけど、ちょっと病気をして庶務の方に回っている。どうせ暇だろうから、手伝ってもらおうかな」こういう「二つ名」を聞いたら、宮村が喜びそうだ。まるで昭和の刑事ドラマではないか。

「そんなこと、できるんですか?」

「池さんのことは個人的に知ってるし、一係の係長は所轄時代の後輩なんだ」

「なるほど……」四万人の職員がいる警視庁も、蓋を開けてみれば一種の「村社会」である。正式の指揮命令系統とは関係なく、単純な人間関係で仕事が決まることもある。

「あんた、池さんのことは知らないんだな?」矢中が確認した。

「ええ」

「だったら一度ぐらい、彼のテクニックを見ておいた方がいい。参考になるぞ」矢中が真顔で言った。「俺には言えないことがあるんだろうが、池さんにはちゃんと話してやってくれ。そうしないと、取り調べも上手くいかないだろう」

「池さんには隠し事はするなよ」

「別に隠し事はしてませんけどね」

「まあ、言いたくないなら言わなくてもいい。でも、池さんには隠し事はするなよ」

「分かりました」

これで上手く転がりだすだろうか……一之瀬は安心できなかった。話の分からない男が、特捜本部に二人いる——小野沢と大城。しかもこの二人は反目し合っているわけで、一之瀬が勝手に動いていることがばれたら、どんな化学反応が生じるか、分かったものではない。

構うものか。今からそんなことを心配しても仕方がない。文句を言われたら、その時考えればいいことだ。今は、直感が「何かある」と告げている。

初めて会った池畑は、何だかゆったりと風呂に入り、アフターシェーブローションを顔に叩いてこざっぱりとしたような男だった。年齢、四十五歳ぐらい。小柄で小太りだが、何となく俊敏な感じがする。病気をしたという話だったが、血色のいい顔を見る限り、そんな風には思えなかった。

「やあやあ、どうも」ニコニコ笑いながら一之瀬に近づいて来る。今にも握手を求めそうな雰囲気だった。

「よろしくお願いします」一之瀬は頭を下げた。自分の不始末の尻拭いをしてもらうような気分だった。

「まず、状況を聞かせてもらおうか。そっちの特捜絡みなんだな？」

「そうと決まったわけじゃないんですが」一呼吸置いてから、一之瀬は本題に入った。かなり飛躍した推理を話す——池畑は表情一つ変えずに聞いていたが、一之瀬が話し終えると「それじゃ駄目だね」と静かに言った。

「やっぱり無理がありますかね」

「何かしっかりした証拠か、少なくとも人間関係のつながりが分からないと、突っこみようがない。取り調べの基本は、事実を吟味することなんだぜ？　根拠のない推理を相手に聞かせても、スルーされるだけだよ」

「何とかします」そう言いながら、自分では何もできないことに気づいた。この件の捜査を担当しているのは自分ではなく、阿佐谷署の刑事課である。ここで協力しながら捜査させてくれと申し出たら、矢中は「面白そうだ」と乗ってくるかもしれないが、小野沢が許可するとは思えない。

「そっちの捜査を進める中で、関係を調べるのがいいと思うぜ」池畑が軽い調子でアドバイスした。「それなら、特捜の仕事をしていることにもなるわけだし」

「分かりました。やってみます」

「一つだけ——テクニックじゃなくて精神論を教えてやるよ」池畑が人差し指を立てた。

「刑事が被害者になったら、仲間は全力で捜査する。それこそ、一般市民が犠牲になった事件よりも、ずっと力を入れる。だから解決の可能性は高いんだけど、俺はそういうのはどうかと思うね」

「何かまずいんですか?」一之瀬は首を傾げた。「刑事はお互いにカバーしあうものでしょう?」

「もちろん。でも、できれば襲われた人間が自分で犯人を逮捕すべきだと思う。傷ついたプライドを修復するためには、刑事としてやるべき仕事をやるしかないんだぜ」


〈19〉


深雪から遠慮がちに電話がかかってきたのは、夕方近くだった。特捜本部に戻るために中央線の阿佐ケ谷駅ホームで電車を待っていた一之瀬は、慌てて電話に出た。

「何かあった?」まず、トラブルを心配してしまう。最近、自分はこんなに心配性だったかな、と不思議になることもしばしばだった。

「何もないけど……今、話して大丈夫?」

「ああ」電車は一本見送ることになるかもしれない。

「拓真、何かまずいことになってるの？」

「まずいって、何が？」

「昨夜のこと……もしかしたら、私が巻きこまれないように、実家に帰したとか？」

「まさか」一之瀬は声を上げて笑った。直後に、わざとらしかったかな、と反省する。

「狙われるような理由なんかないよ」

「でも……」

「君が無理するからじゃないか。そんなに大きなお腹を抱えて夜中に病院へ来るなんて、絶対によくない」

「でも、家で待ってるわけにはいかないじゃない」深雪が強い口調で抗議した。「その方が、精神的にはずっとよくないわよ」

「ああ……まあ」一之瀬は譲歩した。「それはともかく、初産なんだから無理して欲しくないんだ。お母さんも、君が家にいれば喜ぶだろう」

「まあ……それはそうだけど」渋々といった感じで深雪が認めた。「それより、お義母《かあ》さんから電話があったわよ」

「何だって？」これはまずい。母親に今の状態を知られたら、何を言われるか分かったものではない。

「別に、大した用事ではなかったけど」

「昨夜のことは言ってないわよ。言ったらあなたが怒られるでしょう？」

「言ってないよね？」

「心配されるならともかく、何で怒られなくちゃいけないのかね……」

「お義母さん、そういう人だから……今夜、どうするの？　こっちへ来る？」

「遅くならなければ顔を出すけど、まだ分からないな。いずれにせよ、俺は家で寝るから」

深雪はまだ何か言いたそうだったが、一之瀬は「体に障るから」の一言で何とか逃げ切った。

深雪を実家に帰して、今日は久しぶりに一人きりの夜になる。実際、結婚して同居を始めて以来、初めてだった——一之瀬が特捜本部に泊まりこんで帰れない日はあったが。何となく侘《わび》しい感じがしたが、それよりも今夜は久しぶりに思い切りギターが弾けると気づいた。

結婚すると、いろいろと制約が生じるものだ。だからこそ、自由でいられる時にはいろいろやってみたい。そういう息抜きこそ、結婚生活を上手く続けていくコツなのではないか？

本当は、仕事のことがあるから、息抜きできるような状態ではないのだが。

ギターは諦めた。特捜本部に戻るなり、今日も遅くなりそうだと分かったのだ。

一つ、重要な手がかりが出てきた。

彩の部屋は、事件直後に徹底して調べられ、その中で、どうしても用途の分からない鍵が一つだけ見つかっていたのである。自宅の鍵でも会社の鍵でもない。ICチップ入りで、タッチするだけでオートロックのドアを解錠できる鍵のようだ……おそらく高級マンションの鍵だろうと思われていたのだが、調べ上げるのに時間がかかったのだ。大手のマンションディベロッパーに当たり、いちいち鍵を照会してもらうような作業は、やはり簡単にはいかない。

「こいつをやり遂げた連中だけは、ヘマした所轄の中でも評価してやっていいな」たまたま特捜本部にいた宮村が、ぼそりと言った。「そう言えば、『マルティン・ベック』シリーズで、どこのドアのものだか分からない鍵を、一軒一軒チェックして歩くような話があったな……」

「何ですか、それ」

「お前、『マルティン・ベック』シリーズを知らないのか」宮村は本気で驚いている様子だった。「警察小説の古典だぞ。読んでおいて損はない。うちに全巻揃ってるから、貸してやろうか」

「はあ」宮村が真面目に言っているのかどうか分からず、一之瀬としては気のない返事をするしかなかった。

ただし、この鍵の件については、事情を知った途端に興奮したことを認めざるを得なかったが。

鍵は、北青山《きたあおやま》にある高級——超高級なタワーマンションのもので、部屋の持ち主はまさに田原だった。自宅ではない。彼の自宅は、渋谷区松濤《しょうとう》にある一戸建てだ。

「こいつは何なんだ？」小野沢が声を張り上げた。

「はあ、それはまだ分かりませんが」事件発生から三週間近く、この鍵のことを調べていた所轄の刑事が、気のない返事をした。「やり部屋じゃないかと」

「やり部屋？」

「ですから、女性を連れこんで……それ専用の部屋です」

「そのためだけに、タワーマンションの一室を持ってるのか」小野沢の声が荒くなる。

「今調べてみたが、現在の相場で一億五千万円ぐらいする部屋だぞ」

「管理官、お話を先へ」隣に座る大城が冷たい口調で促した。冷静な係長の自分に比して、ちょっとした情報にも興奮する管理官というマイナスイメージを、周りの刑事たちに植えつけようとしているのかもしれない。

小野沢が咳払いし、目の前に置かれた鍵に視線を落とした。証拠品袋に入った鍵は、持ち手の部分が分厚いプラスティック製である。ここにＩＣチップが入っているのだろう。小野沢が鍵を見つめたまま、「一之瀬！」と怒鳴りつけた。

怒鳴ればいいってもんじゃない、と一之瀬は最近分かってきた。怒られることには慣れてしまうから、人を動かす方法としてはあまり効果がないのだ。

「この鍵が実際に問題のマンションの部屋に合うかどうか、確認してこい」

「中には入りませんよ」

「当たり前だ。違法な家宅捜索《ガサ》は問題外だ。まず、事実関係を確認するだけだ。それが分かったら——おたくのマンションの鍵を、亡くなった小田さんが持っていた、これはいかなることかと田原を攻められる。おい、こいつは田原を叩ける初めてのチャンスなんだぞ」

そんなことは言われずとも分かっている。一之瀬とて、このチャンスを逃すつもりはなかった。

鍵は当然合致した。マンションの管理会社に、その辺りのことで手抜かりのあるはずがない。ＩＣチップつきの鍵だから、持ち主も簡単に換えるわけにはいかないだろうし。それでも一之瀬は、鍵が簡単に回った瞬間、ある種の感動を禁じ得なかった。この鍵が開く扉は、明日に繋がる手がかりだ——馬鹿馬鹿しい。刑事の仕事に、詩的な感覚はいらない。

それにしても、確かに一億五千万円はしそうなマンションだ。一之瀬は小野沢の命令を無視してドアを広く開け、玄関から中を覗きこんでみたのだが、北青山という場所でなくとも、高価な理由は分かる。何しろ玄関からして広く、一之瀬のマンションの風呂場ぐらいはありそうだった。続く廊下は総大理石張り。分かり安い金持ち趣味、という感じだろうか。何より嫌らしいのは、玄関から続く廊下の正面に、田原自身の写真が貼ってあることだった。全盛期の「レイバー」時代のもので、ステージ上でシャウトする姿が捉えられている。それだけならまだしも、廊下の両側の壁も田原の写真で埋まっていた。「レイバー」としてではなく、あくまで田原の写真。彼の部屋だからどう飾りつけようが勝手なのだが、本性がうかがい知れるようだった。まさか、寝室までこんな感じじゃないだろうな……自分の写真に囲まれながらセックスするのはどんな気分だろう。

中を徹底して調べたい、という欲望に駆られる。ここにはまだ、彩のいた形跡が残っているかもしれない。だが、令状もなしで勝手に部屋に上がりこんだことがばれれば、確実にトラブルになる。

警察の仕事の基本は、法律と手続きだ。面倒臭いことこの上ないが、避けては通れない。

一之瀬はドアをしっかりロックしてロビーに降りた。コンシェルジュがいたので、普段の田原の様子を確認しようと思ったのだが、返事は一言「分かりかねます」。老齢に片足を突っこんだこのコンシェルジュの真意は測りかねたが、とにかく言う気がないことだけは分かった。こういうお高い物件は、何よりも入居者——田原は普段は住んでいないはずだが——のプライバシー重視なのだろう。

ホールを出ると、むっとした熱気に襲われる。陽はとうに沈んでいるのだが、夜らしいひんやりとした空気はどこかへ行ってしまったらしい。自分でさえこんなに暑いのだから、身重の深雪はどんなにか大変だろう。

スマートフォンを取り出し、特捜本部に連絡を入れる。大城が直接電話に出た。状況を説明すると、大城は「すぐに戻って来い」と命じた。

「構いませんけど、何かありましたか？」やはり、将棋の駒になったような気分だった。東京を、東西南北に走らされ——体調は何ともないとはいえ、襲われた翌日だということを一応は考慮して欲しい。

「鍵が合致したから、田原を呼ぶことにした」

「はい」心臓が、とくん、と音を立てたようだった。あの「レイバー」の元ヴォーカルにして、巨大音楽事務所「オフィスP」の社長が警察に呼ばれる——経済事案なら分からないでもないのだが、ことは殺人である。

「調べはお前がやれ」

「俺で……いいんですか？」

「最初から怪しいと思って調べてたんだろう？　だからお前には、奴を調べる権利があると思うが」

「分かりました」言ってはみたものの、一之瀬は完全に落ち着きを失っていた。

これまで多くの人間を取り調べ、時には幸運も手伝って「難攻不落」とされてきた被疑者の自白を導き出したこともある。しかし今回は、勝手が違う……何しろ相手は、「レイバー」の田原ミノルなのだ。

「呼び出す手配はこちらでやる。お前は戻って、取り調べに備えろ」

「小野沢管理官は了承してるんですか？」

「それはお前が気にすることじゃない」大城がぴしりと言った。

「分かりました」そうは言ってみたものの、安心はできない。捜査は一つの山場を迎えたのだ。ここで自分の意見を強く押せるぐらい、材料を持っていればいいのだが……今のところは、たった二つしかない。①田原は彩を愛人にしていたという情報がある②実際に彩は田原の別宅の鍵を持っていた——この二つの材料だけで攻めきれるだろうか。「小田彩は愛人だが、それが何か？」と開き直られたら、それ以上は突っこみようがない。呼ぶのはまだ早いのではないか、と一之瀬は心配になった。もう少し証拠なり証言を集めてからの方がいいのでは……これは、大城の暴走になるかもしれない。

波を読めよ、と一之瀬は自分に言い聞かせた。一番大事なのは、事件の筋を見極めることだ。誰かの思惑でばたばた動かされてはいけない。

緊張しながら特捜本部に戻る途中、一之瀬は、今夜田原と対峙する可能性は低いのでは、と考え始めた。向こうが、そう簡単に出頭要請に応じるとは思えない。もしかしたら、既に捜査の手が迫っていることを察知して、弁護士と相談している可能性もある。

その方がいい、と少し弱気に考えた。正直、こちらとしても心の準備ができていない。こんなことなら、池畑に「大物」を調べる時の心構えを聞いておけばよかった。

そういえば、池畑の方はどうしただろう。この時間だから、今日の取り調べはもう終えているはずだが……地下鉄を降りた瞬間、まさにその池畑から電話がかかってきていたことに気づく。折り返し電話が欲しいというメッセージが残っていたので、歩き出しながらかけ直した。

「いい知らせと悪い知らせ、どっちを先に聞きたい?」

「悪い方でお願いします」

「君は悲観論者なのかな?」

「弁当の好物は最後に取っておきたい方なんです……それで、悪い知らせって何ですか?」

「申し訳ないが、まだ奴を落とせていない……君を襲ったことについては、金を狙ったという主張を変えないんだな」

「そうですか……」もしかしたら本当にそうなのかもしれないと考え、一之瀬の心は揺らいだ。「それで、いい知らせというのは？」

「奴は嘘をついていると思う。これは話してみての感触に過ぎないけど——そもそも、暴力団員が路上強盗をするとは考えられない」

「確かに、そんな話は聞かないですね」

「人間関係だよ、一之瀬君。人間関係を解きほぐせば、何かが分かる」

「田原を呼ぶことになりました」

「容疑は」池畑の声が緊張する。

「参考人扱いです」一之瀬は鍵の件を説明した。いい機会なので、「大物」の扱いを聞いてみる。

「コツを一つだけ教えておこう。大物扱いしないことだ」池畑が真面目な口調で言った。「変に持ち上げたり、こちらが卑屈になったりすることはない。他の人間に対する時とまったく同じでいいんだ。そもそも大物なんて、存在しないんだからな。資産百億円の人間と、その日暮らしの人と、違いはごくわずかなんだ。人間なんて、ほぼ同じ存在だと言っていい」

「……ですかね」池畑の言い分は、あまり心に響かなかった。

「ああ。ただし大物は、自分は他の人間とは違う特別な存在だと思っている。普通の人と同じ扱いをすることで、その無意味なプライドをへし折ってやればいい。つまり、精神的な拷問だな」

「拷問って……」一之瀬は思わず言葉に詰まった。ソフトな見た目通りに人あたりのいい池畑の口から、こんな言葉が出てくるとは。

「言葉は悪いけど、そういうことだ。取り調べは真剣勝負なんだぜ？　相手を叩き潰すつもりでいかないと、負ける。そして刑事が負けるということは、正義が負けることだからな」

一之瀬は顎をぐっと引いた。街を行く人たちをぼんやりと見やる。彼らは、いわば「社会」である。犯罪を捜査することで自分が守っているのは、目の前を通り過ぎて行くこの人たちの集合なのだ、とふと思った。

田原と会うのは二回目だ。最初は、「オフィスP」の社内ですれ違っただけ——実際に直接対面して言葉を交わすことになり、一之瀬は鼓動が速くなるのをはっきりと感じた。目の前にいる田原には、現役時代の雰囲気が色濃く残っていた。もちろん、バンド時代の特徴であった逆立てた髪型ではないし、化粧もしていないのだが、九〇年代後半の田原が二十年後にはこうなるだろう……という予想どおりだった。

現役時代は、針金のようにほっそりとした体形だった。今はさすがに少し太った……いや、太ったわけではない。スーツを着ていても、胸板は厚く、綺麗な逆三角形になっているのが分かる。ジムで定期的にトレーニングを続けているのだろう。太っていない証拠に、顔は昔のままだった。頬肉もまだ重力に負けておらず、シャープなイメージはそのまま残っている。

仕事途中だったのか、田原はブラックスーツ姿だった。普通の人が黒いスーツを着ると、結婚式か葬式に見えてしまうものだが、鍛え上げた体にぴったり合っているせいか、非常にスタイリッシュだった。ネクタイもしていないし、下には白いシャツというシンプルなスタイルなのだが、「洒落ている」としか言いようがなかった。

そして苛立っている。一之瀬が椅子に座った瞬間、その苛立ちが波のようにどっと押し寄せてきた。

「警視庁捜査一課の一之瀬です」名乗るだけで名刺は出さない。頭も下げない。それで、自分がどういう立場にいるのか、自分で考えてもらうつもりだった。

「御社で勤務していた小田彩さんが殺された件について調べています」

「そう聞いています」

「あなたは、彩さんと交際していましたか？」

「交際……」田原が眉をひそめる。

「有り体《あていい》に言えば、彩さんはあなたの愛人だったのではないですか？」

「何をまた、失礼な」田原が鼻を鳴らす。

「彩さんは、あなたが北青山に所有しているマンションの鍵を持っていた。これは、愛人である証拠だと思いますが」

「北青山？　あそこは倉庫ですよ」

「倉庫？」ずらりと壁に貼られた田原自身の写真を思い出す。過去の栄光の保管場所？

「普通のマンションじゃないんですか？」

「昔使っていた機材なんかを保管してあるだけですよ」

「そういうことのためには、倉庫を借りるもんじゃないですか？」楽器の保管に気を遣わねばならないことは、一之瀬もよく分かっている。特に木材と金属パーツが合体した楽器であるエレキギターには、湿気が禁物だ。本当にきちんと保管するつもりなら、湿度と温度がきちんと定まった倉庫に置いておくに限る。「マンションだと、エアコンをつけっ放しというわけにはいかないでしょう」

「そこまで気を遣うものでもないので……私の一番の楽器はこれだから」田原が自分の喉を指差した。

「その部屋の鍵を、どうして彩さんが持っていたんですか？」

「あそこは会社としても使っていますからね。社員が鍵を持っていても不思議ではないでしょう」

「プライベートと仕事は分けるのが普通じゃないんですか？」

「うちの会社は、そんなに大きくないんですよ」田原が声を上げて笑う。「社員が数百人もいるような会社なら、社長室や秘書室があって、社長の仕事をフォローしてくれるんでしょうけど、うちの場合はそうもいかない。多くの社員が、たくさんの仕事を兼任しているんです。今年は、年末に『レイバー』の活動再開を予定していますから、昔の楽器を持ち出す機会も多くてね。それで彼女に鍵を預けて、楽器の管理をお願いしていたんです」

ペラペラとよく喋る……発言内容に矛盾はないが、一之瀬はむっとした。こういう風に軽く喋る人間は、どこか信用できない。

「活動停止から二十年経ったから、活動再開なんですね」

「ちょうどキリがいいでしょう？」

「でも、メンバーの一人——ドラムの松下さんは亡くなっています。それにベースの徳永さんとギターの今市さんは、あなたとは距離を置いていると聞いています。当時のメンバーで集まれるのは、今も会社で一緒の矢作さんだけじゃないですか」

「ま、その辺は何とかなると思いますよ」田原がさらりと言った。「亡くなった松下はどうしようもないけど、他の二人は来てくれるでしょう」

今市は日本にいないことが多いし、徳永には老舗を守る大事な仕事がある。それに徳永と会って話した限りでは、田原の誘いに乗るとは思えなかった。その疑問を持ち出す前に、田原が口を開く。

「こういうのは、一度やったらそれでおしまいなんですよ」

「おしまい？　どういう意味ですか？」

「一回ハマったら抜けられない、という意味です。ライブの魅力っていうのはね……舞台俳優さんが、どんなにお金に苦労していても役者をやめられないのと同じことです。一段高いところに立って人に見られる快感は、一度経験すると忘れられない」

「徳永さんには、自分の仕事がありますよ」

「あいつは、自分で包丁を握ってるわけじゃないでしょう。金勘定をしているだけだ。正直、あいつが半年や一年ぐらいサボっても、店には何の影響もないと思いますよ」

「今市さんはアメリカにいることも多いそうですが……」

「よく金が続くよねえ」馬鹿にしたように田原が言った。「向こうでどれだけ仕事があるか分からないけど……人のアルバムでちょっとギターを弾いたり、サポートメンバーとしてツアーに帯同したりするぐらいだと、収入も高が知れてるんです。最後は金ですよ。金を出せば、人は動く」

「ステージの快感、じゃないんですか？」

「それももちろんあるけど、ボランティアや趣味でやってるわけじゃないから。シビアな金の話は絶対に出てくるんです」

「それは社長として学んだことですか」

「私は現役時代から、金のことは勉強していましたよ。だからこそ、今こうなってる」田原が両手を広げた。

「あなたが彩さんを殺したんですか？」

会話の流れをぶった切って、一之瀬は一太刀《ひとたち》を浴びせた。田原は一瞬、きょとんとした表情を浮かべたが、すぐに苦笑する。

「何を馬鹿なことを……だいたい警察は何をやってるんですか。これはストーカー事件だって聞いてますよ」

「そうではない可能性も出てきた、ということです。恋愛関係のもつれは、いつでも事件に結びつきますからね」

「失礼な人だね、あなたは」さほど失礼とも思っていない様子で田原が言った。「裏も取れていないことを、こういう場所で持ち出されても困る。ちなみに私は今、激怒しています」

「そうは見えませんが」

「本当は、弁護士同席で話をしたいところだ。ただ、殺されたのがうちの大事な社員ですからね。警察に協力しようと思ったらこのざまだ。話にならない」言葉は強いが、表情にはまだ余裕がある。

「北青山の部屋を調べさせてもらえませんか」仮に何か証拠があっても、既に隠してしまったかもしれないが。

「あんなところを調べて、どうするつもりなんですか」

「調べる必要があるから調べる、ということです。裁判所の令状を取ってもいいんですが、あなたが協力してくれた方が話が早い」

「別に構いませんよ」

一之瀬は一瞬言葉に詰まり、田原の顔を凝視した。こんなにあっさり言うとは……やはり田原は、あの部屋にあった彩の痕跡を消してしまったのだろう。もっと早く、鍵の正体が分かっていれば、と一之瀬は悔いた。

とにかく、部屋を調べれば何かが出てくるかもしれない。何かを隠したとしても、そこは素人のやることだ。

「私が立ち会ってもいいのかな?」

「そうしてもらえますか? 何だったらこれからでもお願いします」本当は、夜の家宅捜索は避けたい。自然光の中で見る方が、夜は見落としがちな物を発見できる。

「では、行きましょうか」田原がゆっくりと立ち上がり、スーツのボタンを留めた。「実際に見てもらえば、こういう時間の無駄はしなくて済むでしょう」

なるほど、田原が倉庫と主張するのも分からないではない。

マンションの一室のうち、本来リビングルームになるべき部分、それに十畳ほどの一室が楽器の保管庫に当てられていた。どちらの部屋もカーテンは閉められ、直射日光が当たらないようになっている。

一之瀬にすれば、よだれが出そうなコレクションだった。

ギターというのは、ヴィンテージ物に人気が集まる。理由は様々……木材の湿気が抜けていい具合に音が枯れるということもあるし、有名なアーティストが長年使ってトレードマークになっていたものなら、別の意味でプレミアがつく。それ故、五十年も六十年も前に作られたギターが、とんでもない高値で取り引きされたりするのだ。特に一九五八年から一九六〇年までの間に作られたギブソン・レスポール・スタンダードは、生産本数が少ないこともあり、コンディションのいいものなら数千万円の価格がつく。希少価値はレスポールほどではないフェンダー・ストラトキャスターも、五〇年代から六〇年代のモデルは二百万、三百万円で取り引きされている。

もっとも最近は、こういうヴィンテージモデルの味つけを狙って、特殊なエイジング加工を施したギターもあるから、一見では分からない。

いずれにせよ、明らかに古く見えるギターが何本か……田原はあくまで「ヴォーカル」であってギタリストではないのだが、ステージ上でギターを弾くこともあったのだろう。

あるいは、投資目的で買い漁っていたのかもしれない。二十年前なら、今よりも多少は安かったはずだ。

しかしこれ、リアルなヴィンテージだったらとんでもないコレクションだな……赤が抜けてレモン色に変わったレスポール・スタンダードが二本。黒いストラトキャスターが二本。それに本来の白がバタースコッチ色に変色したテレキャスターが一本。「レイバー」のロゴがボディいっぱいにデザインされたギターは、たぶんオリジナルのシグネチャーモデルだ。使っているかどうかは分からないが、ベースも何本かある。

壁の一面はギターアンプで埋まっていた。中でも目立つのはヴォックスのアンプである。イギリス製で、六〇年代にビートルズが、七〇年代にクイーンのブライアン・メイが使って有名になった。

もう一部屋には、真ん中にドラムセット、それにやはりアンプが何台か置いてある。床が抜けないだろうか、と一之瀬は心配になった。それほど大きくないヴォックスのアンプでも、重さは三十キロぐらいはあるはずだ。

「確かに倉庫ですね」一之瀬は言った。本当は、それぞれのギターについて話をしたいところだが、そんなことをしている場合ではない。鑑識課員に来てもらったのだが、今のところは手持ち無沙汰——本当は、当人がいない時に、ゆっくり鑑識作業を続けたいのだろう。一之瀬も事前の打ち合わせで「強引にやらないように」と釘を刺していた。

「お分かりいただけましたか？」田原が溜息をつく。

「もう一部屋ありますけど、そちらは？」ギターに対する興味を何とか鎮め、一之瀬はリビングの片隅にあるもう一枚のドアを指差した。

「あそこは空いてますよ」

「空いてる？　もったいないですね」

「いやいや」

一之瀬はつかつかとドアに近づき、ハンドルを引き下げた。

「ちょっと」

田原が引き止めたが、無視してドアを開ける。

寝室だった。少なくとも、ダブルサイズのベッドが一台、頭の部分を壁に押しつける格好で置いてある。きちんとメイクされ、かけ布団には皺一つ見当たらない。田原はベッドメイクも自分でやっているのだろうか……。

足元の壁には薄型テレビ。他には何もない。クローゼットの中に、女物の服がかかっているのではないかと密かに考えたが、ドアのところから田原がこちらを凝視しているので、手をつけにくい。本人立ち会いのもとで部屋を調べていると、無人の場所を家宅捜索している時とは要領が違う。やりにくくて仕方がなかった。「調べていいか」と訊ねて、拒否されても仕方がない。あくまで任意なのだ。

何とか田原の目を逸らせないか……一之瀬は寝室を出て、風呂場を覗いた。コップに歯ブラシが二本入っているのではないかと思ったが、そもそもほとんど使われている形跡がない。風呂の扉も開け放してあったが、こちらもまったく綺麗だった。たぶん、シャワーを流したこともないのだろう。風呂場というのは、どんなに綺麗に使っても必ず汚れるものだ。

ということは、ここは本当に倉庫なのか？　ガサは失敗——無意味だったのか？

ふと、誰かの視線に気づいた。背後から射貫《いぬ》くような視線。慌てて振り向くと、リビングルームにいた春山が必死の表情で目を見開いて一之瀬を見詰めている。両手をくっつけてから、ぐっと離す。話を引き延ばせ？　了解。

「ここへはよく来るんですか？」一之瀬は田原に訊ねた。

「それほどでもないですね」

「暑い時にはちょっとシャワーを浴びたりとか？」

「いや……風呂場の掃除が面倒なんでね」

「倉庫という割に、ベッドはあるんですね」

「サボりたい時に、ちょっと使うことはありますよ」

「夜中に泊まったりとか」

「それはないですね」

「なるほど……倉庫ね」

振り返り、春山を探す。彼は寝室から出て来たところで、右手で「ＯＫ」のマークを作ってみせた。何をしていたのかは分からないが、目的は果たせたようだ。

結局、部屋には三十分ほどしかいなかった。鑑識の連中は、指紋の採取だけはしたが、この結果はまだ分からない——いや、田原も、この部屋に彩が来ていたことは認めているから、彼女の指紋が検出されても、それだけでは決定的な証拠にならない。

田原は最後まで、冷静さを保っていた。本音では「クソ忙しい俺を呼びつけて何様のつもりだ」とむかついているに違いないし、現役時代のエキセントリックな性格を考えるとどこかで爆発してもおかしくなかったのだが、彼もやはり大人になったということか。

マンションの前で田原と別れると、春山がすっと近づいて来た。

「ベッドメイクは完全じゃなかったようですよ」と囁《ささや》く。

「というと？」

「陰毛が一本、見つかりました」

「ああ、それでさっき、時間を引き延ばすようにって……」

「はい」春山がうなずく。「もちろん田原のものかもしれませんけど、調べてみます。ＤＮＡ型が一致すれば……」

「小田さんが、あのベッドに裸でいた可能性が高い。つまり、愛人説の裏づけになる」

「そうなんですけど……」春山の表情は渋い。「田原を落とすのは相当大変ですよ。今日の様子を見ていたら、かなりの難敵みたいじゃないですか」

「確かにな。でも、そこは頑張るしかないだろう」言いながら、一之瀬は言葉が上滑りするのを感じた。頑張る、頑張る——何を頑張ればいいのか。ノウハウも経験もまだまだ少ないことを実感する。

「分析は、最優先でお願いしましょう」

「そうだな」

しかし春山が心配した通りで、田原は新たな手がかりが出てきても、のらりくらりと言い逃れるだろう。それに対抗できる強さを持ちたい、と一之瀬は祈った。

〈20〉

Qの方から一之瀬に電話がかかってくることは滅多にない。基本的には、助けが欲しい時にこちらから連絡を取るだけだ。

それ故、ガサをかけた翌朝、Qから電話がかかってきた時に、一之瀬は動転した。中杉通りに面したマンションの前で歩みを止めた。この通りは並木道が綺麗に整備されていて、七月の陽射しから脳天を守ってくれる。それにQの話がややこしくなったら……歩きながらではメモが取れない。

「怪我はどうだね」

「まったく影響ありません」心配されるのも奇妙だ……怪我したと報告した時には、露骨に馬鹿にされたのに。

「犯人は？」

「逮捕されました。本人は、強盗のつもりだったと供述しています」

「君は、自分が強盗に狙われるような運の悪い人間だったと思っているのか？」

「いや……いえ、何とも言えません。今のところは強盗を疑う材料もないんです」

「何者だ？」

「暴力団員です。ご存じかどうか知りませんが、石川興業の――」

「石川興業ぐらいは知っている。広域暴力団じゃないか」

警察関係者ならこの名前にピンとくるだろう。しかし一般人は……Qはやはり警察関係者なのだろうか、と一之瀬は訝った。

「それは、強盗じゃないな」Qがあっさり断言した。

「どうして分かるんですか？」

「石川興業のことを調べてみろ。『オフィスＰ』との関係が分かるはずだ」

「関連してるんですか？」

電話の向こうでＱが舌打ちした。さすがにむっとしたが、そんなことは口に出せない。

「君も素人じゃないんだから、そんなことはとっくに分かっていると思っていたが」

「それは組対《そたい》の仕事です」思わず反論してしまった。「何か分かっているなら、教えて下さい」

「人に頼り過ぎるのが君の欠点だな」

「そんなことはないです」一之瀬はすぐに否定した……が、強い口調では言えなかった。実際何度も、Ｑを頼ってきたのだから。

「はるか昔から、暴力団と芸能界の関係は取り沙汰されてきた――例えば地方の興行に関しては、地元暴力団の仕切りがないと上手くいかないという話があるそうだな」

「はい」そういう話は、一之瀬も聞いたことがあった。ただし昔の話で、最近はそういうことは減っているだろう。

「石川興業は、昔から芸能界の様々な人間との関係が取り沙汰されてきたはずだ」

「『オフォスＰ』のようなロック系・ポップス系の事務所とはあまり関係ないように思えますが」

「それを調べるのは私の仕事ではない」Ｑがぴしりと言った。「それこそ警察の仕事だろう」

Qはいきなり電話を切ってしまった。

何なんだ……一之瀬は啞然としてスマートフォンを見詰めた。珍しく、彼の方から情報を提供してくれる気になったのはありがたい。しかしそれなら、こんな中途半端な形ではなく、もっとはっきり言ってくれればいいのに。

意図が分からない。例によって、だが。

しかしこれはヒントになるかもしれないのだ。大城に報告して——いや、それはやめておこう。まだ海のものとも山のものともつかない話だ。もう少しはっきりするまで、自分の胸に秘めておいた方がいい。何とか調べる方法は——ある。直接の伝手がないだけだが、一之瀬ももう、それなりに警察官としてのキャリアも長くなって、知人も増えている。知り合いを辿っていけば、必ず専門家にぶつかるはずだ。

「六次の隔たり」的な感じというべきか……警視庁には四万人の職員がいるが、だいたい数ステップで、会いたい人間に辿り着ける。今回一之瀬は、わずかツーステップで必要な人間を摑まえることができた。昨日、刑事総務課の大友から失踪人捜査課の高城賢吾《たかしろけんご》経由で、組織犯罪対策部組織犯罪対策第三課の荒熊豪《あらくまごう》とコンタクトが取れたのだ。

荒熊は会うことは了承してくれたが、取り引き条件を出してきた。「飯を奢れ」。まあ、これぐらいはしょうがないだろう。荒熊という男にとっては、こういうのもゲームの一種なのかもしれない。あるいは、情報を得るには金がかかる、というのが持論である可能性もある。

ボディガードとして、春山だけは同行させることにした。高城が荒熊を紹介してくれる時、「お前みたいに弱っちい奴だと、頭から齧《かじ》られちまうぞ」と脅してきたからだ。組対の刑事だからといって、本人も暴力的とは限らないはずだが……。

警視庁のある霞《かすみ》ヶ関《せき》付近は、外食の不毛地帯である。昼食を食べようとしても、日比谷や虎《とら》ノ門《もん》辺りまで出る必要がある。警察官にそんな時間的余裕があるわけもなく、本部にいる時はだいたい庁舎内の食堂、あるいは他の官庁の食堂を利用することになる。

荒熊が指定してきたのは、虎ノ門にある蕎麦屋だった。十一時半と言われたので、二人はそれより少し前に店に入って待つことにした。

「こんなところに蕎麦屋があったんですね」春山がぼそりと言った。「座って食べる蕎麦屋にはあまり縁がないような街ですけど」

十一時二十八分、荒熊が店に入って来た。入って来た途端に分かった——高城が「見りゃ分かる」と指摘していた通りだった。

確かに、すぐ分かった。名前の通りというべきか、熊のような男だったのだ。長身でがっしりした体格、ダブルのスーツははちきれそうになっている。巨体の割に、この暑さに汗一つかいていないのが不思議でならなかった。間もなく定年ということで、顔にはそれなりに皺が刻まれているが、迫力はまだまだ現役のそれである——この歳でこんな感じだったら、若い頃はどれだけ迫力があったのだろう。一之瀬はふと、違和感に気づいた。足元が編み上げのブーツ……ダブルのスーツにこういうブーツは合わないし、ましてや今は七月である。半ズボンで歩いていてもおかしくない陽気に、このブーツはあり得ない。

「待たせたな」

一之瀬は慌てて立ち上がった。立ち上がらざるを得ない迫力があった。荒熊が右の掌で上から押さえつけるような動きを見せた。「座れ」。無言の圧力に押され、一之瀬はのろのろと腰を下ろした。

荒熊が音を立てて椅子を引き、座る。同時に、スーツの内ポケットから封筒を取り出し、テーブルに置いた。太い指で押し出して、一之瀬にうなずきかける。一之瀬はさっと一礼して封筒を受け取り、開けようとしたが、すぐに荒熊が「後にしろ」と低い声で警告を飛ばした。

「まずいですか？」

「こういうところで見るもんじゃない。とにかく飯にしよう」

中身は資料か何かだろうか……こんなものだったら、わざわざ会わずにメールでもよかったのに。いや、荒熊の世代は、メールで用事を済ませることに抵抗があるのかもしれない。

一之瀬が封筒をバッグにしまったのを確認してから、荒熊がメニューを取り上げる。すぐに天井を突き刺すように右手を挙げて店員を呼ぶと、「カツ丼セット、もり蕎麦を大盛りで」と注文した。慌てて一之瀬は胡麻だれ蕎麦、春山はとろろ蕎麦を頼む。

「何なんだ、お前ら」荒熊が吠えるように言った。「若いのに、えらく少食だな。そんなことじゃ、午後からまともに動けないだろう」

「もう夏バテ気味なんですよ」一之瀬は胃の辺りをさすった。

「ちゃんと食わないから夏バテになるんだ」

それは理屈になっていないと思ったが……一之瀬は黙ってうなずいた。荒熊は人一倍飯を食って激しく体を動かし、この巨体を作り上げたのかもしれない。「大きい」のは間違いないが、「太った」感じはしないのだ。

蕎麦はすぐに出てきた。もしかしたら茹《ゆ》で上《あ》げたものを置いてあるだけかもしれないと思ったが、一応ちゃんとした蕎麦だった。こうクソ暑い日々が続くと、やっぱり蕎麦だよな……刑事は外食が多いので、蕎麦屋にはよくお世話になる。一之瀬は最近、胡麻だれ蕎麦に凝っていた。普通のもり蕎麦は腹持ちもいいし、力がつくような感じがするのだが、少しこってりした胡麻だれ蕎麦は腹持ちもいいし、力がつくような感じがする。

荒熊は、まずもり蕎麦を一気に食べ切ってしまった。特に上品な量ではないのだが、とにかく一口分が多く、箸《はし》を五回ほど動かしただけで、せいろは空っぽになってしまった。慌てて食べたのは、蕎麦が伸びるのを嫌ったからだろう。せいろが空になると、いよいよ本番という感じで、カツ丼をゆっくり食べ始める。

「しかしお前さんたちも、変な話に首を突っこんでるんだな」

「たまたまです」好きでやってるわけじゃない、という言い訳を一之瀬は呑みこんだ。

「これが上手くつながるかどうかも分からないんですけど」

「無駄が多いのが俺らの仕事だよ。以前に、成功確率みたいなものを計算してみたことがあるんだけど、三割だな」

「そんなに低いですか？」一之瀬は目を見開いた。「イチローの打率より低いじゃないですか」

「イチローのバッティング並みに事件を解決できる警察官なんか、滅多にいるもんじゃない。そういえばイチローは、もうすぐアメリカで三千本安打じゃないか？」

「ああ、そうですね」刑事になってから、一之瀬も新聞を真面目に読むようになった。世間の常識についていくため、そして雑談のネタを仕入れるためである。結果、それほど興味がないスポーツ関係のニュースも、ある程度は頭に入るようになった。それにイチローの三千本安打は、テレビでもネットでも大騒ぎ状態なので、見逃す訳もない。「たぶん、八月の前半ですよね」

「まったく、とんでもない記録だよ。ああいう選手と俺たちを、同列で論じちゃいけないな」

「はい。でも逆に言えば、イチローのヒットは人命には関係ありません。我々はいくら事件を解決しても金にはなりませんけど、人の命を救うことはあると思います」

荒熊が、カツを挟んだ箸を宙で止めた。呆気に取られたような表情を浮かべていたが、すぐにニヤリと笑う。

「お前さん、なかなかいいことを言うな」

「先輩方のご指導のおかげです」

荒熊の表情が一気にかき消えた。つまらんことを言ったから減点だと、ぶつぶつとつぶやく。

食事を終えた荒熊が、さっさと席を立つ。一之瀬は春山に財布を渡して金を払うように頼んでから、急いで彼の後を追って店を出た。桜田通りに向かってぶらぶらと歩き始めた荒熊にすぐに追いつく。荒熊が振り向き、ちらりと一之瀬の顔を見てうなずいた。会話を続けていいという許可を得たと判断し、一之瀬は荒熊の横に並んだ。

「石川興業には、狡猾《こうかつ》な連中が多い。昔のマル暴のイメージでいると、痛い目に遭うぞ」

「知能犯的な感じですか？」

「知能犯的な感じを装っているだけだ。マル暴は基本的に阿呆だぞ」

ずいぶんあっさり言い切るものだ。組対の刑事の中には、あまりにも距離が近くなり過ぎて、組員と「同化」してしまう人もいるというが。

「とはいえ、石川興業はなかなか尻尾《しっぽ》を摑ませない」

「『オフィスP』とはつながっているんですか？」

「それは全部書いてある。後で見ろ」

「本部までご一緒します」

「何で？　特捜詰めだろう」

「一刻も早く見たいんですよ。自分の席が一番近いし安全です」

「そりゃそうだ」荒熊がニヤリと笑う。「だったら、わざわざここまで出て来る必要はなかったな。警視庁の食堂でもよかった。その方が、お前の財布も痛まなかっただろう」

後ろを振り向くと、財布が——春山が小走りにこちらに近づいて来るところだった。一之瀬はつい、軽口を叩いてしまった。

「警視庁の食堂は食べ飽きてるんですよ」

「それは俺も同じく、だ」

「特捜の弁当も飽きてます」

「だったらこれでよかったじゃないか。しかし、今回の特捜は何だか自由だな。この件、上にはちゃんと言ってるのか？」

「いえ。まだはっきりしないことを報告するわけにはいきませんから。結果が出たら報告します」

「つまり、上には秘密で俺と会ってるわけだな？　お前のところでは、そういうことが許されるわけだ」

「……そうなりますね」バレたらどうなるか、心配ではあったが。

「それでいいんじゃねえか」荒熊があっさり言った。「ホウレンソウには弊害もあるからな。中身がない情報を上に報告して、仕事をしたような気になる人間も多いから。そういう人間に限って、自分では何も考えないんだ。自分で知恵を絞らないと、まともな捜査なんかできないだろう……ま、お前の頭がどの程度のレベルか、お手並み拝見といこうか」

妙なプレッシャーがかかる。しかし、こういうのもいいだろう。普段一緒に仕事をしない人から気合いを入れられると、いつもとは違うやる気が出る。

本部に到着して荒熊と別れ、捜査一課の自席に戻る。座る間ももどかしく封筒を引き抜き、中の書類に目を通した瞬間、一之瀬は顔から血の気が引くのを感じた。

当たり、だ。

いや、何が当たりかは分からないが、これで話が三歩ぐらい前進するのは間違いない。

一之瀬は春山に書類を渡し、自分は慌てて受話器に飛びついた。まだ十二時半——普通なら取り調べは中断して、昼食休憩になっている時間である。

この電話はあくまで非公式のものだ。いろいろ裏で動き回っていて、最後に辻褄《つじつま》が合うのだろうかと心配になってくる。荒熊が言う通り、ホウレンソウが全てではない……事件の解決が最優先なのだ。

〈21〉

一之瀬と春山は、午後からまた聞き込みに回った。今度の現場は北青山のマンション——その付近で彩を目撃した人がいないか、確認する必要があった。一番頼りになるのは防犯カメラの映像だが、このマンションの場合、保存期間は二週間だという。彩が殺されたのはもう三週間ほども前だから、当時の録画は既に消去されていた。

夕方、事態を大きく動かす一報が入った。池畑からだった。

「さっきの電話、助かったよ。笠原が、田原との関係を認めたぜ」

「ということは、田原が俺を襲わせたんですか？」

「そう慌てないでくれ。指示を受けてやったとは言っていない。単に、田原とは面識がある、と認めただけだから」

「そうですか……」そう簡単には進まないか。

「そんなにがっかりするなよ」池畑が少しむっとした口調で言った。「これは、田原にとっては致命傷になるかもしれないんだぜ。『オフィスP』の社長が暴力団と関係があると分かったら、大きなダメージだろう」

「確かに、パブリックイメージにとっては致命的ですね」

「そこを攻める材料にできると思う。もちろん俺も、引き続き笠原を叩くけど。あいつはまだ何か隠してる……それにしても、今回はみっともなかったな」

「何がですか？」

「君に助けてもらったようなものじゃないか」

「荒熊さんのことですか？　でも、そもそも俺も、荒熊さんは人に紹介してもらったんですよ」

「ま、立ってる者は親でも使え、ということだ……とにかくまず、この事件を上手くまとめないとな」

「もちろんです」

「荒熊さんには、改めてお礼をしておいた方がいいよ」池畑がアドバイスした。

「そのつもりです」

「俺はすぐに、この件から手を引くことになる。あくまで代打みたいなものだから。後は君がしっかり仕上げないと」

「了解してます」

電話を切り、一之瀬は春山に電話の内容を告げた。春山は一瞬表情を綻ばせたが、すぐに顔を引き締める。

「荒熊さんの情報通りだったんですね」

「ああ……クズみたいな関係だったんだな」

「そうですね……この件はどうしますか？」

「君からは情報を上げるな。それは筋が違うから……しばらく胸にしまったままにしておいてくれ。俺の方から、タイミングを見て正式に報告する」

「分かりました」

「しかし、さすがは組対だ。敵に回したくないな」

田原は、はるか昔に逮捕されていてもおかしくなかったのだ。「レイバー」が活動していた時代の薬物疑惑について、警察は着目していた。既に二十年も前のことで、結局立件はできずに終わった……その時に、田原に薬物を流していたと噂されていたのが、笠原の兄貴分の組員である。その兄貴分も、二十年前はまだ若い使いっ走りだったのだが。

荒熊たちは、石川興業の薬物事件について、継続的にウォッチしていた。執念というべきか、二十年以上前から、立件できるかどうかも分からないまま、情報を探り続けてきたわけだ。その中で最近、笠原の名前が浮上してきていたのである。しかも田原と接点があった——半年ほど前、笠原を尾行していた組対の刑事が、笠原が田原と会う場面を目撃していたのだ。もちろん田原は様々な人と会うだろうが、相手がマル暴となると話は別である。その後も、二人が接触する場面は何度も確認されていた。食事を一緒にするわけでもなく、ごく短いやり取り——それこそ薬物と金を交換するような接触だったが、何度か会っていたことは間違いない。

その他にも、石川興業が絡んでいたらしい興行などについての情報もあった。ただしこれは古い話——三十年も前のもので、「要チェック」とわざわざ赤いボールペンで注意書きがあった。そのまま信じるな、ということだろう。これは後で調べてみよう。古い話とはいえ、主催者などに確認すれば裏は取れるだろう。

一之瀬は思わず身震いした。この事件の全体像が、次第に頭の中に浮かび上がりつつある。それは、不安という長い影を引きずっているようだった。

夜の捜査会議が始まる前、一之瀬は小野沢に呼ばれた。彼の前で「休め」の姿勢を取ると、一之瀬の体を透視して向こう側の壁を見ようとするような、強い視線をぶつけられる。

「阿佐谷署に逮捕された笠原が、田原と面識があると認めたそうだ」

「本当ですか？」一之瀬は目を見開いてみせた。既に池畑から聞いていることだが、知らんぷりをした方がいいだろう。この演技で上手く小野沢を騙せるかどうか……学生演劇の経験がある大友なら、もう少し上手くやるかもしれないが。

「ああ。まだ池畑が叩いているが、お前が襲われた件についても、田原の関与が出てくるかもしれないいな」

「だとしたら……田原を逮捕ですね。殺人未遂の教唆《きょうさ》でいけるでしょう」言いながら、鼓動が高まってきた。あれだけの大物を逮捕——そう考えただけで、緊張と興奮が同時に湧き上がってくる。

「動機は？」

「我々が突っこみ過ぎたのかもしれません。捜査を潰すために、俺を襲ったとは考えられませんか？」

「お前、自分がそんな重要人物——危険人物だと思っているのか？」小野沢が馬鹿にしたように言った。

「そういうわけじゃないですが、俺は『オフィスP』の人間と何回も接触しています。捜査の要だと思われていても、おかしくないでしょう」

「……それはそうだな。とにかく、命があるだけありがたいと思えよ」

小野沢の目の前の電話が鳴った。素早く左手を伸ばして受話器を摑み、相手の言葉にしばらく無言で耳を傾ける。最後に一言「分かった」と短く言って受話器を置いた。

「池畑だ。お前を襲った件について、笠原が田原から依頼を受けたことを自供した」小野沢は興奮していない。むしろ緊張した様子で、口調は硬かった。

「正式な依頼ということですか？」

「その辺は曖昧——契約書を交わしたわけじゃないからな」

今のはジョークだったのか？　判断できずに一之瀬が固まっていると、小野沢が淡々とした口調で続けた。

「具体的な供述はない——『頼まれた』と言っているだけだから何とも言えないが、それでも田原を攻める材料にはなるだろう」

「はい」

「しかし、マル暴と田原ね……確かに芸能界は、昔からマル暴との関係がいろいろ言われてきたが、ここでつながるのか？」

「そうかもしれません」

「夜の捜査会議で、方針を正式に決定する」

「つまり、田原をもう一度呼ぶかどうか——」

「逮捕するかどうか、だ」小野沢が一歩踏みこんで発言した。「つまり——」

言いかけた瞬間、近くの電話が鳴る。それまで黙って一之瀬たちの話を聞いていた大城が受話器を取った。やはり黙って相手の声に耳を傾けていたが、表情を変えぬままに通話を終えて電話を切る。小野沢に向かって、「田原のマンションから発見された陰毛ですが……ＤＮＡ型が被害者のものと合致しました」と告げた。

二つの後押し。これで、田原をもう一度呼べるだろう。

一之瀬は廊下に出て深呼吸した。やけに緊張しているのを自覚する。しかし、避けては通れない道なのだ。

「田原をパクることになるだろうな」

声をかけられ、慌てて頭上に思い切り伸ばしていた腕を引っこめた。大城がポケットに両手を突っこんで立っている。

「できますかね」

「やらざるを得ないだろう。大物釣りだ……お前、俺に何か隠してなかったか？」

「そんなことはあり得ません。逐一報告してきました」

「そうか……小野沢さんも、この話には乗らざるを得ないだろうな。高澤に関しては、間違いなく冤罪だよ」

「しかし、冤罪なら自殺しますかね」話をスタート地点に引き戻すようなものだと思いながら一之瀬は言った。こういう事件の場合、慎重の上にも慎重を期さなければならない。

「人間は弱い。疑われただけで、この世の終わりが来たと絶望する人間だっているだろう。とにかく今は、高澤のことは考えなくていい」

「分かりました」

「お前も欲がないな」大城が鼻を鳴らす。

「どうしてですか?」

「自分の手柄だとアピールする手はいくらでもあっただろう。今回の件、何か裏で手を回したんじゃないか?」

「そんなことをするほどの力はありませんよ」

「そうか? いろいろやっていたようだが……まあ、特に問題になることはないだろうから、俺は何も言わないが」

適当にカマをかけて言っているのだろうか。あるいは、本当に俺を監視していたとか。監視を考えると怖い。一之瀬はまだ、大城がどういう人間なのか読み切っていないのだ。

「捜査会議では張り切れよ。反対意見は出ると思うが、そこは頑張って切り捨てろ」

「俺が、ですか?」一之瀬は自分の鼻を指差した。

「お前が頑張らなくてどうする。小野沢さんも反対はしないだろう。材料は揃ってるんだ。問題は岩下さんたちだろうが……所轄の言うことに耳を貸す必要はない。奴らが捜査の読みを誤ってヘマしたのは間違いないんだから」

そうだ、岩下のことがあった。必然的に、数か月前まで世話になっていた係長の失敗を責め立てることになる……岩下の方で何も言わなければ、罵《のの し》り合《あ》いになるようなことはあるまいが、それでも心配だ。自分の一言一言が、岩下を傷つけてしまうかもしれない。しかし、それも仕方がない。一番大事なのは事件を解決すること。刑事のプライドなど、二の次だ。

捜査会議は荒れた。

一之瀬はこれまで、いくつもの捜査会議に参加していたが、ほとんどの場合、「会議」というより「報告会」だった。刑事たちがその日一日の捜査状況を報告し、今後の捜査方針について幹部が決定を下す。下っ端の刑事が自分の意見を言うことなどまずない。もちろん、摑んできた証言などについて、「解釈」を示すことはあるのだが。

一之瀬は「田原の再度の任意聴取」を主張した。小野沢のように逮捕にまで踏みこんで言えなかったのは、今ひとつ証拠が弱かったからだ。彩の殺人、一之瀬に対する襲撃事件、どちらも田原が関わっていた可能性は否定できないが、逮捕できるまでの客観的な材料とは言えない。

それ故の任意での事情聴取なのだが、自分でも自信がないせいか、強く打ち出せない。

岩下がそこを突いてきた。

「襲われたのは自分だから、客観的に見られないんじゃないか?」

つい数か月前まで上司だった男から非難を受け、一之瀬は言葉に詰まった。部屋の半分

——いや、三分の二の人間が、厳しい視線を向けてくる。所轄や、本部の隣の係の刑事たち。彼らも理屈では、高澤の犯行と言い続けるのは無理があると分かっているはずだが、それでも一之瀬たちに対する反感は強いようだ。まったく問題外の言いがかりなのだが、気持ちは理解できる。逆の立場だったら、後から入って来て自分たちの捜査を荒らすような人間を一之瀬も許せないだろう。

「私が襲われた一件に関しては、あくまで阿佐谷署の担当です」

「だったら、田原も向こうに任せたらどうだ」

「それはできません。田原はあくまでこちらの獲物です。とにかく基本的には、あくまで任意の捜査ですから、まず引っ張ってきて話を聴きましょう」

「現段階で話を聴いても、逃げられるだけだぞ。前回の事情聴取、完全に手玉に取られていたじゃないか。仮に呼ぶにしても、もっと証拠が必要だ。犯行につながる直接的な証言、あるいは物証。そういうものが出てこない限り、田原は落とせないだろう」岩下は引かなかった。

「何度も警察に呼ぶことで、精神的に揺さぶれます」

「駄目だ。そんなことを続けているうちに、向こうは守りを固めてしまうだろう。お前、自分がどれだけの大物を相手にしているか、分かってるのか？　金も人脈もある人間を相手にする時には、普段より慎重にいかないと——そしてやる時は一気に攻める」

岩下は一向に一之瀬の提案を認めようとしなかった。ふと気づくと、部屋の前に座る小野沢と大城が額を寄せ合って、何事か相談している。何だ、この光景は……一之瀬は啞然とした。大城は小野沢を貶《おとし》めようとしているし、小野沢はそれに気づいて警戒しているはずだ。一触即発かと思っていた二人が、平然と密談しているのはどういうことなのだろう。これが大人のやり方なのか？

大城が離れると、小野沢が立ち上がった。普段、指示は座ったまま出すので、これもまたいつもと様子が違う。

「明日一日、待つ。もう一つだけ、田原を引っ張るための材料が欲しい。それを全員で探してくれ」

もっともな方針だ。田原を一刻も早く引っ張るのは捜査のポイントなのだが、現段階では逃げられる可能性が高い。もっと証拠を集める、しかし猶予《ゆうよ》は一日だけ——小野沢の指示は百パーセント正しい。

しかし一之瀬は、もう一歩突っこんでみたかった。まだ話を聴いていない関係者が一人いる。

「オフィスＰ」会長の戸澤。田原の後見人的存在でもあり、もしも田原が何らかの違法行為に手を染めていたら、事実関係を把握している可能性が高い。

一之瀬は思い切って提案してみた。

「田原の周辺捜査をするのは当然として、その他に『オフィスP』の戸澤会長から話を聴いてみたいと思います」

刑事たちの間にざわめきが走った。「オフィスP」においては田原が看板、かつ二十年前にはスーパースターだったという情報は、刑事たちの間でも共有されている。しかし「オフィスP」を実質的に切り盛りしている戸澤については、情報が少ない。

「何のために？」小野沢が疑義を呈した。

「これまで、会社の関係者には事情聴取を続けてきましたが、戸澤にはまだ話を聴いていません。それだけの話です」

一之瀬にすれば一種の賭けだった。戸澤は、何か知っていても喋るとは思えない。しかし万が一にも、口を滑らせる可能性がないとは言えない。池畑なら上手くやるかもしれないが、自分だって――。

「その件はちょっと待て」

小野沢は一之瀬の提案を棚上げし、明日の捜査の担当を割り振った。それが終わった後、大城、そして岩下とまた鳩首《きゅうしゅ》会談を始める。一之瀬は会議室の後方に下がって、さらなる指示を待った。宮村がすっと寄って来る。

「お前、大丈夫なのか？」

「何がですか？」

「いきなり大物を狙って失敗したら、やばいぞ」

「何をもって失敗というか、ですよね」

「ああ？」宮村が目を見開く。

「事情聴取の要請を田原が拒否すれば、それで終わりです。上手く事情聴取に引っ張れても……向こうが何を言うかは分かりません」

「そりゃそうだ」

「仮にこちらが失礼なことを言っても、それはその時にならないとどうしようもないです。事情聴取はあくまで、向こうの反応に従って進めるものでしょう？」

「まあ、そうだけど」宮村はどこか納得できない様子だった。「俺は何だか、嫌な予感がするんだよ」

「俺だって同じですよ」戸澤がどれだけ大物なのか、一之瀬の方が宮村よりも理解しているだろう。音楽業界の仕組みについては、一之瀬の方が多少は詳しいのだ。一人の——一組のミュージシャンを売り出すためにどれだけ多くの人がかかわっているかも想像がつく。そういうチームの中で、プロデューサーの力がどれだけ大きいかも分かっている。音の傾向やビジュアルを工夫し、バンドのカラーを決定して売り出し方法まで責任を持つ。ミュージシャンが提供するのは素材だけで、最終的に方向性を決めるのはプロデューサーだと言う人もいる。

一介の社員プロデューサーから、多数の人気ミュージシャンを抱えるプロダクションの会長になった男。音楽業界の表も裏も知り尽くした人間が、警察に対してどんな反応を見せるか、それを自分の目で確かめてみたいという気持ちもあった。あくまでアマチュアギタリスト、それに今はそもそもバンド活動もしていない一之瀬だが、音楽業界に関する関心は今でも高い――もちろん、そんなことは副次的な理由に過ぎないが。

戸澤と田原は、今はどんな関係なのだろう。三十年も蜜月の関係を続けてきて今に至るのか、あるいは互いに歳を取り、微妙に関係が変わってきているのか。つけ入る隙はあるかもしれない。

〈22〉

決心はしたものの、そう簡単に戸澤は呼べないだろう、と一之瀬は踏んでいた。しかし、いつまでも待っているわけにはいかない。とにかく一度事情聴取の要請をしてみて、断られたら何か新しい手を考える――一之瀬は取り敢えず声をかけてみることにした。

翌朝、戸澤のスマートフォンに電話をかけてみると、あっさり電話に出たので驚く。知らない番号だったら無視してしまいそうなものだが、戸澤はそういうことを特に気にしないのかもしれない。

「ああ、刑事さんね」

気軽な調子で応じてきたので、一之瀬は拍子抜けした。もしかしたら戸澤は、業界人にありがちな、誰にでも親しげな態度を示す人間なのかもしれない。直接会ったら、一之瀬を「ちゃん」づけで呼び始めるのではないだろうか。

「そちらの社員の小田彩さんが殺された事件で、社員の方から事情を聴いています。戸澤さんにもご協力いただきたいんですが」

「何か答えられるとは思えませんが……社員全員の様子を把握しているわけではないので」

「それでも是非、お会いしたいんです。できれば、社員全員に話を聴きたいと思っています」いくら何でもそれは無意味だと思いつつ、口に出してしまった。

「まあ、うちの会社の規模からして、それは不可能ではないでしょうが……いいですよ。そちらもお仕事でしょうから、お会いします」

「ありがとうございます」本当は「マジで？」という一言が喉元《のどもと》まで上がってきていた。こんなにあっさり面会が叶うとは思っていなかったのだ。

「ただ、今は会社にいないんですよ」

「どちらですか？」地方出張中だろうか。それでもどこまでも追いかけていくつもりだった。それでこそこちらの「本気度」を示せる。

「新宿です。スタジオにいるんですが」

「レコーディング中ですか？」

「そうそう」戸澤はどこか嬉しそうだった。

「そちらにお伺いしても大丈夫ですか？　お仕事の邪魔はしないようにします」

「構いませんよ」戸澤が、スタジオの名前と住所をすらすらと告げた。

リハーサルスタジオなら、一之瀬にも馴染みの場所である。学生時代、バンドの練習のためにしょっちゅう借りていたからだ。ただし、本格的なレコーディングスタジオを見るのは初めてである。それもまた興奮を呼び起こすものだが、注意を引かれ過ぎないように気をつけないと。

本筋はそれではない。戸澤という人間の本質を見極め、何か知っているのかいないのか確認することなのだ。

新宿——新宿御苑《ぎょえん》に近い場所に、問題のスタジオはあった。雑居ビルの三階から五階がスタジオ——どうやらこのビル自体が「オフィスＰ」の所有らしい。そういえば会社の定款《ていかん》には「不動産業」もあった。三階と四階は、アマチュアバンドでも使えるリハーサルスタジオで、五階はプロユースのレコーディングスタジオになっているようだ。

一階のエレベーターホールにある案内板を見た限り、三階と四階は細かくいくつものスタジオに分けられていた。三人編成のバンドの場合、十畳ほどもあればスペース的には十分である。ドラムのパワーがあり過ぎると、練習が終わった後に耳鳴りがひどくなるのだが……このビルの場合、一番広いスタジオは、五人編成のバンドでも楽に練習できる十八畳だった。一方、五階のスタジオについては、特に記載はない。もしかしたら、ワンフロア全部を使っているのかもしれない。楽器のレコーディング用の広いスペース、ヴォーカルが籠《こも》って録音できる小さなブース、何人もで作業できるコントロールルーム……快適に録音するためには、それなりに広いスペースが必要だろう。

エレベーターで五階まで上がると、まず広い休憩場所——ウェイティングルームとでも呼ぶべきだろうか——があり、戸澤が陣取っていた。顔写真は免許証のもので確認済みなのだが、その写真とはだいぶ感じが違う。免許はほぼ五年前に更新されたもので、当然今より五歳若い五十五歳の時のものなのだが、それに比べて明らかに老けている。まあ、どんな人でも、ある時期になると急に年齢の壁にぶつかるものだから……それにしても、別人と言っていいぐらいだ。免許証の写真に比べてずいぶんほっそりして、顔の下半分を覆う髭はほぼ白くなっている。

一之瀬と春山が近づいて行くと、戸澤がゆっくりと立ち上がった。指先では煙草が短くなっている。

「先ほど電話した一之瀬です。こちらは同僚の春山です」

「ずいぶん若い人が来るんですね」

「体力勝負の仕事なので、若い人間が多いんです」

「なるほど……何か飲み物はいりませんか？　と言うより、飲みたければご自由にどうぞ。あの自販機は、お金を入れなくても飲み物が出るようになっていますから」

戸澤が指し示した自販機は、ごく普通のもの……ペットボトル入りの水やお茶、缶コーヒーやジュースなどが入っている。どういう仕組みか分からないが、このスタジオの利用者は無料で飲めるわけだ。

一之瀬は首を横に振って飲み物を断った。戸澤も深追いせずに腰を下ろす。何だか恬淡《てんたん》とした人だ、と一之瀬は思った。

戸澤は四人分の椅子が揃った丸テーブルについていた。そういうテーブルが四つ——つまりこのスペースもそこそこ広いのだが、戸澤一人しかいない。奥にあるドアがスタジオの出入り口だろうが、音はまったく漏れてこなかった。一之瀬が使っていたようなリハーサルスタジオでは、多少は音漏れがあったものだが、プロユースのレコーディングスタジオともなると、防音対策は完璧なのだろう。

一之瀬は椅子に浅く腰を下ろした。それを見届けて、戸澤が煙草を灰皿に押しつける。見ると、吸い殻は全て両切りである。今時こんなにきつい煙草を吸っている人も珍しいし、灰皿の中には吸い殻が五、六、七本……まだ午前十時だというのに。

戸澤がすぐに新しい煙草に火を点け、「ここへは煙草を吸いに来ているようなものでね」と言い訳するように言った。

「家と会社では吸えないからですか？」

「ご名答」戸澤がにやりと笑う。「ここなら自由に吸えるんですよ」

「このスタジオ——ビルも『オフィスP』の所有ですか」

「そうです」

「ずいぶん手広く商売をしているんですね」

「スタジオは、自前の方が便利だし割安なんですよ。いちいち借りていたら、赤字を垂れ流すだけだ。使用料が案外高くてね」

そういうことは分かっている——しかし一之瀬は話に乗らず、うなずくだけにした。そしてもう少し、雑談を続ける。

「今は、何のレコーディングなんですか？」

「小嶋《こじま》サエのセカンドアルバム——小嶋サエはご存じですか？」

「すみません。女性ヴォーカルにはあまり詳しくなくて」

「これから何年か、うちの社運を賭ける子ですよ。まだ二十歳だし、伸《の》び代《しろ》がある」

二十歳で二枚目のアルバム？　となると、デビューはかなり早かったはずだ。気にはなったが、今は確認するタイミングではない。

「社運を賭けるような人だから、会長自ら同席ですか？」

「そういうこと――ただ私は、うちが抱えているほとんどのミュージシャンのレコーディングにつき合いますけどね」

「それじゃ大変でしょう」

「これも仕事のうちですよ」戸澤が肩をすくめてから、美味そうに煙草をふかす。「会長なんて言ってますけど、私の商売は基本的にこれだから……要するに好きなんですね」

スタジオのドアがいきなり開き、ほっそりとした背の高い女性が大股で駆け出して来た。ダメージ加工されたデニムに白いカットソーというラフな格好。バンダナをカチューシャ代わりにして、長い髪を押さえていた。

「あれが、サエ」

戸澤に言われて、一之瀬は一瞬で彼女を観察した。思い切り不機嫌な表情を浮かべている……自動販売機に真っ直ぐ向かうと、乱暴にボタンを叩いてお茶のペットボトルを取り出す。ついでに、という感じで自販機を蹴飛ばした。

こちらのテーブルに近づいて来て、一之瀬たちを胡散臭《うさんくさ》そうに見やる。ついで、テーブルに載った戸澤の煙草に視線を向け、素早く右手を伸ばした。戸澤がそれより一瞬早く動いて煙草を取り上げる。

「未成年じゃないんだから」

抗議する声は、耳に心地よいソプラノだった。なるほど……パワフルなロックシンガーではなく、高音の伸びを売りにするポップシンガーというところか。歌手にしては顔立ちが地味、かつ二十歳にしては幼い感じがするが、それはメイク次第で何とかなるのだろう。いずれにせよ、一之瀬の記憶にはない顔だった。

「で？　何か上手くいかないのか？」

「ちょっとね」

「田島《たじま》とぶつかったのか？」

「田島さん、要求水準が高過ぎるのよ」

「君に低レベルのものは作って欲しくないんだよ」

「分かるけど、言い方があると思わない？　田島さん、きついんだもん。ああいう言い方されるとムカつくわよ」

「はいはい」戸澤が立ち上がった。「ちょっと田島と話をするから。落ち着けよ」

「別に……落ち着いてないわけじゃないけど」

戸澤が一之瀬に視線を向け、「すぐ戻ります」と言ってスタジオに消えて行った。サエもその背中を追う。

一之瀬は頰を膨らませ、ゆっくりと息を吐いた。やはり、多少緊張していたのを自覚する。春山に小声で訊ねる。

「どう思った？　第一印象は」

「悪い人には見えませんけどね……もうちょっと年がいっていたら、好々爺《こうこうや》って感じじゃないですか」

「悪い奴ほど腰が低いっていうけどな」実際には一之瀬も、春山と同じ印象を抱いていた。サエに対する態度など、年取ってから生まれた娘を甘やかす父親という感じではないか。

「第一印象にこだわったらいけない、ということですね」

「外面《そとづら》と本質が全然違う人は多いし」

「分かりました」春山が手帳を取り出し、何か書きつけた。

「おいおい、そんなことまで書くなよ」春山はメモ魔で、聞き込みなどで得た証言以外にも、先輩たちから言われたアドバイスを一々手帳に書きこんでいる。

「いやいや」春山がペンを走らせながら言葉を濁す。結局、何を書いているかは分からなかった。

「来たぞ」

一之瀬は小声で忠告した。春山が手帳から顔を上げる。戸澤がスタジオに消えてから一分ほどしか経っていないのではないか？　サエの姿は見当たらなかった。わずか一分で、愚図るシンガーの機嫌を直してしまったのか？　だとしたら……こういう能力をどう評価していいか分からない。

「どうも、失礼しました」戸澤が椅子を引いて座り、灰皿に置いたままだった煙草を取り上げた。まだ吸える——それぐらい短い時間しか席を外していなかったわけだ。

「大丈夫ですか？」

「まあ、朝早くから歌い続けて、疲れてくる頃ですからね」

「田島さんというのは……」

「うちの最年少のプロデューサーです。腕は悪くないんだけど、少々細かくてね。ただ、サエに対しては、要求水準は当然高くなる」

「期待の星だから、ですね」

「そういうことです」

「戸澤さんは、小田さんを直接知っていましたか？」一之瀬はいきなり本題に入った。

「もちろん」うなずき、戸澤が短くなった煙草を灰皿に押しつけた。「うちは小さい会社ですからね。ただ彼女は、私の下で仕事をしたことはないから、どんな感じの子かまでは知らないけど」

「殺されたと聞いた時、どう思いました？」

「それは驚きましたよ」戸澤が目を見開く。「知り合いが殺されるなんて、滅多にあることじゃないでしょう」

「ええ」

「ストーカーにつけ狙われていたと聞きましたけど」

「それは事実ですが、ストーカーによる犯行かどうかははっきりしていません。正直、私は別の線を疑っています」

「ほう」

「社内不倫が原因ではないかと」

「そんな話があるんですか？」戸澤が眉をひそめた。

「ご存じないですか？」

「いやいや」戸澤が首を横に振った。「いくら小さな会社だと言っても、全員の動きは把握できませんからね」

「なるほど……沢山《さわやま》興行という会社をご存じですか？」

「それは、今はもうない会社でしょう」

この情報も荒熊からもたらされたものだった。石川興業の直系と言われた大阪の興行会社で、主に八〇年代から九〇年代に関西でコンサートやイベントの仕切りをやっていた――一之瀬は事前調査で、かつて「レイバー」のコンサートに沢山興行が噛んでいたことを把握していた。

「暴力団の系列だったと聞いていますが」

「それは、私に聞かれても分からないな」

「九〇年代に、関西での『レイバー』のコンサートをずいぶん手がけていたと聞いています。あなたも、プロデューサーとしてつき合いがあったんじゃないですか？」

「私がかかわっていたのはコンサートの内容だけで、運営についてはノータッチ——それは当時の『レイバー』の事務所がやっていたことですよ」

「なるほど」

「ずいぶん質問が飛びますね」

「小田さんの不倫相手が田原さんだったという噂があるんですが、聞いていませんか」

「またそっちの話ですか？」それまで穏やかに話していた戸澤の仮面に罅《ひび》が入った。「あなた、いったい何が知りたいんですか」

「小田さんを殺した犯人です」

「私のような素人が何か言うのは間違っているかもしれませんが、今までの質問が事件に関係あるとは思えませんね」

「関係あるかないかは、私の方で判断します」

戸澤が、一之瀬に鋭い視線を向けた。若造が何を言ってるんだ……とでも思っているのだろうが、文句は腹に呑みこんだまま、口には出さない。

「田原さんは、昔からモテたそうですね。本人も、女性が大好きだそうで」

「その手の噂話は、ああいう人間にはつき物でね。彼はスターだから……でも大抵は、無責任な噂話ですよ。いかにもな感じがするから、信じやすいでしょう？」

「じゃあ、田原さんには、そういうことはなかったんですか？」

「あなたがどう考えるかは分かりませんが、田原は意外に愛妻家なんですよ」

「そうですか……」

「私は奥さんもよく知ってますけど、だからこそ不倫なんて言われても、ねえ……あなた、もしかしたら田原を疑っているんですか？」

一之瀬は否定も肯定もしなかった。もちろん、疑っている……その事実が彼の頭に染みこむのを待った。

染みていかない。戸澤の表情は、まったく平静に戻ってしまった。どこで間違ったのだろうと、一之瀬は一人焦った。

「あまり失礼なことは言わない方がいいんじゃないですか」

戸澤がやんわりと釘を刺した。一之瀬としては、やはり何も言えない……しかしこのまま立ち去るのは悔しく、最後に一つ爆弾——爆弾になるかどうかは分からなかったが——を落とすことにした。

「先日、襲われましてね」

「それは物騒な」戸澤が目を細める。「刑事さんの仕事は、やはり危険なんですか？」

「そんなことはありません。勤務中に亡くなる確率は、刑事よりもタクシーの運転手さんの方が高いという説があるぐらいですから……その犯人が、田原さんとつながりがあるという情報があります」

「まさか」戸澤が怒りの表情を浮かべる。ただし、本当に怒っているようには見えなかった。

「名前も聞いていないのに、どうして否定できるんですか？」一之瀬は突っこんだ。

「田原が、そんな暴力的な人間とつき合うわけがないでしょう」

「そうですか？　田原さんは、『レイバー』で活動していた時期にも、かなり悪さをしていたと聞いていますよ。実際、警察の捜査線上に上がっていたこともあります」

「あり得ない」戸澤が即座に否定する。

「そうですか……古い話ですけど、捜査していたのは間違いないんです」

「濡《ぬ》れ衣《ぎぬ》でしょう。目立つ人間がいると叩かれる――警察も、そういう線を狙っているんじゃないですか？　一罰百戒的な？」

「警察が一番恐れていることが何だか分かりますか？」

「さあ」戸澤が低い声で否定する。「私は警察官じゃないんで、分かりませんね」

「冤罪です。正直に言えば、警察はこれまで何度も冤罪事件を作ってきました。そういうことが何度も続けば、さすがに気をつけるようになりますよ。今は、冤罪を作らないように徹底的に慎重に捜査します。その一方で、ちょっとした噂話やきっかけからでも、捜査に乗り出します。任意で調べる分には、人を傷つけることはないですから」

「だから？」

戸澤の声に苛立ちが混じる。一之瀬はそれを無視して、ペースを変えずに続けた。

「簡単に捜査に乗り出して、しかし立件できない……最初の噂なり情報なりが嘘だったから、というケースはほとんどありません。単に捜査で失敗するだけです。こちらの動きを察知されて証拠隠滅されたり、事情聴取が上手くいかなかったり」

「だから？」さらに苛々した調子で戸澤が繰り返す。

「それだけです。つまり、火のないところに煙は立たない」


失敗だったな、と一之瀬は猛省した。途中からは、単に持論を披瀝《ひれき》するだけになってしまい、情報を引き出せなかった。不機嫌なのは春山にも伝染して、スタジオを出てからは二人とも一言も口をきかなかった。事情聴取は難しい……逮捕した相手を取り調べる時は、こちらの方が圧倒的に有利である。何しろ被疑者は自由を奪われ、追いこまれているからだ。喋るか黙るか——嘘はつけない。嘘をつけば、まず百パーセントばれてしまう。

関係者への事情聴取は、もちろん真摯《しんし》に行わねばならないが、その一方で場の空気を緩める雑談力も必要だ。相手をリラックスさせるためには、様々な話題が必要……藤島に「新聞を読め」と散々言われた意味が、今になってよく分かってきた。

一方、一之瀬はかすかな違和感を覚えていた。自分の部下——というか、かつて手塩にかけて育てたミュージシャンが警察に疑われている。戸澤は穏やかな人間のようだが、もっと激怒して、一之瀬たちを追い返してもおかしくなかったのではないか。

新宿御苑前駅へ歩いて行く途中、スマートフォンが鳴った。ちょうど昼、陽射しが脳天を焼く陽気の中で電話に出なければならないと考えただけでうんざりする……しかし無視するわけにもいかない。相手を確認しないで出てしまったので、向こうが名乗った瞬間、驚いた。

「ええと、今市と言いますけどね、俺を捜してるんだって？」

〈23〉

一之瀬と春山は急遽《きゅうきょ》、恵比寿へ転進した。指定された場所がそこ——今市の自宅だったのだ。

元「レイバー」のギタリストで、サウンドの要だった男の家は、ごく普通のマンションの一室だった。言われた通りの部屋番号のインタフォンを鳴らしてみたのだが、反応はない。さては騙されたかと思い、出直そうかと考え始めたところで、後ろからクラクションを鳴らされる。慌てて振り返ると、特徴的なごついグリルがすぐ後ろにあった——ジープ・チェロキー。運転席に座った男が、ニヤニヤしながら一之瀬に手を振っている。

今市だ。

「レイバー」時代に比べると、ややふっくらしているものの、雰囲気は昔のままだった。天を目指して逆立てていた髪は、そのまま下ろした感じで長く、肩まで達している。

車から降り立つと——階段を降りるような大きな動きなので小柄だと分かった——ゆっくりと一之瀬の方へ近づいて来る。途中、欠伸《あくび》を嚙み殺した。

「お出かけだったんですか？」

「ちょっとイギリスにね」

今市がさらりと言った。日米を往復して活動しているという話だったが、イギリスにも行くわけか。

「徳永さんが連絡してくれたんですよね？」

「ああ。携帯の電源を落とした直後に電話があったみたいだね。こっちの時間で、日付が今日に変わったぐらいだったかな」

「それで、日本に戻って来て連絡をいただいたんですね？　ありがとうございます」

「そうそう」今市が頭を掻いた。「面白そうな話だったから、是非会っておかないとね……上がってよ。しばらく空けてたから、家の中は黴臭《かびくさ》いかもしれないけど」

黴臭くはなかった。黴臭くなる要素もない――生活感が一切ないのだ。リビングルームにはソファが二脚とテレビがあるだけ。田原の北青山のマンションのように、ギターだらけではないかと想像していたのだが。

「ギターがないんですね」思わず訊ねてしまう。

「ああ、そういうのは倉庫に……百本もあると、家には置いておけないよ。倉庫代がかかってしょうがない」

「百本ですか」一之瀬は目を見開いた。二、三本のギターを持ち続けるだけでも、メインテナンスにはそれなりに気を遣わねばならないのに、百本ともなるとどんなものだろう。

「稼いだ金はギターに全部注ぎこんで、家なんかこのざまだからね」皮肉っぽく言って、今市が室内を見回した。

「ギタリストらしい金の使い方だと思いますが」

「要は、俺はギターオタクなんだろうね」今市が皮肉っぽく笑った。「そこのソファにでも座って。悪いけど、飲み物はないよ。冷蔵庫は空っぽなんだ」

「お構いなく」

さっと頭を下げ、一之瀬は今市がソファに座るのを待ってから、向かいに腰を下ろした。例によって春山は、ごく浅く、ソファに腰を引っかけるようにして一之瀬の隣に座っている。誰と会う時もだいたいこんな感じなのだが、ヤバイ事態になったらいつでも逃げられるようにしているのかもしれない。

今市がシャツの胸ポケットを探り、煙草を取り出す。火は点けずに、まずテーブル上の灰皿を手に取って膝に載せた。

「田原さんの会社に勤める女性が殺されました」

「奴が殺したのか？」今市がいきなり聞いた。

「そうは言ってません」

「奴なら殺しかねないね」

「そういう人なんですか？」

「蛇、かな」

「蛇？」

「蛇に睨まれた蛙《かえる》って言うじゃない？　あいつは、ある種の人間に対しては蛇になるんだ。特に女性に対しては、そんな感じになることが多いみたいだね」

「殺された女性――小田彩さんと不倫関係にあったらしいんです」

「それは全然おかしくないね」今市がうなずく。「昔から、とにかく女の子と見れば手を出さないと気が済まないタイプだから」

「でも、普通に結婚されてるんですよね？」

「二回ね――今の奥さんは、二人目だぜ」今市がVサインを作った。「ちなみに二回の結婚で子どもは一人ずつ」

「その他に隠し子が三人」

「何だ、それなりに調べてるんじゃない」今市がニヤリと笑う。もう五十歳なのに、子どもっぽい笑顔だった。

「いや、どこまで分かってるか、自分でも不安ですね。まだまだ、私が知らないことはたくさんありそうですから」

「あー、なるほど。ゴシップネタを集めてるんだ？」

「そういう訳じゃありません。それは週刊誌の仕事です」

「田原が犯人だと思ってる？」

「現段階では何とも言えません」

「奴、三回目の結婚をしようとしてるらしいね」今市が唐突に切り出した。

「今の奥さんとは離婚するんですか？　その相手が、殺された女性だったとか？」戸澤は

「愛妻家」と言っていたが、あれは嘘だったのか。

「違う」

一之瀬は眉をひそめた。再々婚候補が彩でないとなると……今市の顔を見て、「他にも愛人が二人いたそうですね」と切り出した。

「らしいね」

「そのうちの一人とか？」

「違うんじゃない？」

「詳しくご存じなんですか？」一之瀬は探りを入れた。「田原さんとは断絶しているのかと思いましたが」

「この業界、広いようで狭いからね」今市がまたニヤリと笑う。「何もしなくても、いろいろ噂は入ってくるんですよ。俺もこの業界は長いから、知り合いは多いしね」

「相手は誰なんですか？」

「浅井摩耶《あさいまや》って知ってる？　まあ、知ってるよね。日本で普通に生きていれば、知っていて当然な人だし」

横にいる春山の顔をちらりと見ると、口をぽかりと開けていた。ああ……普通に生きていても知らない人はいるわけだ。

浅井摩耶は、「二十一世紀最初の歌姫」ともてはやされた女性シンガーである。高校在学中からキーボードの弾き語りでライブハウスでの演奏を始め、スカウトされた。デビュー曲がいきなり大ヒット映画の主題歌に採用され、それがきっかけになって売り上げは百万枚を突破した。女性シンガーの作品にはそれほど詳しくない一之瀬が彼女を覚えているのは、この数字と奇妙に切ないメロディのせいだ。その後も精力的にライブをこなし、二十代の半ばにはドーム会場を満員にするだけの動員力を誇るようになった。

もっとも最近は、あまり名前を見かけない。年齢は、三十代半ばぐらいになっているはずだ。

「今、何をやってるんですかね」一之瀬はつい訊ねた。

「あんた、マジで言ってるの?」今市が呆れたように言った。「刑事さんは、芸能関係のニュースには疎いのかね」

「否定できませんが……」

「今は主に、ミュージカルで活躍してるよ。話題作りだろうけど、ブロードウェイにも出たことがあるぐらいだからね」

「ああ……なるほど」観劇の趣味がないので、「ミュージカル女優」と言われてもまったくピンとこない。

「俺はニューヨークで舞台を観たけど、なかなかのものだったね。ま、田原好みのタイプだよ。奴は基本的に、派手だけど可愛らしい顔立ちの女が好きだから」

彩もそんな感じだった。一之瀬も何枚か写真を見ている——その大多数は高澤が撮影したものだった——が、彫りが深いものの、どちらかというと「可愛い」部類に入る顔立ちだった。

「何というか……結構なビッグカップルじゃないですか」

「表沙汰になればね。まあ、田原も大変ですよ。これでまた金がかかるし、身辺整理だって必要だ」

「今の奥さんは、どんな人なんですか？」

「俺はよく知らないけど、確か一般人じゃなかったかな。最初の奥さんもそうだけどね……自分の言うことを素直に聞く一般の人の方が、扱いやすいと思ったんじゃないかな」

「それが今回は、どういう風の吹き回しですかね」

「一種のトロフィーワイフのつもりかもしれない」

「社長としても成功したし、自分にご褒美《ほうび》ということですか？」

「まあね。嫌らしいと思うだろう？」

「私には論評する権利はありませんよ」一之瀬はさらりと言った。「三度目の結婚——そのための離婚で揉めてたんですか？」

「離婚については、特に揉めてなかったと思うよ。奥さんとはもう三年ぐらい別居してて、実質離婚してるみたいなものだから。問題は他の女でね……別れ話で揉めてるっていう話は聞いたことがある。それも、ごく近くにいる子だっていうから――どう考えても、殺された子のことだろうね。他の二人は当てはまらない」

「残りの二人もご存じなんですか？」

「一人は女優、一人はレストラン経営者――どっちも『近い』とは言えないね」

こちらが摑んでいるのと同じ情報だ。今市はかなりしっかり、噂を聞いている。

「その二人とは揉めていない？」

「たぶんね。揉めてた相手は、会社の子で間違いないと思うよ」

「殺すほどに？」

「そこまでかどうかは知らないけど、人間なんて、些細なことで殺しあうものじゃないのかな」

「そういう側面は確かにあります」

「何だかね……」今市がようやく煙草に火を点ける。深々と煙を吸いこむと、ゆっくり目を閉じ、首をかすかに左右に振った。疲労感が顔に滲み出ている。

「お疲れですね」

「そりゃあ、長いフライトの後は疲れるよ。日本と海外を行ったり来たりの仕事が続くと、どうしてもね……しかも今回はほとんど寝られなかったし」

「向こうではどんな仕事があるんですか？」

「レコーディングが多いな。結構お声がかかるんでね」

「セッションギタリストみたいな感じで？」

「そうそう。元々俺は、こっちの方が向いてたんだと思うよ。『レイバー』の頃は、ライブが嫌でしょうがなかった。こんなにたくさん観客が観てる中で、俺は何をやってるのかなってよく思ってたよ。だから俺だけ、『地蔵』なんて言われてたな」

「直立不動でひたすらギターを弾く感じですか？」

「そういうこと」

マジか……東京ドームを満員にしたバンドのギタリストが、地蔵状態で立ち尽くしていたとは。例えば東京ドームでのライブなら、ステージも相当広かったはずだ。ステージを設営したスタッフ、演出を考えたプロデューサーに対して、申し訳ないという気持ちはなかったのだろうか。

ある意味、スペースの無駄遣いだったわけだから。

「運動量という点では、田原は圧倒的だったね。結局『レイバー』はあいつのバンドだったわけですよ」今市が皮肉っぽく言った。

「それは、今市さんにとっては嫌なことだったんですか？」

「まあね」渋い表情で今市が認めた。「一番嫌なのは、あいつにとって音楽はあくまで金儲けの手段だったってことだよ。もちろん俺だって、金の話はするよ？　アメリカで仕事をしてると、全部が契約書の世界だから、金の話抜きでは進まない。ただ俺は、そういうのが面倒臭くて駄目なんだよな。要するに、単なるギター小僧、ギターオタクだから」

一之瀬は辛うじて笑いを嚙み殺した。昔から「ギター小僧」という言い方はあったようだ。学校をサボり、それこそ一日十時間以上もギターの練習をしても、まったく飽きない。大人になってもプロになってもそういう性癖は変わらず、とにかくギターを弾いていれば幸せ、というタイプ。だからこそ、今市は百本もギターを集めたのだろう。理想のギターにはなかなか出会えないものだし……一之瀬も、今手元に残っているのは、学生時代に必死にバイトした金で手に入れたフェンダー・ストラトキャスター一本だが、それに至るまでには何本もギターを買い換えた。もちろん今のギターも完璧ではなく、欲しいギターはいくらでもあるのだが、結婚して子どもも産まれるとなっては、自由に金は使えない。

「『レイバー』の活動再開の話があるそうですが」

「無理、無理」今市が即座に否定した。「もう奴とはやれないよ。そもそもあいつも、昔みたいには歌えないんじゃないかな。まともにボイトレなんかしてないだろう」

「そんなものですか？」

「あれだけでかい事務所の社長だよ？　ボイトレなんか受けてる暇はないはずだ」

「田原さんは、暴力団と関係がある、という情報もあります」

一気に話題を変えると、今市が黙りこんだ。指先では、ほとんど吸っていない煙草が短くなっている。長くなった灰が、上手い具合に灰皿にぽとりと落ちた。

「どうなんですか？　昔、ドラッグ関係で噂があったと思いますが」

「そういう話に巻きこまれるのはごめんだね」今市の態度が急変した。ぺらぺら喋っていたのが、突然口が重くなる。

「今市さんがドラッグを使っていたかどうか——そんなことはどうでもいいんです。問題は田原さんなんです。田原さんは、『レイバー』で活動中からドラッグを使っていて、その関係で暴力団と縁ができた、と聞いています」

「それは……否定はできないけど肯定もできないな」

「ドラッグについてですか？」

「勘弁してよ。痛くもない腹は探られたくないから」

否定するのは簡単なはず……おそらく今市自身、一度や二度は手を出したはずだ。それを今になって追及されるのを恐れている——言ってみれば今市は、ごく普通の感覚の持ち主なのだろう。

「ドラッグの問題はともかく、暴力団との関係はどうなんですか？」

「あるだろうね」今市が認めた。

「笠原という名前を聞いたことはありますか？　石川興業の若い組員なんですが」

「ああ……」今市がとぼけたように言った。

「ご存じですね？」

「聞いたことはある。詳しいことは知らないけどね」

「分かりました。田原さんについて、他に何か、私が知っておいた方がいい情報はありますか？」

「そういう質問には答えにくいんだけどね」今市が苦笑した。「まあ、一つだけ言えることは……あいつが人を殺したとしたら、ちゃんと逮捕して下さいよ」

「もちろんです」

「奴は『レイバー』の顔として成功した。その後『オフィスP』の社長としても成功して、金を儲けた。そして三度目の結婚で、トロフィーワイフを手に入れようとしている。つまり今が、得意の絶頂だと思うんだよな。そういう状態から、逮捕で一気に転落——こんなに楽しいことはないね」今市がニヤニヤ笑う。

「本気で言ってるんですか？」一之瀬は今市の顔を凝視した。

「もちろん」

「昔の仲間なのに、そんなに憎んでいるんですか？」

「そうだよ」

「具体的に、『レイバー』時代に何かあったんですか？　そんなにひどく仲違いするようなことって、滅多にないでしょう」

「十年もやってると、バンドはぐちゃぐちゃになってくるんですよ。レコーディングでもライブでもずっと一緒で息が詰まるし、相手のちょっとした悪いところが許せなくなる。そこに金が絡めば、関係は修復不可能だよ」

「戸澤さんは、仲介に入ってくれなかったんですか？」

今市の表情が目に見えて変わった。瞬時に血の気が引き、頰が引き攣る。何だ……まるで、目の前の相手が自分を銃で狙っているのに気づいたような感じ——一之瀬は、自分が無意識のうちに、彼の心臓に狙いをつけてしまったことを悟った。

「戸澤さんとあなたはどういう関係なんですか？」

「はっきり言うと、俺はあの人が怖いね」今市が震える声で打ち明けた。「もちろん、プロデューサーとしては超一流ですよ。戸澤さんがいなかったら、『レイバー』は絶対に成功できなかった。でも、人として見たらね……個人的には絶対につき合いたくない人間だ」

「穏やかな人に見えましたけど」

「会ったんだ？」

「ええ」

「見た目が怖い人っていうのは、実際にはそんなに怖いわけじゃないんだぜ。穏やかにニコニコ笑っている人の方が、腹の中に黒いものを抱えていることが多いんだ」

「それは分かりますが……」

「まさか、俺の名前は出してないだろうね？」

「ええ」

「それならいいけど……」今市が安堵《あんど》の息を吐いた。そんなに戸澤を恐れているのか？

「忠告するけど、あの人には近づかない方がいいよ」

「近づかないと話もできないんですけど」

「分かるけど、命が惜しいなら、やめた方がいい」

「私は警察官なんですけどね」少しむっとして一之瀬は反論した。

「警察官だって、無敵ってわけじゃないでしょう。命が第一ですよ。それにあなた、あまり人を見る目がないようだし」

「そんなことはないと思いますけどね」

「戸澤さんを見て何も分からないようじゃ、話にならないな。俺なんか、最初から分かったね。この人は田原と同じ、蛇なんだって」

特捜本部に戻り、これまでの事情聴取の経過を報告した。だが一之瀬は、自分の報告がほとんど無駄になるような情報を入手することになった。

笠原の自供が進んでいる。午前中の池畑の調べで、田原から「相談」を受けたことをはっきりと認めたのだ。ごく最近会ったことも。ただ、その「相談」の内容まではまだ供述していない。一之瀬はすぐに、自分を襲う相談のことだろう、と想像した。

「お前、ちょっと顔を出してこないか？」大城が切り出した。「もう一度奴の顔を拝んで、向こうの所轄の許可が出たら話もしてみたらどうだ。それで何か、出てくるかもしれないぞ」

「それは構いませんけど……」

一之瀬は大城の隣に座る小野沢の顔をちらりと見た。小野沢は別の書類に視線を落としており、今のやり取りを聞いているのかどうかも分からなかった。まったく、やりにくくて仕方がない。

「じゃあ、さっさと行ってこい。それと春山は、宮村と合流してくれ。実は、ご両親がまたこちらに顔を出すと言っている。その応対をしろ」

「……分かりました」春山の返事が一瞬遅れた。被害者の家族と会う――進んでやりたい仕事ではない。

「今回は、犯罪被害者支援課の連中も同席してくれることになった」

「何か問題でもあったんですか？」春山の顔色がますます暗くなる。

「いや、被害者家族が県外にいる場合のモデルケースとして、データを収集したいそうだ。基本的に口出しはしないと思うから、普通にやってくれ。向こうはたぶん、捜査の状況を知りたいだけだろう」

「分かりました」

春山には申し訳ないが、笠原と対決するのは自分の役目でもある。

一之瀬は大きく深呼吸して胸を張った。


〈24〉


池畑は平静を保っていた。取り調べにどれぐらい苦労したか、顔を見ただけではまったく分からない。これも名人たる所以《ゆえん》だろうか。

「お疲れ様です」

「なかなか骨の折れる被疑者だね」池畑が右肩をぐるぐる大きく回した。

「まだ完全自供には至っていない、ということですね」

「ああ。現段階でのポイントは、田原から受けた相談の内容だ」

「俺を殺せ、ということじゃないんですかね」

「君は、向こうが怖がるほど真相に迫っていたのか？」池畑が首を傾げた。

「今でも迫っているとは思えませんけど、向こうがどう考えていたかは分かりません。認識の相違というやつじゃないですか」

「そうだな」池畑が顎を撫でた。「どうだ？　君、ちょっと話してみるか？」

「それ、まずいんじゃないですか？　途中で取り調べ担当が交代するのは異例でしょう」

「一種のショック療法だよ。実は俺は、この線を狙ってたんだ」

「俺が顔を出して、ショックを受けますかね」

「自分が殺そうとした人間が目の前に現れたら、誰だってショックさ。それで向こうがどんな反応を示すか、見てみたい」

「分かりました。所轄の方で問題なければ、やってみます」

そう……笠原は、自分が落とさねばならないような気がしていた。被害者のままでいるつもりはない。

もう一つ……今回の捜査では、事情聴取がどうにも上手くできていないことが気にかかっている。それ故、多少自信喪失気味になっていた。ここで笠原を落とせば、自信は蘇ると思う……とにかくやってみよう。池畑と一緒というのも心強い。できれば生で、彼の取り調べテクニックを学びたかった。

笠原は、一瞬びくりと身を震わせた。一之瀬はそれを見逃さなかった。

「どうも」一之瀬は敢えてぶっきらぼうに言って、音を立てて椅子を引いた。乱暴に腰を下ろし、「怒っている」ことを無言で示す。

しかし笠原は、すぐに落ち着きを取り戻したようだった。まだ若いのに肝が据わっている。

「田原から頼まれて俺を襲ったんじゃないのか」一之瀬はいきなり本題に入った。これは任意の事情聴取ではなく取り調べなのだ。

「さあね」

「やるならもっと上手くやれよ。確実に殺さないと。誰かに声をかけられたぐらいでビビって逃げるようじゃ、あんたも大したことはないな」

揶揄《やゆ》の台詞をぶつけ続けると、笠原の表情が見る間に険しくなった。犯罪行為であっても「ヘマした」と指摘されれば、むっとするだろう。

「田原とは知り合いだな？」

「まあね」

「どういう関係なんだ？」

「そんなこと、午前中に散々話したよ」

「俺は聞いてないんだけど」一之瀬は図々しく言った。

「仕事の関係であれこれ……それだけだ」

「あんたの兄貴分は、二十年も前から、田原にヤクを供給していたという話がある。運び屋なんじゃないか」

「そんなこと、尿《にょう》検査でもすれば分かるだろう」

「そのためにはまず、あんたの供述が必要なんだけど……正直、それはどうでもいい」

「何だよ、それ」

「田原に、俺を殺すように指示されたんだろう」

「さあね」

「否定しないのか」

「馬鹿馬鹿しくて話す気にもなれない」笠原が鼻を鳴らした。「いい加減にしてくれねえかな。あんたを襲ったのは間違いないけど、ただ金のためだからな」

「どうして俺を襲ったって言い切れる？」

「ああ？」笠原が一之瀬を睨めつけた。「何言ってるんだ」

「通り魔や路上強盗……相手を襲うためには、後ろから近づくのが普通だ。ただそういう時、襲う相手の顔は見えない。あんたも俺の顔は見ていないはずだ。防犯カメラの映像を分析した限り、俺は背後からずっと追われていた。しかもあんたは後ろから殴りつけてる。顔なんか見ていないはずなのに、どうして俺を襲った——俺が被害者だと断言できるんだ？」

痛い所を突いた――笠原が黙りこみ、腕組みをする。一之瀬から視線を外し、左の方を向いたが……そちらには池畑がいる。笠原は結局、うつむいてしまった。

「最初から俺だと分かっていて――俺を狙うつもりで尾行してたんだろう？　だから、俺がこの部屋に入って来た時も、微妙な反応だった」

「何が」

「びくりとしただろう？　当たり前だよな。襲った人間がいきなり目の前に現れたら、誰だってビビる。あんたは特に、気が弱い」

「……ふざけるな」

「いや、ふざけてない」一之瀬は笠原を睨んだ。「いいか、このままだとあんたは殺人未遂で起訴される。しかしそれが、誰かの指示によるものだったとしたら、責任は分担される。意外に早く出られるかもしれないぞ。俺も嘆願書ぐらいは書いてやってもいい。こいつは人に言われるままに動いた人形みたいな奴だってね」

「そんなものは必要ない」

「田原に、それほど恩でもあるのか？　向こうにとって、お前は単なる使いっ走りじゃないのか」

笠原の耳が赤くなる。一番言われたくなかったことなのだと一之瀬は悟った。もしかしたら笠原は、田原とのつき合いは対等なものだと思っていたのかもしれない。

「ここでちゃんと言っておかないと、田原は責任を押しつけたまま、あんたをあっさり見捨てるよ。それでも義理を通そうとするのは、あんたの自由だ。だけど馬鹿馬鹿しいと思わないか？　ただ命令されてやっただけなのに、自分だけが責任を負って実刑判決を受ける。俺だったら絶対に無理だな。命令した人間を道連れにするよ」

「……考えさせてくれ」

落ちる、と確信した。一之瀬も腕組みし、笠原の次の動きを待った。笠原は腕組みしたまま、ずっとうつむいている。まるで誰かに頭を押さえつけられているようだった。

一時休憩にしてもいいと思ったが、できるだけ間は開けたくない。今のところ、かなり厳しいパンチを打ちこんでコーナーまで追い詰めたのだ。回復する余裕を与えず、一気にKOしたい。

そこでふと、一之瀬の頭に一人の人間の名前が去来した。恐怖を感じる人もいる名前……一之瀬はゆっくりと腕を解《ほど》き、両手をテーブルに載せた。

「戸澤を知ってるか？」

笠原がいきなり顔を上げた。顔面蒼白。まるで顔から血を抜かれたようだった。予想以上の効果……いったい戸澤は、どれだけ深い闇を抱えているのだろう。

「この件、戸澤は知ってるのかな。知らなかったとしたら……知ったらどんな反応を示すだろう」

「俺は、戸澤と通じているんだ」一之瀬はスマートフォンを取り出した。「今ここで電話をかけて、聞いてみようか？　笠原という人間を知っているか？　そいつが俺を襲ったんだけど、事実関係は知っているか？　どんな反応が出てくると思う？」

笠原が唇を噛み締める。すっかり血の気が引き、真っ白になっていた。

証言を信じるとすれば、戸澤はこの件を知らない。本人が否定した時には、一之瀬は疑った。しかし今、もしかしたら彼は本当のことを言っていたのではないかと考え直した。会長の与《あずか》り知《し》らぬところで、社長が暴力団員を使って一之瀬を襲わせた——。その事実が確定したら、戸澤はどんな反応を示すだろう。

「電話してみようか」一之瀬はスマートフォンを持ち直した。「あんたも直接話してみるか？」

「まさか……」

「冗談じゃない！」笠原がテーブルに拳を叩きつけ、その勢いで立ち上がった。記録係の若い刑事が慌てて飛んで来て、肩に手を置く。笠原は乱暴にその手を振り払おうとしたが、若い刑事はじわじわと上から押さえつけるように座らせた。

「何が冗談じゃないんだ？」一之瀬はとぼけて訊ねた。

「戸澤さんに知られたら……殺される！」

「俺は一向に構わないけどね」

「それが刑事の台詞かよ！」

一之瀬は何も言わず、肩をすくめた。いくら騒いでも、ここで出た話は外へは漏れない。取調室の壁に反響して、自分の頭に返ってくるだけなのだ。


「今のはあまりよくないねえ」

笠原から自供を引き出して取調室を出た瞬間、池畑が顔をしかめて忠告した。

「でも、無事に完全自供したじゃないですか」

「やり方が暴力的だった」池畑が廊下の壁に背中を預け、腕組みをした。本来は愛嬌のある顔つきなのだが、今は明らかにむっとしている。

「そんなつもりはありませんよ」

「俺が聞いていた限り、かなり威圧的で脅しをかけるような感じだった。そういうやり方が有効な相手もいるけど、笠原には必要なかったね」

「普通にやっても落とせたっていうんですか？」一之瀬は反論した。

「もちろん。俺じゃなくて君がやっても、時間の問題だったと思う」

「だったら、今日の取り調べは無駄だったんですか？」

「そうは言わない。結果は結果だ。それに上司は、結果しか見ない。取り調べのプロセスなんか、一々確認しないだろう」

「そうですけど……」

「違法でない限り、上司としては取り調べ方法まで気にする必要はないんだ。ただ、対被疑者との関係で、気をつけた方がいい。取り調べを受ける方は、自分が何を言われたか、相手の刑事がどんな態度で接してどんな口調で話したか、よく覚えてるものなんだ。何しろ勾留《こうりゅう》中に話をする相手なんて、刑事か弁護士ぐらいしかいないんだからな。脅されたと感じたら、それを恨みに思って、後で証言をひっくり返す奴もいる。そうなったら、だいたい手遅れだぜ。こちらが謝罪するわけにもいかないし」

「……そうですね」急に熱が冷めたように感じた。笠原が「暴力的な取り調べだった」と弁護士に訴えでもしたら、どうすればいいのだろう。

一之瀬ががっくりと落ちこんだのを見て取ったのか、池畑が今度は慰めるように言った。

「ま、俺が適当にフォローしておくから。こう見えても、人を宥《なだ》めるのは得意なんでね」

こう見えても、は余計だろう。池畑の言葉には、やけに説得力がある。見た目通りの誠実さと言おうか。

顔見知りの刑事——阿佐谷署の福本が近づいて来た。最初に会った時は制服姿、今日はワイシャツ一枚なので一瞬誰なのか分からなかったが……福本が軽く会釈し、池畑に声をかける。

「弁護士が面会を要求してきたよ」

「しょうがないな」池畑が腕時計を見た。「本当はもう少し後の方がいいんだが」

「ちょっと案内して面会させるよ」

「お願いします」

池畑が、福本に軽く会釈した。福本は取調室に入って行く。

「じゃあ、我々は軽くお茶にでもしようか」

一瞬、自宅へ招待しようかと思った。一之瀬の家は、中央線を挟んで阿佐谷署とは反対側にあるが、歩けば近い。お茶を飲んで帰って来るのに一時間弱、その間には、弁護士の用事も済んでいるだろう。

あるいはちょっと抜け出して、深雪の実家へ行って来るか……被疑者は確保したのだし、自供も得られたのだから、この事件は間違いなく解決に向かうだろう。深雪が危険な目に遭う恐れは排除できたと考えていい。

いや、どちらも駄目だ。まだ仕事中なのだから。

「ちょっと特捜に連絡を入れます」一之瀬はこのまま突き進むことにした。「田原を逮捕する——その方針を早く固めないといけないので」

「そうだな。ま、お茶は後で——事件が解決した後にでも、ゆっくり飲もうか」

「ぜひ、おつき合いさせて下さい」

「笠原のこと、宥めておくよ」

一之瀬は頭を下げ、スマートフォンを取り出した。まずは電話を済ませてしまわないと。池畑に背を向けて歩き出した瞬間、にわかに鼓動が激しくなり、一之瀬は立ち止まった。マジでやれるのか？　今まで相手にした中で、最大の大物である。いや——だから何なんだ？　一之瀬は自分を鼓舞した。相手がどれだけ大物でも、人を殺していいということはない。そう、殺しだけは、絶対に許されない犯罪なのだ。

鼓動は治まらない。そのうち、足に震えまできた。おいおい、大丈夫なのか？　自問しながら腿《もも》を引《ひ》っ叩《ぱた》いたが、答えは出ず、震えも止まらなかった。

特捜に詰める大城と電話で話した後、一之瀬は阿佐谷署を辞した。どうせ帰る途中だから、深雪の実家に立ち寄って……とまた考えたが、そんなことがバレたら雷を落とされるだろう。

とにかくこれでようやく、捜査は大きく動き出すはずだ。そして岩下たちは、ミスを百パーセント認めなければならないだろう。何とかフォローしたいところだが、今はそんなことを考えるタイミングでもない。

特捜へ戻り、庁舎に入ろうとした瞬間、嫌な相手に摑まった。東日《とうにち》新聞社会部の警視庁担当記者・吉崎《よしざき》——いや、今も警視庁クラブにいるのだろうか？　一方面の警察回《サツ》りから警視庁クラブへと、事件記者の王道を突き進んでいる吉崎は、一之瀬にとっては迷惑な存在だ。何かと絡んできては、ネタを取ろうとする。

一之瀬は慌てて踵を返し、一度署から立ち去ろうとした。時間を置いて戻って来るか、裏口から入らなければ。吉崎に摑まると厄介なことになる。

ところが、署が見えなくなっているはずだと見当をつけたぐらいで振り返ると、吉崎はしっかりついて来ていた。とっくに気づかれていたのか……冗談じゃない。走り出そうかと思ったが、焼けつくような熱気に邪魔された。

しょうがない。取り敢えず、何とか納得させて退散させよう。

立ち止まり、腰に両手を当てて吉崎を待つ。吉崎は、見る度に太ってきて、今は普通に歩くのさえしんどそうだった。ズボンの折り目は完全に消え、ワイシャツの襟は折れ曲がっている。巨大な黒いショルダーバッグの肩紐が、分厚そうな肉に食いこんでいた。

「逃げなくてもいいじゃないですか」開口一番、吉崎がクレームをつけた。

「あなたの顔を見ると逃げたくなるんですよ」そもそも真夏に会いたい人間ではない――見た目も態度も暑苦しく、鬱陶しいのだ。「でも、逃げ切れなかった……ここで待ってたんだから、いいじゃないですか」

「実は、担当が変わりましてね」

へえ――へえ、としか言いようがない。吉崎が何の取材をしていても、こちらには関係ないのだ。

吉崎が名刺を差し出す。受け取る義務もないのだが、反射的に手を伸ばしてしまった。見ると、やはり警視庁クラブの電話番号が書いてある——前の名刺と何が違うのか、間違い探しをしているような気分になったが、すぐに気づいた。「捜査一課・三課担当」の文字がない。以前もらった名刺には、そこまで書いてあったはずだ。

「一課担を馘になったんですか？」一之瀬は皮肉をまぶして訊いてみた。

「馘というか、配置換えですよ。サブキャップになったもので」

あら……と一瞬驚いた。これは一応、出世と考えていいのだろう。しかしサブキャップというのは、もう少し年次が上の記者が担当するポジションではないか？　取材全体の指揮を取り、金のやりくりをするには、まだまだ経験を積む必要がある……吉崎は、一之瀬より数歳年上なだけなのだ。取材面では、サブキャップは警務部や人事部を担当する。捜査を担当する部署ではないので、取材内容は人事情報を探ることや、不祥事への対処——取材以外では、キャップのサポートをして記者が書いた原稿のチェックをしたりすることが多いらしい。部内の「メディア研修」で、一之瀬もそれぐらいのことは知っていた。となると、一之瀬が知らないだけで、吉崎はかなりできる記者なのかもしれない。

「そのサブキャップ様が、どうしてまた所轄になんか来るんですか」

「東日のサブキャップは、基本的に雑用係でしてね。担当の手が回らなくなると、手伝いをするんですよ」

「なるほど」

「小田彩さんの件、結構揉めてるみたいじゃないですか」

「そうですか？」

「最初、小田さんに対してストーカー行為を行っていた人間を割り出していたはずですよね？　身元は特定できていたという情報もあるみたいですけど」

「どうかな」かなりしっかり食いこんでいるな、と一之瀬は警戒した。既に時代遅れの情報ではあるが。

「そいつはどこに行ったんですかね」

「さあ」

「実はうちの横浜支局が、変な自殺の案件を引っかけてきましてね……状況はともかく、県警が妙に隠している。自殺なんて、隠すようなことじゃないのにね。こっちだって、何でもなければ自殺なんか書かないわけで——県警は何か隠してますよね？」

「他県警の話は関係ないでしょう」

「その自殺した人間こそ、警視庁が追っていたストーカーだった、という話もあるんですけどね」

「私は知りませんね」

「だいたい、何で一之瀬さんがここにいるんですか？　あの事件を追っていたのは別の係でしょう」

「そういう動きが分かるんですか？」

「今どの係が出動しているか分からないようじゃ、一課担はおまんまの食い上げですよ」

吉崎が皮肉げに笑う。「二つの係が一緒に特捜に入るなんて、聞いたことがないですね。しかも、一之瀬さんの係が後から追いかけるように……先に入っていた係が、何か重大なミスを犯して、そのフォローのためなんじゃないですか？」

「ノーコメント」それだけ言うのが精一杯だった。悔しいが、吉崎はかなり鋭い。

吉崎が、一之瀬の顔を凝視する。そうすれば上手く答えを引き出せるとでも言うように……こういう時は、最後まで誤魔化すに限る。一之瀬は笑みを浮かべた。

「私に話を聞いても、何にもなりませんよ。平刑事が持ってる情報なんて、大したことはないんですから」

「そうですかねえ……私に情報を流しても、あなたが損することはないと思うけど」

「冗談じゃない。記者さんと話していることがばれただけでも、大問題なんですよ」

「お互いにメリットがあると思いますがね」

「そうですねえ……」一之瀬は頭の天辺《てっぺん》からつま先まで、吉崎をとっくり眺めた。「あなたが五キロ減量したら、話しましょうか。この状態だと、せっかく話しても、あなたが生活習慣病で死んでしまうかもしれない」

途端に、吉崎が嫌そうな表情を浮かべた。なるほど、これが彼の撃退方法か。一之瀬はニヤリと笑い、彼の脇をすり抜けて署へ向かった。

署へ入る前に、念のために振り向く。吉崎は追いかけて来ていなかった。ほっとして、庁舎に入って陽射しから逃れようとした瞬間にスマートフォンが鳴る。池畑だった。別れてから一時間ほどしか経っていないが、何かあったのだろうか。嫌な予感に襲われ、すぐに電話に出る。

「何かありましたか？」

「あったと言えばあったんだけどねえ。何と言うか……」池畑の口調は歯切れが悪かった。

「あれからですか？　まだ一時間しか経ってませんよ」

「弁護士が帰った後で取り調べを再開したんだけど、笠原の様子が急に変わったんだ」

「まさか、供述を翻《ひるがえ》したんじゃないでしょうね？」

「いや、逆だ。こっちが嫌になるぐらい喋ってやがる」

いったいどういうことだ？　一之瀬は一人首を傾げた。池畑も困っている様子で、依然として口調がはっきりしない。いつもの彼らしくない……当たりは柔らかいのだが、基本的にははっきりと物を言う人なのに。

「弁護士に何か吹きこまれたんでしょうか」

「その可能性もある。もちろん、この状況はありがたい限りだけど、どうもおかしい」

「……ですね」

「機会があったら弁護士に話を聞いてみるけど、君の方で、何か心当たりはないか？」

「一つだけ——先ほど、戸澤の話を出しましたよね？」

「『オフィスP』の会長？」

「ええ。その名前を出した瞬間、笠原は実質的に落ちたんだと思います。戸澤が弁護士経由で、笠原に何かメッセージを届けたとは考えられませんか？　弁護士は当番弁護士ですよね？」

「ああ。ただ、そういう人間を摑まえてメッセンジャーにするのは、そんなに難しいことじゃないだろう。それはこっちで調べてみるから。何か分かったら連絡するよ」

「お願いします。こちらは、田原逮捕に向けての会議になると思います」

「ここが踏ん張りどころだぜ」

「そちらからもエールを送って下さい」

「いや、断る」池畑が笑いながら言った。「俺には、男にエールを送るような習慣も趣味もないからな」

〈25〉

夜の捜査会議は、またも激論になった。田原を呼ぶことについて、「旧チーム」と「新チーム」が完全に対立してしまったのである。一之瀬は「新チーム」の一員として、そして笠原を自供させた立場として、笠原の証言を元に田原を逮捕すべし、と強く主張した。しかし岩本たちの反論を聞くうちに、自信が薄れてしまう。今回自供が得られた件は、あくまで一之瀬が襲われた事件に関してだけである。彩殺しには直接関係ないわけで、「無理がある」「別件逮捕だ」と批判が渦巻いた。

他にも問題はある。田原ほどの大物を逮捕すれば、マスコミに隠し通せるものではない。同時に、笠原の犯行も広報しなければならないわけで、「被害者」として一之瀬の名前が出てしまう恐れもある。また吉崎につきまとわれるかもしれないと考えると、心底うんざりした。その辺りの事情が、一之瀬にブレーキをかける。

小野沢は珍しく困り切って、眉が八の字になっている。普段は決断の早い人なのだが、高澤に関する己の判断ミスもあって、気持ちが揺れているのだろう。岩下はむっとした表情を隠そうともせず、腕組みをしている。大城は無表情……自分には何の関係もないという態度で、ほとんど発言もしていない。

「分かった」小野沢が声を張り上げると、刑事たちのささやき声が小さくなる。小野沢は立ち上がり、「明朝、田原に出頭を求める」と宣言した。室内に漂うささやきが一瞬で消える。一歩踏みこんだ方針……しかし「出頭」であって「逮捕」ではない。小野沢は折《せっ》衷案《ちゅうあん》を取ったのだと一之瀬はすぐに判断した。再び任意で呼んで、自供が得られれば逮捕に持っていく——最も一般的、かつ無難なやり方だ。ただしこの件の場合、危険でもある。自供を得られないまま身柄を放せば、高澤の二の舞になる可能性もあるのだ。自殺されるのもまずいが、マスコミを集めて記者会見を開き、警察の横暴を非難されるのも困る。

「一之瀬！」

指名されて立ち上がる。小野沢が一之瀬の顔を凝視して、「取り調べ担当はお前だ。確実に落とせ」と指示した。

「……分かりました」そう言うしかない。こちらにしても絶好のチャンスなのだ。大物逮捕——こういう機会は滅多にあるものではない。

一礼して一之瀬が着席すると、小野沢は明日の朝の配置を指示した。現段階では田原がどこにいるか分からないので、張り込み場所を何か所か設定する。自宅、会社、北青山の自称倉庫……あるいは女の家ということも考えられたが、一日中そこに籠っていることはあるまい。明日は土曜日だが、最終的には会社で摑まえられるのでは、と一之瀬は思った。ただしできれば、朝イチで捕捉して特捜本部に連れて来たい——そうすれば、心の準備をする暇もなく、一之瀬と対面することになるわけだ。

捜査会議が終わって、一之瀬は今夜は早めに引き上げることにした。田原が何時に特捜本部に来るかは分からないが、自分は朝イチで顔を出しておかないと。九時に特捜本部を出る。家に辿り着いて十時——まだ早いから、途中で深雪に会っていこうか、とも考えたが、それだと帰りが遅くなってしまう。しょうがない、帰り際に電話でもしておこう。

裏口から署を出た途端に、池畑から電話がかかってくる。歩きながら話すわけにはいかない——舌打ちして、署内に戻った。

「今、ちょっと大丈夫かい？」

「ええ」

「笠原の弁護士と接触できたぞ。はっきりしたことは言わなかったけど、君の推測通りだった」

「弁護士が、戸澤のメッセンジャーだったんですね？」

「そう——もちろん、どういうメッセージを届けたかまでは言わなかったけどな。若いけど、なかなか肝の据わった男だったよ」

「その弁護士は、元々戸澤と関係があったわけじゃないでしょうね」

「違うだろうな。ランダムに選ばれた当番弁護士だ」

戸澤はこの弁護士を割り出して、何か取り引き条件を持ち出したのではないだろうか。若い弁護士ならば、金銭的に苦労しているかもしれないから、金で動かした——弁護士が金持ちだというのは昔のイメージで、今は本当に儲けているのは、企業の法務部門などを担当する人間ぐらいである。若い弁護士は、安い給料で下働きするばかり。特に刑事事件を担当する弁護士は、ほぼボランティアのようなものだ。

「分かりました。明日、田原を呼びます」

「大丈夫なのか？」

電話の向こうで、池畑が眉をひそめる光景が想像できた。一之瀬は苦笑しながら「もちろん大丈夫です」と返事した。

「田原と直接会ったことはないから分からないけど、大物なのは間違いないね」

「はい。俺の警察官人生で、最大の大物を相手にすることになります」

「大物という枠でくるなよ。取り調べは人格対人格の戦いだから」

「はい」池畑が、取り調べの秘訣を明かしてくれるかもしれない、と一之瀬は背筋を伸ばした。

「どんなに金持ちでも、高い地位にあっても、謙虚な人はいるだろう？」

「ええ」

「一般的に、そういう人を落とすのは難しいんだ」

「そうなんですか？」

「そういう人は大抵、人よりも苦労してその地位を築いた。だから、どんな攻撃を受けても耐え切れるだけの精神力を持ってるもんだよ……で、田原はどんなタイプかね」

「そうですね……若い頃にもう出来上がってしまって、その後は表舞台から引っこんだにしても、今でもたっぷり金を儲けている人です。そして、昔の栄光を捨てられずに、もう一度表に出たがっている人間」

「もう一度表に出る？」

「レイバー」の二十年ぶりの活動再開の計画を話した。元メンバーからは協力を得られそうになく、実現は難しいだろうということも。

「そいつは間違いなく落とせるな」

「そうですかねえ」

「十代、二十代で成功した人は、それを客観的に捉えることができないんだ。大きな風船を胸に抱えてるみたいなもので、大きさは分かるにしても、中に何が入っているか分からない、みたいな……クソ、喩《たと》えが下手だな」

「いや、感じは分かりますよ」

「とにかく、若くして出来上がって、その後も成功を続けている人は、実は弱い。人に頭を下げることを知らないし、一度プライドをへし折れば、それでおしまいだ」

「分かりました」

「——ただし、威圧的な取り調べは駄目だぞ。君はそういうことをやりがちなようだから、気をつけろよ」

「そんなこと、ないですよ」

「捜査一課に来て何年目だ？」

「……三年ですけど」

「完全に仕事に慣れた時期だな。でも、そういう時期にはとかく気が緩みがちになる。でも、まだ修正可能なタイミングではあるからな……十分気をつけてやれよ」

「分かりました」自分が「威圧的」というのは納得できなかったが、一応素直に言ってみた。

電話を切り、ふっと息を吐く。池畑の指摘は役にたつのかどうか……予想できなかった。先日の対面では、まだ田原の本質を見極められたと思えない。

明日はどうなるだろう。田原を「折る」ための材料として何があるか——やはり、今池畑と話した材料が使えると思う。もちろん推測で割り出した部分が大きいのだが、自分の「推理」として話しても、田原にダメージを与えられるはずだ。

よし、やるしかない。相手がどんな大物でも、裸になれば一人の人間だ。

当然、人を殺すことは許されない。

翌日、一之瀬は普段より三十分、早起きした。勝負の朝――実家にいる深雪に会っていくつもりだった。一人だとどうしても朝食を摂る気になれないので、もしかしたら向こうで食べさせてもらえるかもしれないと、甘い期待も抱いていた。学生時代から出入りしていて、すっかり慣れた家だし。

午前六時四十五分、深雪の実家のドアをノックする。昨夜、予告を入れておいたので、深雪がドアを開けてくれた。ただし、どうにも危なっかしい。

「大丈夫なのか？」思わず訊ねてしまう。

「大丈夫。病気じゃないんだから」深雪が苦笑した。妊娠が分かってから、こんなやり取りを何百回したことだろう。

深雪の両親と四人での朝食になった。まだ現役で仕事をしている彼女の父親は、本来は土曜日で休みなわけで、申し訳ない。本当は午前中は、ゆっくり寝ていたいだろう。

こうやって食事をしていると、深雪がやはり母親の味を受け継いでいるのだと分かる。実家にいる時は、菓子を除いてほとんど料理をすることはなかったはずだし、結婚前に急いでレシピを教えてもらったわけでもないというが、何故か味は似ている。今朝も、卵焼きの味が深雪の作るものとまるっきり同じだった。甘みが少なく、さっぱりした感じ。

急いで特捜本部へ行かねばならないので、大慌ての朝食になった。それでも深雪に会えただけでよかった——動くのがますます苦しそうになっているのが気がかりだったが、こんなものだろう。母親も気にしていないので、一之瀬も「心配しないように」と自分に言い聞かせた。深雪が言う通り、妊娠は病気ではないのだから。

玄関までは母親が送ってくれた。

「今、忙しいの？」

「そうなんですよ」

「もしかしたら、ちょっと早まるかもしれないわよ」

「出産がですか？」靴を履き終えた一之瀬は、驚いて目を見開いた。予定日はもう少し先である。

「何か、そんな感じがするのよね。出産の時、立ち会えそう？」

「仕事に上手く空きができれば……どうしても離れられない時もありますけど」

「緊急の時は、メッセージだけ送っておくから。注意しておいてね」

「分かりました」

こういう時、先輩たちはどうしていたのだろう。妻が出産するタイミングで、クソ忙しい仕事に引っかかっていた人も少なくないはずである。こういう話を聞けそうなのは、藤島ぐらいか……しかし、今確かめなくてもいいだろう。深雪には両親がついているし、病院も近い。何も心配はないはずだ。それに万が一、出産に立ち会えなかったとしても、深雪は恨み言を言わないだろう。問題は自分の母親……そもそも「立ち会え」と言い出した本人だし、「仕事だから」という万能の言い訳も通用しそうにない。

それを考えると気が重かった。自分の母親を恐れる人生……いったい何なのだろう、と自分に呆れてしまう。


八時半に特捜本部に入る。田原はまだ署に来ていなかった。自宅には不在、家族も所在を摑んでいない。どうやら、別居しているという妻との関係は最悪なようで、妻は携帯で田原に連絡を取ることも拒否したようだ。

「慰謝料で家を貰うだけでも大収穫だろうな」田原の自宅へ行った若杉が、呆れたように言った。「あれを売り飛ばせば、後は一生遊んで暮らしていけるんじゃないかな」

「そんなに？」

「松濤の一軒家だぜ？　売りに出しても軽く二億以上……いや、三億ぐらいの値がつくんじゃないか」

金はあるところにはあるものだ……そんなことはどうでもいい。問題は田原の所在である。北青山のマンションにもいない。他の愛人宅でも捕まらない。会社は土曜日で、この時間には誰もいない——一之瀬は、時間を無駄にしたという後悔に襲われた。せっかく遅れないように頑張ったのに、下手したら田原を待つだけで今日一日が潰れてしまう。

「飛んだかもな」若杉が無責任に言った。

「どうしてそう思う？」

「勘だ」若杉が、自分の耳の上を人差し指で突いた。

「お前の勘なんか、当てになるのかね」

「さあな」若杉が肩をすくめる。次いで、首を左右に大きく動かし、ばきばきと鳴らした。

「クソ、運動不足だな」

「毎日歩き回ってるんだから、運動不足になるわけないだろう」

「走るのと歩くのとじゃ、使う筋肉が違うんだ」

「まさか」

「お前には分からないだろうな」若杉が鼻を鳴らす。

こいつの相手をしていると、頭が緩んでしまいそうだ……一之瀬は会議室の片隅にあるコーヒーサーバーのところへ行って、朝一番のコーヒーを持ってきた。今日はいったい、何杯コーヒーを飲むことになるのだろう。

宮村と春山がふらふらと近づいて来た。二人ともぐったり疲れた様子——そう言えば、二人は昨夜もあちこち聞き込みに回っていたのだと思い出す。宮村の顔には剃《そ》り残《のこ》しの髭が目立ち、髪もべとついた感じだ。昨夜は署に泊まったのかもしれない。

「いろいろ、細かい話を聞きこんできたぜ」宮村が欠伸を嚙み殺しながら言った。「田原の情報、後でまとめて出しておくよ」

「ありがとうございます」

「いや、俺がやるわけじゃなくて、春山がまとめるんだけどね」

宮村が春山の背中を叩いた。春山の方がずっと疲れているようで、叩かれただけで前に二、三歩よろめき出てしまう。

「何だよ、そんなに疲れる仕事だったのか？」一之瀬は思わず訊ねた。

「精神的に参りました」春山が頭を掻いた。「あれですよね……愛人に話を聴くのって、きついですよね」

「分かるよ」

「でもとにかく、『残り三分の二』は、田原に愛想を尽かしています。離婚して三回目の結婚をすることも分かっているけど、もうどうでもいいという感じでしたね」

「ちょっと待て」一之瀬は一歩前に出た。「二人とも知ってたのか？」

「ええ」春山がうなずく。

「それで、どういう態度だったんだ？」

「だから、愛想を尽かしていたというか、諦めてたよ」宮村が言った。「田原がそういう人間だっていうことは、よく分かってたんだろう。自分の他に愛人がいることも、薄々分かっているようだった。最終的には、金で解決するつもりだったんじゃないかな」

「手切金ですか……つまり二人は、別れることを覚悟していた」

「おそらく、な」宮村がうなずく。

「だけど、小田さんだけは、未練があった……今となっては本人に確認はできないけど、田原にとっては『爆弾』だったんじゃないでしょうか」

「他にも愛人がいたこと、田原が別の女と再婚するつもりでいたこと……そこまで知っていたんですかね」春山が暗い表情で言った。

「だろうな」一之瀬は同意した。「残り二人は別れるつもりでいたかもしれないけど、小田さんは違ったんだと思う。別れ話で揉めていた可能性もある」

「……ですね」春山がうなずく。

「もう一歩、頑張れないかな。小田さんが、そういうことを自分の胸の中だけに秘めていたとは思えない。誰かに相談していたんじゃないだろうか」

「だったら母親、かもしれないな」宮村が言った。

「そうなんですか？」

「昨日、母親にも会ったんだけど、まだ何か言いたいことがありそうなんだよな。突っこみきれなかったんだけど、もしかしたら、娘から深刻な相談を受けていたかもしれない」

「宮さん、それは突っこむ価値のあることですよね？」一之瀬は確認した。彩の母親は、不倫相手が誰なのかまでは知らない様子だったが……。

「ああ」宮村がうなずく。「親の反応っていうのは微妙だ。子どもが殺されても、犯人を逮捕して欲しいという気持ちよりも、子どもに恥をかかせたくない——死者に鞭打《むちう》つようなことはして欲しくないと考えてもおかしくない」

「大事な娘が不倫で苦しんでいたなんて、世間には知られたくないかもしれませんね」

「そんなものですか？」春山が目を見開く。「犯人が捕まらないと、亡くなった人が浮かばれないじゃないですか」

「それも一つの考え方だし、できるだけ静かに弔《とむら》いたいと考えるのも自然だ」宮村が沈痛な表情を浮かべる。「しょうがないな。気が重いけど、もう一回会ってくるよ」

「お願いします」一之瀬は頭を下げた。

ここで証言が得られれば、田原にとっては大きな爆弾になるかもしれない。心を折るような。

事態は急速に、おかしな方向に動き始めた。特捜に電話がかかってきたのだ。しかもかけてきたのは、田原の右腕である矢作。電話を受けた一之瀬は、いきなり混乱した。いったい何の目的で……。

「田原をお探しではないですか？」矢作がいきなり訊ねた。

「ええ」奇妙だ……「オフィスP」は土曜日なので誰も捕まらず、会社近くで刑事たちが待機しているだけなのに、彼はどうやってこちらの動きを知ったのだろう。もしかしたら、田原の妻から矢作に連絡が入ったのかもしれない。

「田原なら、ホテルにいますよ」矢作が唐突に切り出した。

「ホテルって……どういうことですか？」

「家にはいづらいんでしょう。ここ数日、ホテルを転々としています」

「どこのホテルですか？」

「そちらで、携帯に連絡を入れればいいじゃないですか」矢作が疑わしげに言った。「番号ぐらい、分かってるでしょう？」

「直接会いたいんです」

「そうですか」矢作があっさりホテルの名前を教えてくれた。

「失礼ですが、どうしてあなたが教えてくれるんですか？」

「理由を言わないといけませんか？」矢作の声は冷たかった。

「あなたは、田原さんの右腕だと思っています。だから私は、これが罠ではないかと疑っているんですよ」一之瀬ははっきり言った。

「警察相手にそんなことはしませんよ」

「だったらどうして？」

「あまり細かいことを聞かれても困ります――ただし私は、まず何より『オフィスP』の人間です」

「――守りたいのは、田原さんではなくて会社ということですか?」

「会社員としては、それが当然でしょう」

「『オフィスP』は田原さんの会社じゃないですか」

「違いますよ」矢作があっさりと言った。「田原は『顔』です。会社の顔は、すげ替えが利きます」

電話が切れた。一之瀬は戸惑いながら、小野沢たちに報告を行った。

「すぐにホテルに人を回す。お前は待機しろ」

「罠かもしれません」まだ一抹の疑いがある。「こちらを混乱させるための嘘である可能性もありますよ」

「そんな嘘はすぐにばれる」

「そうかもしれませんが……」

「疑いだしたらきりがない。やるならさっさとやるだけだ」

「分かりました……取り敢えず、待ちます」

一之瀬は、春山がまとめてくれた資料に目を通し始めた。しかし文字が視界を流れていくだけで、頭に入ってこない。やはり罠ではないのか――いや、違う。矢作の最後の一言が脳裏に蘇った。「会社の顔は、すげ替えが利きます」。つまり、「オフィスP」は、田原を切ることにしたのではないだろうか。そう、あの会社を実質的に仕切っているのは戸澤なのだ。田原は神輿に乗っているだけ、という話を多くの人から聞いている。

これは使える。田原の心を折るためには、梯子《はしご》を外してやればいいのだ。派手で大きい神輿ほど、降りる時には辛い。

昼前、田原は特捜本部に連れて来られた。矢作の情報通りのホテルに籠っていて、出頭要請に対して、少し抵抗したようだ。さすがに身の危険を察して粘ったのだろう。警察に行くなら弁護士を呼ぶと言い出し、「あくまで任意なので」と納得させるのが大変だったらしい。

ホテルに籠っていても、田原の身なりはぴしりとしていた、今日は濃紺のスーツに、細いストライプのシャツ。髭は綺麗に剃られ、髪もしっかり整えられている。部屋に立て籠って時間稼ぎをしている間に、身なりを整えていたのかもしれない。そんなことに気を遣っている余裕などないはずだが。

一之瀬はちらりと田原を見て、すぐに取調室に向かおうとしたのだが、大城に引き止められた。

「分かってるな？　絶対に落とせよ」

「もちろんです」

「ここで上手くやれば、お前はいいルートに乗れる。チャンスを逃すな」

「係長……俺は出世のために仕事をしているわけじゃありません」一之瀬は、この前から感じていた違和感をつい口にしてしまった。「目の前に被疑者がいれば、落とすだけです」

「それが評価につながるんだ」

「そうかもしれませんが、評価を上げるために仕事をするわけじゃない——結果的に評価がついてくればそれは受け入れますが、評価を求めて仕事をすると、ろくなことにならないと思います。冤罪は、そういうところから生まれるんだと思いますが」

大城がうなずく。納得したかどうかは分からない。

「とにかくしっかりやれ」

「俺が上手くやれば、係長の手柄にもなるからですか？」

「否定はしない」

「係長……こんな場所でこんな時に聞くことではないかもしれませんが、いったい何がしたいんですか？　出世ですか？」

「誰かがリーダーにならなくてはいけない。だったら俺がやる——そういうことだ」

大城の出世はかなり早い。あとはヘマをしなければ、定年までの二十年の間に、階段をかなり高くまで上がれるだろう。しかし、こんなことを言う人間は、だいたいろくな結果を得られない。

一言言ってもいい。しかし一之瀬は言葉を呑んだ。こんなところで出世談義をしていても、何も始まらないのだ。今、自分がやるべきことは、田原を落として事件の真相を探ること。評価は結果についてくる。

欲を出し過ぎると失敗する——この世界ではよく知られた常識だ。

〈26〉

田原は予想通り——いや、予想した以上に不快そうだった。取調室のテーブルについて腕組みをし、入って来た一之瀬を睨みつける。一之瀬は彼と目が合わないように気をつけながら、テーブルにペットボトルを置いた。これがサービスの限界——逮捕されたら、こんなサービスは受けられない。

「お忙しいところ、恐縮です」

「まったく……ホテルにまで追いかけて来るなんて、どういうことですか」

「お話を聴きたいので、あなたを捜していました。それだけのことです」

「それだけって……」田原が眉根《まゆね》を寄せる。「何でこっちが、警察の都合で動かされなくちゃいけないんだ」

「警察の仕事はいつでも緊急ですから。人命がかかっているんです」

「人命？　誰の」

「亡くなった人の命のことですよ」

「それは……私を疑っているのか？　冗談じゃない」呆れたように田原が言った。

「冗談じゃないというなら、それを証明して下さい。私が納得したら、お帰りいただいて結構です」

田原の顔から血の気が引いた。既に一発目のショックを受けている。一之瀬は、記録者席についている春山に、素早く目配せした。春山がうなずき返す。準備完了……ここから本格的に戦闘開始だ。

「お茶、どうぞ」

田原がペットボトルを摑んだが、キャップを開けようとはしない。

「自白剤が入っているわけじゃないですよ」

「どうかな」田原がボトルを手放した。「警察のやることは信用できない」

「信用できない理由があるんですか？　昔、警察と何かあったとか？」

「そんなことを話して何になる？」

ぞんざいな言い方にむっとしたが、反論は呑みこむ。気をつけろ。威圧的な取り調べになってしまったら駄目だ——池畑の忠告が蘇る。

「まず、北青山のマンションの件でお伺いします」

田原が腕組みをし、目をすがめて一之瀬の顔を見た。

「まだそんなことを？」

「先日お伺いした時、寝室——ベッドが置いてある部屋で陰毛が発見されました。DNA型鑑定の結果、小田彩さんのものと確定しました。小田さんがあの部屋に出入りしていたことについてのあなたの説明は……まあ、納得できないこともありませんでしたが、陰毛が残っていたのはどうしてでしょう」

「そんなことは、私には分からない」

「裸でベッドにいたことの、間接的な証明にはなるかと思います。そのことについては、どう説明されますか？」

「他人の行動は説明できない」田原が肩をすくめた。

「小田さんと交際していたこと、認めたらどうなんですか？」母親のしっかりした証言があれば……しかし、宮村たちの情報を待っていては、取り調べは進められない。何か分かったらメモを差し入れてもらえることになっているが、今はとにかく、休まず攻めるしかない。ただし一之瀬が持つ矢は、この件については尽きかけていた。

一気に話題を変える。

「離婚されるんですね？」

「何の話ですか」

「今朝も、渋谷の自宅にいらっしゃらなかった」

「ホテルに泊まることぐらい、ありますよ。昔から、家にいるよりホテルにいる時間の方が長かったんだから。ツアーが続くと、ホテルが家のようになるんです」

「しかしあなたは今、ツアーをしているわけではない。ホテルに泊まりこんでいたのはどうしてですか？　実質的に、奥さんに追い出されたんじゃないんですか？　慰謝料としてどれぐらい渡すか――離婚についての話し合いは進んでいるんですか？」

「一々失礼だな」田原が一之瀬を睨んだ。「好き勝手なことを言って……全部想像だろう」

「証言があります」

「俺ぐらいになると敵も多いんだ。適当なことを言って貶めようとする奴もいる」

初めて田原の仮面に罅が入った――一之瀬はゆっくりと背中を椅子の背にくっつけ、体重をかけた。それを見て、田原が一瞬怪訝そうな表情を浮かべる。自分が小さなミスをしたことに気づいていないのだろう。傲慢な人間――田原の本質だ――の最大の特徴、そして弱点は、自分は絶対にミスをしないと思いこんでいることである。

田原に会うのはこれが三度目――前回、初めて本格的に話した時には、東京ドームを満員にした男の割には威張っていない、という印象を受けた。「成功した人間ほど頭《こうべ》を垂れる」という、ビジネス書の教訓のような態度を貫いているのかと思ったのだが、実際は違っていた。やはり彼の本質には「自分以外の人間は全部子分」、あるいは「他人とは自分に利益を持ってくるだけの存在」という考えがあるのかもしれない。

「そうですか……田原さんは、あちこちで恨みを買っているんですね」

「競争が激しい業界なんでね」

「仕事で恨みを買っているだけですか？　プライベートな問題はどうですか？」

「あなたに私のプライベートな部分を話す必要はない」

「これは捜査です。必要があると思えば必ず喋ってもらいます」

「何なんだ？　私は何かの被疑者なのか？」

「今頃気づいたんですか？」一之瀬は唖然と口を開けてみせた。本当に驚いているような感じで……。

「ふざけるな」田原が拳をテーブルに叩きつける。口調も急に乱暴になった。「俺は何もやっていない。弁護士を呼べ」

「逮捕したら、いくらでも呼んであげます。ただし、当番弁護士ですから、どこまで熱心にやってくれるかは分かりませんよ。弁護士の知り合いがいるなら、ご自分で呼んだ方がいいでしょう」

「脅すのか？」

「事実を告げているだけです」一之瀬は肩をすくめた。「さて……あなたが恨みを買っていそうな人の話をしましょうか。佐倉砂央里《さくらさおり》さんと、長戸真香《ながとまなか》さんはどうですか？」

田原の顔から一気に血の気が引いた。気持ちは分かる。いきなり私生活を詮索《せんさく》される――ざわざわと不安が広がっているのは、顔を見ただけで分かる。

「佐倉さんは女優……そうそう、私も知ってますよ。元々は、グラビアで活躍していた人ですよね？　今は女優に転身して、最近はテレビドラマでもよく見ます。童顔で、実年齢よりも若く見えますよね」

一之瀬は予めインプットしておいた情報をペラペラと喋った。実際に面会してきた春山によると、「案外地味な顔の人でした」。彼は、女性の顔は化粧次第で全く変わるということを学んだようだ。

「『オフィスP』は基本的にミュージシャンだけを抱えた事務所で、俳優さんはいませんよね。こういう人とはどこで知り合うんですか？」

「そんなこと、君に話す必要はないだろう」

「証言拒否、ですか？」

「話す必要はない！」田原が声を荒らげる。

「そうですか。こちらとしても、無理に話してもらう必要はありません」一之瀬はすっと引いた。「佐倉さんとはもう話しましたので。まあ、いろいろなことを教えてもらいました」

田原の唇が震え始める。よし、取り敢えずジャブの一発は腹に入った。しかも強引なやり方ではない。ここに池畑が同席していても、納得してもらえるだろう。

「もう一人、長戸真香さんは……ええと」一之瀬は手帳を広げた。長戸真香のデータも頭に入っているが、わざわざ確認していると見せかけることで、相手はプレッシャーを受ける。「この人は、一般人ですね。レストランを経営されている。三十三歳――その年で、女性でレストランを経営しているということは、かなりやり手なんでしょうね……この方とは、どうやって知り合ったんですか？　行きつけの店だったとか？」

「さあな」

田原が耳をつまんでとぼけたが、声は微かに震えていた。いつの間にか丸裸にされているような恐怖……いつまで突っ張り通せるだろうかと、一之瀬は逆に興味を持った。田原は既に、この雰囲気――四方から壁が迫っているような圧力に潰されそうになっているはずだ。

「ああ、言い忘れましたが、長戸さんはご結婚されているそうですね。結婚四年目で、子どもはいない……豊洲にマンションを買ったばかりだとか。それはともかく、問題なのは、下衆《げす》な言い方ですが――これがダブル不倫だということです」

「俺は何も認めない」

「認めないも何も、ねえ」一之瀬は両手を広げた。

「このお二人は、どうしてあなたと不倫関係にあったと話してくれたんでしょうね。そんなことを警察に明かしても、自分の立場が不利になるだけじゃないですか。あなたが言うように、敵の罠かもしれませんが、だったらこのお二人は敵なんですか？　女性の敵が二人もいるということは、さぞ住みにくい世の中なんでしょうねえ」

「俺は何も認めない」

「お二人と交際していたことも認めないんですか？」

「そんな話は知らない」

「朗報が一つあります」一之瀬は人差し指を立てた。

「ああ？」

「お二人とも、あなたと別れることは了承しているようですね。ただし、慰謝料的なものは用意しておいた方がいいと思いますよ。二人とも金で解決しても構わないと思っているようですが、やはりそれなりの額は必要でしょうね。もっとも私の感覚では、長戸さんの方は金銭を請求できるかどうか……ダブル不倫ですから、あなたの奥さんが長戸さんに慰謝料を請求する可能性もあります。その辺は裁判で争ってもらう問題でしょうが。それにしても、ずいぶんお盛んですね」

「放っておいてくれ」

「無理です」一之瀬は冷酷に告げた。「これは極めて重要な問題——殺人事件に絡む話だからです」

一之瀬は口をつぐみ、自分の言葉が田原の頭に染みこむのを待った。田原の眉間《みけん》にあっという間に皺が寄る。

「さて、話題を変えます。前にもちょっとお話ししましたが、笠原という男をご存じですね」

「知らない」

「私を襲った男なんですが、あなたから依頼された、と供述しています。あなたはいったい、何がしたかったんですか？」

「そんな依頼はしていない」

田原の否定を無視して一之瀬は質問を続けた。

「捜査を担当している刑事が自分に迫ってきた——だから殺してしまえば捜査がストップするとでも思ったんですか？　だとしたら、考えが甘過ぎる」

「馬鹿馬鹿しい」田原が吐き捨てる。

「仮にこの依頼が成功したとして……私が殺されていたら、警察は今以上に必死に捜査していたでしょうね。あなたはとっくに逮捕されていたと思います」

「君は、あまりにも失礼過ぎないか？　全て想像で言っているだけだろう。冗談じゃないぞ。こんなことが許されるわけがない。上司を呼べ！」

「お断りします」素早く言って、一之瀬は頭を下げた。「この取調室の中の出来事に関しては、私が全責任を負っています。上司を呼びたいなら、無事にここから出てからにして下さい。その際は、弁護士を何十人も引き連れて、警察署を襲撃していただいても構いません。ただ、その可能性は極めて低いと考えるべきですね」

「どういう意味だ？」

「あなたは、無傷ではここから出られないからです。これから、社会と途絶した、長い歳月を送ることになります」

「意味が分からない」田原の目が不安げに泳いだ。「何を言ってるんだ」

「あなたをぶちこむために、私は全力を尽くすということです。殺人は、あらゆる犯罪の中で最悪のものですから。どんな理屈があっても許されるものではない」

「俺が人を殺したと言いたいのか！」

田原が声を張り上げる。さすが「レイバー」のヴォーカル……張りがあり、よく響く。こんなことで感心している場合ではないが。

「もしもそれが事実ならば、ぜひあなたの口から聞きたい。私の質問に答える形ではなく、あなたが自分から積極的に話してくれた方がありがたいですね」

「話すことはない」

「正直に申し上げますと、現段階ではあなたに対する私の印象は最悪です。まったく反省せずに、ただ否定するだけ……それでも証拠を集めてあなたを逮捕することはできます。しかしあなたが進んで自供してくれれば、その後で多少は有利になりますよ。あなたが反省して自供したことを、意見として添付します。それで検事にも裁判員にも、多少はいい印象を与えられますよ」

「ふざけるな！」田原が一之瀬を睨みつけた。

「ふざけてません」

「冗談じゃない」

田原が立ち上がる。背後に控えていた春山も素早く席を立ち、田原に近づいた。一之瀬はゆっくり首を横に振り、田原に「無駄だ」と無言で伝えた。田原は両手を拳に握り、一之瀬を見下ろしている。

「原則的には、この取調室から出て行くのは自由です。あくまで任意の事情聴取ですから、強制はできません。ただ、今日お帰りいただいても、明日また出頭してもらうことになります。しかも、逃亡の恐れがありますから、今夜からずっと監視をつけますよ」

「まさか……」

「まさか、じゃないんです。それが警察の普通のやり方です」

田原がゆっくりと腰を下ろす。一之瀬は手を伸ばして彼のペットボトルを取り上げ、ゆっくりとキャップを捻り取ってからテーブルに戻した。

「どうぞ、飲んで下さい。少し喉を潤して落ち着きましょう」

「俺は落ち着いてる」

「まあ……お好きにどうぞ。でも、今日は暑いですよね。飲まないと体が渇ききりますよ」

この取調室の小さな窓は南を向いており、真夏の陽射しがダイレクトに入ってくる。エアコンの効き目もほとんど感じられず、一之瀬は既に背中に汗が滲んでいるのを感じた。田原がのろのろと手を伸ばし、ペットボトルを摑んだ。遠慮がちに一口飲むと、壊れ物でも扱うようにゆっくりとペットボトルを置く。

その時、取調室のドアが開く音がした。顔を上げてそちらを確認した春山が、一之瀬に向かって素早くうなずきかける。一之瀬はうなずき返して立ち上がり、踵を返してドアに向かった。隙間から、宮村が顔と腕を突き出している。その手には、半分に畳まれたメモ。ノートを乱暴に破ったもののようだった。

宮村が小声で「いけるぞ」とつぶやき、すぐにドアを閉めた。一之瀬はドアに背中を預け、宮村が乱暴に書き殴った金釘流《かなくぎりゅう》の文字——極めて読みにくい——に目を通し始めた。宮さん、さすがですね……短い時間で母親を説得し、彩とのやり取りを喋らせたのだ。情報過多——宮村が予想していた通りに、母親は本当は話したがっていたのだろう。宮村がトリガーを引いた瞬間、言葉が銃弾のように飛び出してきたに違いない。

いつの間にか、メモを持つ手に力が入り、紙に皺が寄ってしまった。予想してはいたことだが、被害者に一番近い人から聞いた話には説得力がある。

メモから顔を上げ、田原の様子を確認する。妙に不安そう——これまで見せたことのない表情だった。

「再開します」

一之瀬はゆっくりと座った。田原との距離がぐっと近づいたように感じる。彼が張り巡らしていたバリアが、少しだけ弱ったのだろうか。

〈27〉

田原はまだ粘った。彩の母親の証言——一之瀬が話を聴いた時よりも一歩踏みこみ、社長との不倫、そして別れ話に苦しんでいると娘から相談を受けていた——をぶつけても、黙りこんだまま何も認めようとしない。ほぼ本人からの証言と言っていいのに。

一之瀬にとって不運だったのは、昼食休憩を取らねばならなかったことだ。いくら何でも、食事抜きで取り調べを続行したら、人権問題になる。これで田原はまた息を吹き返してしまうだろう、と焦れた。

こういう時は弁当を調達するか出前をとる――もちろん呼ばれた人間の自腹だ――のだが、田原は「食事は必要ない」と拒絶の姿勢を見せた。しかし一之瀬は、どうしても食べるようにと、強引に説得した。「飯も食わせてもらえなかった」と後で言い張られても困る。

結局田原は、蕎麦屋の出前を頼んだ。一之瀬と春山もつき合うことにしたのだが……田原が「木葉丼《このはどん》」を頼んだのが意外だった。そもそもこのメニューがある関東の蕎麦屋も珍しいのだが。一之瀬も、その存在を知識としては知っていたが、食べたことは一度もない。どうせならこういう機会にと、同じものを頼んでみた。

待つ間の三十分間は苦痛で、ようやく出前が届いた時には、安心でどっと汗が噴き出たほどだった。それにしても不思議な光景ではある。刑事と被疑者が、それぞれ財布を取り出して出前の料金を払う――世間には勘違いしている人が多いのだが、「被疑者にカツ丼を奢って喋らせる」というのは、それこそフィクションの中にしか存在しないお約束だ。実際にそんなことをしたら、「被疑者を食べ物で釣って買収した」と弁護士から非難を浴びてしまう。

木葉丼は、細く切ったかまぼこを卵でとじた丼である。何が「木葉」なのかはよく分からないのだが、食べ物の語源は、説明を聞いてもはっきりしないものが多過ぎる。

「これ、本来は関西の食べ物ですよね」一之瀬はつい田原に訊ねた。

「そうですね」

「田原さん、東京じゃないですか」

「若い頃――ライブハウス回りをしている頃は、日本各地で安くて腹に溜まる丼物ばかり食べていた。木葉丼も、関西で出会った丼ですよ」

妙にしみじみした口調で田原が打ち明ける。しまった……こういうことなら、出前を頼んだ時点で木葉丼の話を出しておくべきだった。それをきっかけに打ち解け、自供を引き出せたかもしれないのに。

木葉丼は、見た目通りの味だった。かまぼこが多少しこしこした歯ざわりを提供してくれる以外は、ほぼ卵丼だ。

「懐かしいですか」

「まあね」

田原は味を楽しんでいる感じではなかった。ただ空腹を紛らす、あるいは時間稼ぎをしている感じ。どこか嫌そうに食べる姿を見ながら、一之瀬は次の作戦を考えた。彩の母親の証言が通用しなかったから、残った作戦はもはや一つだけ。これが外れたら――考えただけでぞっとする。今日、自供に追いこめずに放すことになったら、明日以降の展開はさらに厳しくなるだろう。プレッシャーがのしかかって肩が凝るのを感じたが、とにかくやるしかない。

昼食を終え、一之瀬は新しいお茶を用意した。腹が膨れた後は集中力が散漫になりがちなのだが、ここはとにかく踏ん張らねばならない。

「戸澤さんとは、もう三十年ぐらいのつき合いなんですよね」

突然戸澤の名前が出たせいか、田原がびくりと身を震わせる。

「戸澤さんとお会いしましたよ。不思議な人ですね」

「そうかな？」

「今もレコーディングの現場につき合うんですね」

「まあ、戸澤さんはあれが自分の仕事だと思ってるし」

「今回は、小嶋サエさんのレコーディングにつき合っているところでお会いしました」

「ああ、サエね」田原の表情が少しだけ緩む。「今、うちが一番力を入れている娘《こ》だ」

「まだ若いんですよね」

「二十歳。才能のある人間は、若いうちから出てくるものだから」

「あなたのように？」

「サエは、俺とは方向性がまったく違うけどね」

「戸澤さんがプロデュースしているんですよね」彼女のレコーディングにつき添っていた戸澤の顔を思い出す。

「あの人は、子どもみたいなところがあるから。好きなことばかりしてるんですよ……二十代で仕事を始めて、今でも同じようなことをしている。たぶん、死ぬまで続くんでしょうね」

「そうですか？　『オフィスＰ』を実質的に仕切っていたのは戸澤さんじゃないんですか？　あなたは社長とはいっても、単なるお飾りだった」

「失礼な」むっとした口調で田原が言ったが、本気で怒っているとは思えなかった。

「私はそのように聞いています。あなたは神輿に乗っているだけで、会社を実質的に切り盛りしていたのは戸澤さん――そもそもあの会社自体が、戸澤さんのものだと」

「そんなことはない」

「『レイバー』が活動停止してから、どうして会社を立ち上げたんですか？　アーティストの側から、プロデュースする側に変わるには、相当の決断と用意が必要だったはずです。そもそも『レイバー』が活動停止した時に、あなたはまだ三十歳だった。『レイバー』の曲もほとんどあなたが作っていたんだし、ソロアーティストとして、あるいは新しいバンドで音楽活動を続けていくこともできたはずです」

「ああいうのは、十年もやれば十分なんだよ」田原が呆れたように言った。「レコーディングして、プロモーションでラジオやテレビに顔を出して、後は延々と続くツアー……十年やって擦り切れない人がいたら、お目にかかりたいね。ビートルズだって、八年で空中分解した」

「それは分かりますが、一度注目を浴びることに慣れた人が、いわば裏方に回るのは大変だったでしょう」

「それはあなたには関係ないことだ。この業界には、いろいろなお約束があるんです」

「そうですか……ところで、笠原が自供した経緯について説明させて下さい。笠原は最初、渋々話していたんですが、弁護士と面会した直後に態度が一変して、ペラペラ喋り始めたんです。後で調べたら、この弁護士は戸澤さんのメッセンジャーだったことが分かりました。その内容について、弁護士は明かすことを拒否しましたが、だいたい想像できます」

田原が無言で一之瀬を見詰めた。自分の中に、危険な言葉を呑みこんでしまったようだった。

「戸澤さんは、笠原を脅したんでしょう。全部喋るように――喋らないと、それなりに罰があると。笠原という男は、暴力団石川興業の構成員であることが分かっていますが、そんな人に脅しをかけられるのはどんな人間でしょうね？　暴力団では、下の人間は上の人間に絶対に逆らえません。つまり、暴力団員に脅しをかけようとしたら、上の人間に頼むのが一番手っ取り早い。戸澤さんは、石川興業の上の方ともつながりがあるようですね」

当てずっぽうだった。しかし田原が反応しないので、一之瀬はこの勘が当たったと確信した。一呼吸置いて続ける。

「あなたも石川興業とは関係がありましたね？　笠原を使ったのがその証拠です」

「そんなことは認めない」反論したものの、田原の口調は弱々しかった。一之瀬の視線を避けるようにうつむいてしまう。

「そうですか……あなたと戸澤さんはどんな関係だったんですか？」

「戸澤さんは——ビジネスパートナーで、家族よりも濃い関係だ」

「そんなことはない」

「戸澤さんは、本当は冷たい人かもしれませんね」

「彼は、あなたに手を焼いていたんじゃないですか？『レイバー』時代に、薬物に手を出した容疑で、あなたの名前は警察の捜査線上に上がっていた」

「そんなことはない！」田原が再度否定する。

「いえ、事実です。非公式ですが、警察の方に記録が残っていますから」

一之瀬が反論すると、田原がまた黙りこんだ。顎が震えている。急に歳を取ってしまったようだった。

「バンドにも、いろいろ問題はあるでしょう。事務所やレコード会社の担当者は守ろうとするかもしれませんが、それにも限界があります。あなたはこれまで上手く切り抜けてきたんでしょうが、それももう限界ですよ。戸澤さんと話した時、彼の態度が私には少し奇妙に思えました」

田原がのろのろと顔を上げる。一之瀬は彼の顔を真っ直ぐ見据えながら続けた。

「私は、あなたに対する様々な疑惑を口にしました。戸澤さんは怒りました——ただ、あなたが感じているような怒り方ではなかった。家族よりも濃い関係だというなら、私に摑みかかって叩き出していてもおかしくはない。でも彼は、じわじわ怒るだけだった。そういう人なんですか？」

「戸澤さんは大人だからね」

「あなたは、切られたんですよ」一之瀬は宣した。

「何だって？」

「会社から——戸澤さんから切られたんです。戸澤さんは今まで、基本的にはあなたを庇ってきた。それは、犯罪行為にならなかった——警察が立件できなかったからだと思います。逮捕されるようなことでなければ、何とかなりますからね。でも今回、あなたには殺人の容疑がかかっている。そして戸澤さんは、あなたが何をやったか知っている。警察が事実に辿り着かなければ、そのまま知らんぷりをしていたかもしれませんが、私たちが動いて捜査の手が迫ってきたのが分かったので、あなたを切る——庇わないことにしたんです」

「あり得ない！」田原が声を張り上げる。

「いや、実際、そうなんです。ついでに言えばあなたは、奥さんにも見切られたと思います」

「一々失礼だな、君は」田原が一之瀬を睨んだが、もう迫力は感じられなかった。

「あなたは、ホテルに泊まっていることを、奥さんにも話していなかったんじゃないですか？　奥さんは、携帯に電話をかける気もないとおっしゃったそうです。庇っているのかとも思いましたが、そうだったらあなたに連絡を取って、逃げるように声をかけたかもしれません。でも、そうしなかった。あなたはホテルにいて、奥さんは無視していました」

「だから？」

「我々がどうしてあなたの居場所を見つけ出したと思いますか？　ホテルを手当たり次第に捜したわけじゃありませんよ。あなたがどこにいるか、情報提供があったからすぐに分かったんです」

「何だ、それは」

「誰かは言えませんが、会社の人がネタ元です。わざわざこちらに電話をかけて、あなたの居場所を教えてくれました」

田原がはっと目を開けた。裏切り——切られたことをようやく実感したのだろう。

「誰だ」

「それは言えません。あなたは知らない方がいいでしょう」

「まさか、矢作じゃないだろうな」

「矢作さんも、いろいろ考えるところがあるんでしょうね。私も彼には会いましたけど、相当鬱屈した部分があるようです。あなたはどんな風に、彼に接していたんですか？」

「あいつには金もやった！　仕事も回してやった！　散々いい思いをさせてやったんだ。何の不満があるんだ！」

一気に吐き出して、肩を上下させる。目は真っ赤で、呼吸は荒くなっていた。

「それは、矢作さんに直接聞いてみないと分かりません。ただ、私には関係ないことですが……そうとも言い切れないかな。あなたを逮捕したら、情状の面で周囲の人にまた話を聴かなくてはいけませんから。いずれにせよ、社内であなたに極めて近い立場の人が、あなたを売ったんです。これはどういうことだと思いますか？　あなたは戸澤さんに切られたんです。『オフィスP』は実質的に戸澤さんの会社で、社員は全員戸澤さんの方を向いています。戸澤さんが何か言えば——何も言わなくても、周りの人は彼の考えを汲《く》んで動くでしょう。とにかく戸澤さんは、会社を守るためにあなたを切ることにした。殺人者が社長では、洒落になりませんからね。この事件は会社とは関係ないこととするために、あなたを切ったんです。そして、弁護士を使って笠原に完全自供させた。全てあなたの犯行、ということにしたんです」

「戸澤さんの最優先事項は何でしょう。あなたですかね？　それとも『オフィスP』でしょうか」

「あり得ない……」

「俺は……人生をやり直したかっただけなんだ」

「はい」私は背筋を伸ばした。分水嶺を越えたと悟る——取り調べでは、必ずこういうタイミングがくるものだ。全てを諦めた被疑者が真実を話し出す瞬間。人によって様々だが、一之瀬は田原の顔に、完全な敗北を見た。

彼は折れた。池畑が予想していた通りに。

それを目指していたのに、何だか釈然としない。彼の口から語られるはずの真実……それが不快なものであろうことが、容易に想像できていたからかもしれない。

「やり直さなければならないほど、大変な人生だったんですね」

惚《ほう》けたように唇を薄く開け、田原がうなずいた。直後、テーブルに視線を落とし、爪を弄《いじ》り始める。綺麗にマニキュアが施《ほどこ》された爪には、傷一つついていないはずなのに。

「十六歳でバンドを結成して、十八歳でスカウトされて……その時に、『レイバー』のオリジナルメンバーが二人、バンドを離れた」

「学業優先、という話でしたね」一之瀬もいつの間にか、「レイバー」の歴史にそれなりに詳しくなってしまった。

「その後に正式参加したのが今市と矢作で、それでデビューメンバーが決まった」

「アルバムデビューは、あなたが二十歳の時ですね」

「そう……正直、二枚目のアルバムを出すぐらいまでは楽しくて仕方なかった。レコーディングも新鮮だったし、ツアーはライブハウス中心で観客との距離も近かったから、反応が手に取るように見えた。でも、二枚目のアルバムからシングルカットされた『スコール』がバカ売れしてから、急に周りの光景が歪《ゆが》み始めたんだ」

「歪む?」

「実際に自分が生きている人生ではなくて、歪んだレンズを通して見ているみたいな……」

現実感に乏しかった、ということだろうか。「スコール」が「レイバー」にとって初のミリオンセラーになったのは、平均視聴率三十パーセント近くを稼いだドラマの主題歌に採用されたためと言われている。テレビドラマや映画とのタイアップで売れる曲を作る——九〇年代に確立された手法だ。

「近づいて来る人たちが一気に増えて、スタッフも誰が誰だか分からないぐらいになった。曲作りの時間も取れなくなって、ただライブをこなしているだけになって……だから一年間、休みを取った」

「それが、活動開始から五年目ですね」

「そう」

それまでずっとデスクに向かって話しかけていた田原が顔を上げる。顔面は蒼白で、目は虚ろ。こうやって自分史を語り続けることで、時間稼ぎをしているのだろうか。

「あれで少しはリフレッシュできた。あの後にリリースした四枚目のアルバムは、自分で言うのも何だけど、最高傑作だったな。納得できる曲ばかりで、胸を張って自慢できる」

四枚目のアルバムからシングルカットされたのは三曲。しかしタイアップなどがなかったせいか、売れ行きはどれも「スコール」には遠く及ばなかった。しかしアルバム自体の売り上げは、百万枚を軽く突破したはずだ。

「その後の――シングルの『黒い岩』は百五十万枚売れていますね」

田原がうなずく。同名映画の主題歌になった「黒い岩」は、それまでの「レイバー」の曲調――基本的に歌謡曲風の甘いメロディーを軽快なロックサウンドに乗せたもの――から一転して、暗く重い感じになった。初期の曲と聴き比べると、曲調以外にも、機材やレコーディング環境が明らかに変わっているのが分かった。重さを加えているのは主にギターのサウンドなのだが、アンプを重低音が強いものに代えたのだろう。独特の低音の響き、それに加えて高音も切り裂くような鋭さを持ち、代わりにギターの一番美味しい音域であるミドルがスパッと切り取られている。九〇年代の半ばといえば、海外ではグランジブームの後、重低音と高音を異常に強調したバンドが一斉に現れた時期である。おそらく、そういうシーンに影響を受けたのだろう。変化を主導したのは、「ギター小僧」の今市だった可能性が高い。あるいは戸澤の方針か。ビジュアルも一気に変わり、この時は全員が髪を短くしてサングラスをかけ、服も黒になった。

「あれで俺たちは——俺は完全に燃え尽きた。もう長くないなと、その時には分かっていたよ。だから、次の人生を考え始めた」

「それが『オフィスP』なんですね？」

「戸澤さんを間近で見ていて、ああいう仕事も面白い——バンドを作り上げる仕事にはやりがいがあると思った。それに、正直言って、後輩たちには苦労させたくない……俺たちは、『レイバー』の時代にはそれほど儲けていなかったんだ。何しろ契約書の内容なんか全然理解できない子どもだったから、事務所の言うがままだったわけでね」

「奴隷契約だったんですか？」

「今なら、そういう言葉を使うだろうな」田原が寂しそうに笑う。「俺はまだよかった。ほとんどの曲を書いていたのは俺だったから、印税が入ってきたからね。ただ、他のメンバーは、経済的にもそんなに楽じゃなかったと思う。特に今市なんかは、ちょっと金が入るとすぐに、馬鹿高いヴィンテージのギターを買い漁ってたからな。『レイバー』のサウンドにはまったく合わないし、壊れるのが怖いからステージでも使えない——本当に、コレクション専用だ」

「そういうギターを集めたがる人がいるのは知っています」金さえあれば自分でもやりたいぐらいだ、と一之瀬は思った。

「とにかく……日本人は契約に弱い。それで損をしたり、追い詰められていく人間も少なくないんだ。俺は、後輩たちが金の面で苦労しないように、いい事務所を作ろうと思った」

「それで、『オフィスP』の所属アーティストの人たちはどうなんですか？」

「十分儲けてるよ。俺も儲けてるし、会社も潤ってる。それは、必死に仕事をしたからだ」

「目的を果たして、満足な人生だったんじゃないですか？」

「どうかな」田原が顔を擦った。突然仮面が剝がれたように、五十歳らしい疲れた男の顔が現れる。「人間って、どこまで上り詰めても絶対に満足できない生き物なんだろうな。俺の場合、同じことが続くと飽きる。全部投げ出したくなる。いつも同じスタジオでのレコーディング、同じ会場でのライブ……気がつくと、去年の同じ日も同じ場所でステージに立っていたな、なんてね……そういうことに耐えられないんだ。だからバンドは活動停止した――バンドの場合はそれができた。でも、会社はそうはいかないんだ」

「でしょうね。何人ものスタッフを抱えて、彼らの生活の面倒も見ないといけない。どうしても責任が生じますよね」

「実際に会社を作ってみて、プロデューサー業をやって……最初の頃はよかったよ。面白かった。だけど、実際にはストレスが溜まる仕事だった」

「それで私生活が乱れたんですね？　特に女性関係で」本当は、ストレス解消など何の理由にもならない。「レイバー」の時代から、田原の女癖の悪さは有名だったのだから。隠し子が三人いるという情報もどこかで出したかったが、それは今でなくてもいいだろう。取り敢えず、事実関係について早く詰めたい。

「女房との関係はもう、完全に壊れていた。だから離婚して、再婚するつもりだった。それでまた新しい人生が始まる――その予定が滅茶苦茶になった」

「小田さんが、別れ話を拒否したんですね？」

「彩は……俺を利用したんだ」

打ち明け話に、一之瀬はうなずいた。これまでの周辺の証言から、十分に予想できたことではあった。

「彩は仕事が好きだった。自分のやりたい仕事だけをやって、権力も持ちたい……そのために俺を利用した。俺も分かっていて、コントロールできると思っていたんだけど、あいつの野心は俺が想像しているよりも大きかったんだ。それと、結婚の話をちらりとしたことがある」

「彩さんに対してですか？　本気だったんですか？」

「いや、話の流れで」田原が低い声で言った。「ただそれで、彩は本気になったんだろう。それに俺と離れると、会社の中で自由に振る舞えなくなる——そう考えて、絶対に別れないと……強情な女だった」

「始めたのはあなたでしょう」

「否定はしないが……どうしても別れると言うなら全部ばらす、それで自分は死ぬと言い出した。冗談じゃない。そんなことになったら俺は破滅だ」

「浅井摩耶さんと結婚することは……あなたにとってどういう意味があるんですか？　浅井さんはシンガーとして大変な実力の持ち主ですし、『レイバー』並みにCDが売れたこともある。今ではミュージカルのスターでもあります。ルックスも……こういうことを言うのは変かもしれませんけど、お姫様系ですよね」

浅井摩耶の写真を見ると、ヒラヒラした服がやたらと多い。普通の格好——Tシャツにジーンズ姿などがまったく想像できないタイプだ。

「いわゆるトロフィーワイフということですか？」我ながら皮肉っぽいなと思いながら一之瀬は訊ねた。

「まあ、言葉は何でもいい……ただ、俺は摩耶という人間に惚れただけだ。同じミュージシャンとしても、響き合うものがあった。だから、彼女の全人生をプロデュースしてみたくなったのさ。プロデューサーとしても、次の段階に行くつもりだった」

「結婚したら、事務所も『オフィスP』に移籍させるつもりだったんですか？」自分が過去形で話していることを、田原は気づいているだろうか。これから刑務所に入る男と結婚しようとする人間はいない……。

「ああ。きちんと責任を持って、できるだけ早く、本格的な海外進出をとも考えている。摩耶も、今は仕事の中心はミュージカルだ。そしてミュージカルの本場というと、やはりアメリカだからな。彼女はブロードウェイに出たこともあるけど、今度はもっと本格的にいく。もう手は打ってあるんだ。来月には渡米して、しばらくオーディション漬けの生活になる」

「あなたも同行する予定だったんですか？」また過去形で訊ねる。

「もちろん。俺はもう、摩耶のプロデューサーなんだ。面倒を見ないといけない」

「夢があるんですね……五十歳になっても夢があるのは、どんな気分ですか？」

「夢に年齢は関係ないだろう」田原が、不審そうな表情を浮かべる。「目標しかない人生はつまらない。夢を持たないと」

「そうですか……」一之瀬には想像もできない考えだった。夢は叶うかどうか分からないもの。目標は自信を持ってそこに突き進んでいけるもの。「小田さんは、あなたの夢を壊そうとしたんじゃないですか」

「ああ」

「彼女からすれば、そういう風にしようと考えるのも不思議ではないと思います。それまでずっとあなたと交際してきて、それがいきなり『妻と離婚して別の女と再婚するから別れてくれ』と言われても、納得できないでしょう」

「ちゃんと金で埋め合わせはするつもりだった」

「世の中には、金で済まない問題もあると思います」一之瀬は次第に苛ついてきた。「特に男女の問題は」

「いや、金で済まない問題はないよ」

「それなら、どうして戦争は起きるんですかね」

こういうやり取りも池畑には怒られそうだ。屁理屈《へりくつ》、相手との無意味な議論、自説の開陳――全て、取り調べには不要なものだ。相手が自供せず、話が停滞している状態だったら、とば口として有効かもしれないが、今、田原は素直に話している。こういう時は、話の腰を折るだけになってしまう可能性もある。

「とにかく」一之瀬は咳払いした。「あなたが小田さんを疎ましく思っていたのは間違いないですね」

「それは……そうだ」

「邪魔になって殺すほどに？」

田原が唇を引き結ぶ。喉仏《のどぼとけ》がゆっくりと上下した。ここまで――自分を取り巻く状況を喋ることまでは決意したのだろうが、それから先のこと、すなわち犯行について話すとなると、まったく別のレベルの決心が要求される。

一之瀬は思い切って切り出した。

「あなたが殺したんですか？」

田原がうなずく。落ちた――しかしやはり、一之瀬は爽快感を覚えなかった。

「こんなことをするつもりはなかった……ただ、切るしかないと教えられた」

「誰にですか？」

予想はできていた。しかし田原の口から直接聞くと、衝撃は大きい。もう一枚、皮をめくらなければならないと、一之瀬は覚悟した。


〈28〉

夜の捜査会議で、一之瀬は完全な主役になった。田原の自供を引き出したのだから当然である。ただし、岩下たち所轄の人間、そして隣の係の連中は微妙な反応を見せた。事実は事実として受け入れるにしても、賞賛はしない――一之瀬は、彼らに対してかすかな苛立ちを感じた。警察の仕事なんて、誰が成功しても同じではないか。

一之瀬は、一時的に彼らの存在を頭から締め出して報告を進めた。もしかしたらこの事件をきっかけに、岩下との間に溝ができてしまうかもしれないが、その時はその時だ。向こうは所轄、こっちは本部と割り切らないと。

「――以上の状況から、田原は被害者の小田さんが邪魔になり、殺害を決意しました。六月二十一日午前〇時三十分頃、合鍵を使って小田さんの部屋に忍びこみ、首を締めて小田さんを殺害、スマートフォンなどを持ち去りました。この時点で田原は、自分に疑いが向かないように工作することを決めていて、その材料として高澤を使うことにしたんです」

一之瀬は会議室の前方に座る小野沢を凝視した。渋い表情で、ずっと腕を組んだまま。一方で大城はまったく表情がない。少しうつむき、ノートにペンを走らせるだけだった。

「田原は、ストーカー被害を受けていることについて、小田さんから相談を受けていました。相手の名前も分かっていました。相談を受けただけで積極的に解決しようとしなかったのは、もう小田さんと別れると決めていたからです。そして、自分の犯行を高澤に押しつける計画を進めました。ベランダのサッシを少しだけ開けておいたのも、スマートフォンを持ち去ったのも、高澤の犯行に見せかけるためでした。そしてその後、自ら匿名で特捜本部に連絡して、高澤の名前を告げた。被害者はストーカー被害に遭っていて、その男がやった可能性が高い――周辺捜査の結果、確かに高澤がストーカーをやっていたことが分かり、事情聴取に至りました。その結果が……既に皆さんご存じの通りです。高澤は行方をくらました後、自殺しました。しかし、高澤がすぐに逮捕されなかったことで、田原の計算は狂ってきたんです。田原は、警察がストーカーの犯人として高澤を逮捕し、自供に追いこむと読んでいました。実際田原は、高澤と直接交渉していたようです。お前が犯人になれ、そうしなければお前を殺すし、家族にも危害を加える、と。一方、死刑になることはないから、出てきたら面倒を見ると、甘い言葉もかけていたようです。ところが高澤は、容疑を否定して逃げ出した。田原としては、何としても高澤に罪を押しつけ、自分に疑いが向かないようにする必要がありました」

一呼吸おいて、周囲を見回した。これまでの話は、理解されているだろう――よくある話とも言える。余計な工作は失敗につながる。

「そのために田原が考えた方法が、被疑者のまま、高澤に消えてもらうことでした。つまり、自殺です」

「ちょっと待て」小野沢がストップをかけた。「自殺させた――自殺教唆なのか？　実際にはあいつが殺したも同然だと？」

「そこまでの自供は得られていません。ただ、田原はそのようにほのめかしていますし、喋るのは時間の問題だと思います。その際に、私を襲撃した石川興業の笠原を使ったようです」

そもそも笠原と高澤は顔見知りだった。高澤が既に死んでいるので確証は得られないが、高澤は笠原の手先になって薬物の売買にも手を染めていたという。それだけ困窮していたのだろう。自分の「ボス」が、今度は脅迫者になって現れた——という構図のようだ。

笠原が脅迫の材料に使ったのは戸澤の名前だった、と田原は供述した。それが、高澤を追いこむ材料になったのだ、と。

田原は、高澤が以前勤めていたイベント運営会社が、「Pフェス」の際に「オフィスP」とトラブルを起こしていたことを明かした。高澤の会社の——高澤の全面的なミスだったのだが、それを責められた高澤は、つい口答えしてしまったようだ。それに激怒したのが戸澤である。戸澤の「怖さ」を十分知っていた高澤の上司が土下座して戸澤に謝罪し、高澤はその場で馘にされた。それで高澤は、戸澤という人間の怖さを思い知ったようだ。今回の件も、戸澤が裏で絡んでいると分かれば、逃げ場をなくしたと絶望してもおかしくはない。

このトラブルについて、岩下と話したことを思い出す。あの時は放置してしまったが、深く突っこんで調べておけば、高澤と「オフィスP」の関係にもっと早く辿り着いていたかもしれない。

今回の一件で、高澤は自分が「はめられた」ことを早々と悟った。仮に警察から逃げられても、戸澤の魔手が迫ってくる。それ故、とにかく東京を離れなければならないと考えた——一之瀬はそうシナリオを書いた。しかし戸澤の命を受けた笠原が高澤を追い、偽装自殺を仕組んだ。遺書も無理やり書かせたものだろう。

「つまり田原は、実質的に二人殺したわけか……」小野沢が唸《うな》ってまた腕組みをした。

「この件については、明日以降、再度詳しく調べます。また、阿佐谷署で逮捕している笠原の調べとリンクさせる必要があるかと」

「分かった。その件は、阿佐谷署の刑事課と相談しておく」

「それと、もう一つあります」この件を報告していいかどうか、一之瀬はずっと迷っていた。単に田原が言っているというだけで、裏は取れていないのだ。取りようがないだろうとも思っていた。「田原は、不倫問題の決着方法について、『オフィスP』会長の戸澤からアドバイスを受けたと明かしています。具体的な方法を示されたわけではないですが」

どよめき。予想していたよりもショックは大きかったようだ。田原だけならともかく、会長の犯罪まで暴こうとすると、単純に言っても手間が二倍になる。面倒臭いじゃないか、という刑事たちの本音を一之瀬は感じ取っていた。

冗談じゃない。最後の最後までほじくり返してこそ、捜査なのだ。裏の取りようがないだろうと思っていたものの、他の刑事の怠慢な態度を目の当たりにして、一之瀬の心に火が点いた。他の刑事がやらなくても、自分が絶対にやってやる——。

報告が終わり、一之瀬は一礼して椅子に腰を下ろした。田原が彩殺しを認めた時にはかすかに不快感を抱いたが、今はやはり少しだけ高揚している。俺が落とした。きちんと取り調べて、大物被疑者を自供に持っていった——興奮する気持ちと真逆だが、実際には少しだけほっとしてもいた。これで自分や深雪が危害を加えられる恐れはなくなったのだから、もう深雪を家に帰してもいいのではないか？　そうだ、今日はこのまま出られそうだから、彼女の実家に寄って話をしよう。場合によっては状況を説明して、本当のことを打ち明ける。

捜査会議が終わり、一之瀬は早々に会議室を出た。取り敢えず、深雪の実家に向かう——しかしその瞬間、スマートフォンが鳴った。よりによって母親からだった。何なんだ？　また何か、難癖でもつけるつもりなのか？

「深雪ちゃんが病院に向かったわよ」

「え？」

「え、じゃないの」母親がぴしりと言った。

「予定日まではまだ間があるけど……」

「初産の時には、予定通りにいかないものなのよ。病院、行けるわよね」

「それはもちろん——」行ったら、出産に立ち会わねばならないのか？　冗談じゃない。今日はもう精神的にくたくたで、一杯一杯の状況なのだ。

いや、そんなことを言っている場合ではないか。自分たちの初めての子どもが産まれるのだ。ちょうど仕事が上手く転がって時間ができたのは、僥倖としか言いようがない。

電話を切ると、春山が「どうかしましたか？」と怪訝そうに訊ねてきた。

「ああ、いや……」プライベートな問題を春山に話してしまっていいものかと一瞬悩んだが、思い切って明かすことにした。もしも出産が長引いたら、明日の仕事にさし障りが生じるかもしれない。「実は、子どもが産まれそうなんだ」

「マジですか？」春山が目を見開く。

「これからちょっと病院に行ってくる。明日は普通に出てこられると思うけど……分からないな。出産は、予定通りにはいかないだろうから」

「何かあったらフォローしておきます」

昔だったら――それこそ藤島辺りが若い頃だったら、妻の出産よりも仕事優先だったかもしれない。だが今は、煩く言われることもないだろう。とはいえ、自分には大事な仕事もある。田原を完全自供に追いこみ、事件の筋をきちんとまとめるのだ。それにまだ、よく分からないことがある。戸澤――彼はこの一件にどんな風に嚙んでいるのだろう。裏から全ての糸を引いている感じがしてならない。

明日も朝から仕事できるように、頑張ってくれよ――一之瀬はここにいない深雪に向かって頭を下げた。

まあ……強烈な体験だった。

深雪の出産は比較的スムーズにいったのだが、それでも無事に子どもが産まれたのは午前三時過ぎだった。普段ならとうに寝ている時刻だが、テンションが上がっているせいか、一之瀬はまったく眠気《ねむけ》を感じなかった。それでも、無事に出産を終えた深雪と少しだけ話した後には、急に疲れが襲ってきた。今日は実際、疲れていたからな……病院には、深雪の両親も来ていた。「出産には自分も立ち会う」と盛んに言っていた一之瀬の母親は、結局姿を現さなかった。いったい何なんだ——あの人の考えていることはさっぱり分からない。からかわれていただけではないかと思えてくる。

「拓真君、どうするの？」深雪の母親が訊ねる。「うちに来て休む？　明日——今日も仕事なんでしょう？」

「いや、帰ります。ここからなら家の方が近いんで。明日、また顔を出しますよ」

「仕事は大丈夫なの？」

「何とか……子どものためにも頑張らないといけないですよね」

「あらあら、もうすっかりパパの顔ね」

「いやあ……」苦笑しながら一之瀬は首を傾げた。そんなに急に、人が変わるわけもないのに。

帰る前に、早朝の面会は可能かどうか、病院に確認した。本当はよくないのだが特例で、しないと。赤ん坊も抱きたい。明日の朝、それに夜も病院に顔を出して、少しは深雪の世話をしないと。赤ん坊も抱きたい。

一之瀬はもう一度病室に入って、深雪の様子を確認した。「安産だった」とはいうが、さすがに疲れた様子で、気を失ったように眠っている。傍のベビーベッドでは、産まれたばかりの女の子が静かに寝ていた。こんな小さな子がしっかり生きてるんだな……先ほど、初めて抱いた時の重さの記憶が腕に蘇る。体重、二千八百二十グラム。三キロもないのにずっしり重く感じられた。これから本当に、父親としての責任がのしかかってくるんだ、と不安になる。

ベビーベッドに屈みこみ、娘の顔をもう一度脳裏に焼きつける。この状態だと、どっち似かはまだ分からないな……娘だから、できれば深雪に似て欲しかった。

手を伸ばし、そっと娘の手に触れる。「紅葉《もみじ》のような」とよく言うが、紅葉の葉よりも小さいのではないか。不意に動いて、一之瀬の人差し指を握り締める。その温かさ、意外な力強さに、一之瀬は度肝を抜かれた。赤ん坊については、知らないことばかりなんだな、とつくづく思う。

娘はいつまでも手を離してくれない。椅子もないので、一之瀬はずっと中腰の姿勢をキープしていた。いい加減疲れてきた頃、ふっと娘の掌が開く。どうも自分勝手というか、気まぐれな行動が読めない。これからしばらく——たぶん十年も二十年も、娘の気まぐれに困らされるだろう。

いったいどんな生活になるのか。予想していた嬉しさよりも、不安の方がずっと大きい。

シャワーと、ほんの短い睡眠。疲れきっているから起きられないだろうと思っていたが、何故か六時前には目覚めてしまった。もう一度シャワーを浴びて眠気を吹き飛ばすと、さっそく家を出る。病院に行って深雪と少し話し、できたら娘をちょっと抱いて、それから出勤したい。

さすがに朝だし、曇っているので気温はそれほど上がっていないが、今日もじりじりするような熱気に襲われるのは容易に想像できた。いつもの夏の街——。

しかしその表情が、いつもと違う。

より色が鮮明になったというか……そう、自分の人生は昨夜でまったく変わってしまったのだと思う。今までに感じたことのない焦りがあった。新しい家族。自分と深雪の血を引く存在。絶対失敗できない、と思う。二人を幸せにするのは、一生をかけてもやるべき自分の義務だ。父親のような失敗を繰り返すわけにはいかないのだから。

自然と早足になってしまうのだが、一之瀬は「落ち着け」と自分に言い聞かせた。道端の自販機で缶コーヒーを買い、朝食代わりに飲む。地面に足がついていない感じがした。いったい自分は、どこに向かっているのだろう。

七時過ぎに病院に着くと、深雪はもう目を覚ましていた。電動ベッドの上体側を少し起こし、娘に視線を注いでいる。

「寝てればいいのに。疲れてるんだろう？」

「そうでもないのよ。あちこち痛いけど……でも、そんなに疲れてないから」

「強いなあ、君は」深雪はそんなに背が高いわけでもがっしりしているわけでもない。女性としてはごく普通の体格だろう。初産は難産になることが多いと聞いて心配していたのだが——杞憂《きゆう》だったわけだ。

「抱いて大丈夫かな」

「首だけ、気をつけてね」

「どうやって？」

「こう……」深雪が両手を動かした。「首の後ろに手を入れて、動かさないように固定して。何度も見たでしょう？」

子育ての「教本」は、今時いくらでもある。一之瀬も散々本を読み、ビデオを観て、頭では分かっているつもりだった。しかし実際に抱くとなると感覚が違う。昨夜もおっかなびっくりだったことを思い出した。あの時は、義母から手渡されたのだが、ベッドから直接抱き上げるとすると……「おっかなびっくり」という言葉は、こういう時のためにあるのだな、と実感する。それでも何とか胸に抱き、ホッと一息ついた。愛情を感じるというより、傷つけずに済んだ、としか思えない。

「大人しい子だね」

「昨夜もほとんど泣かなかったの。いい子よね」

一之瀬はそっと娘の体を揺らした。何とも言えない温かいものが、胸の中に流れ出す。これが子を持つ感覚なのか……腕の中にいる娘はあまりにも弱々しく無防備だ。何としても俺が守ってやらなくては、と強く思う。

「何で怖い顔してるの？」深雪が不思議そうな表情で訊ねた。

「ああ、いや……ごめん。これまで以上に頑張らないといけないな、と思ってさ。この子と君を、絶対に幸せにしないと」

「気負い過ぎ」苦笑しながら、深雪があっさり言った。「そんなにむきにならなくても、皆、普通に子育てしてるのよ？　それに、二人目が産まれたらどうするの。ずっとキリキリしてたら、神経が参っちゃうわよ」

「覚悟しておくよ」溜息を何とか我慢する。

「あのね……」深雪が、言いにくそうに切り出した。「あなた、お父さんのこと、考えてたでしょう」

「ああ」一之瀬は認めた。深雪に隠し事はできない。「君と結婚して子どもができたら、どんな家庭にすればいいか、ずっと考えてた。でも、答えは出てないんだよな」

「普通の家庭でいいじゃない」

「普通って……」一之瀬は顔をしかめた。この話になると、深雪はいつも「普通でいい」という。しかし「普通」の定義などないのだし、一之瀬としてはもう少しハードルを上げて欲しかった。その方が頑張りがいがある。

「あのね、私、あなたのお父さんに何があったのか、よく知らないわ。お義母さんも話してくれないし、聞きにくいし。でも、何か普通じゃないことがあったのよね？　特別なことがあって、普通が壊れて、それで……ね？　だから、普通にしていれば、絶対に幸せに暮らせると思うの」

「ああ……」一之瀬は思わずうなずいてしまった。深雪の考え方はシンプルだが、説得力がある。一之瀬は、幸せになるためには何か特別な努力をしなくてはいけないと思っていたのだが、深雪説によると、特別なことが起きないようにするのが生活……確かにその通りだ。もちろん、「普通」をキープすることも大変だろうが。

「家にはいつ戻れるのかな」

「まだ分からないわ。でも帰るまでに、この子の名前、考えておいてね」

「俺が？」一之瀬は我が娘の顔を見下ろした。新米パパの慣れない手つきも関係なく、すやすやと眠っている。もしかしたら、結構な大物なのかもしれない。そんな子に相応《ふさわ》しい名前は――いやいや、女の子に、勇ましい名前をつけても仕方ないだろう。

「パパにも早速仕事してもらわないと」

「考えておくよ」

「今夜は来る？」

「ああ。悪党が大人しくしていれば」

戸澤との勝負はもう少し先になるだろう、と一之瀬は読んでいた。田原を完全に落とし、戸澤の関与をはっきりさせてから——しかし難しいかもしれない。田原は戸澤を恐れている。おそらくこれまでも、厄介ごとを全て解決してくれた戸澤の背後に、強く黒い力があるのは理解しているのだろう。

ただ……このまま放っておいていいのだろうか。芸能界と暴力団の黒い関係は、昔から問題視されている。田原と笠原の関係は当然公表されるにしても、もっと大きな闇を明るみに出す機会では……何だったら、吉崎に情報を流して、書かせてもいい。向こうだって書きがいがある情報かもしれないし、こっちも恩を売れる。

この仕事はまだ道半ばだ。田原は正真正銘の大物ではない。本当の大物は、たぶん今日もスタジオにいて、若いアーティストの面倒を見ていることだろう。

そういう表の顔——仮面を引っ剝がしてやる。

〈29〉

「無事に産まれました？」特捜本部に顔を出すと、まず春山に聞かれた。

「ああ。結構安産だったよ」

「おめでとうございます」春山が大袈裟《おおげさ》に——体を折り曲げるようにして頭を下げる。

「しかし、お前がパパとはねえ」宮村が感慨深げに言った。「覚悟しておけよ。これから、自分の好きなことはできなくなるから」

「そうですか？」

「俺も、ガキが産まれてからしばらくは、ゆっくりビデオを観てる暇もなかった。泣き出されると、本も読めないしな」

ということは、当面ギターはお預け、あるいは最悪、手放すことになるのだろうか……それでも構わないと一瞬思った。いくらギターが好きでも、娘とバーターにはならない。

「それより、ちょっと相談があるんですけど」

「何だ？」

宮村と春山に、戸澤に対する事情聴取の計画を話す。二人は黙って聞いていたが、宮村は渋い表情を浮かべたままだった。明らかに乗ってこない。

「かなり難しいぞ」

「分かってます。でも、田原の供述があるんですから、無視はできません」

「そうかもしれないけど、労多くして功少なし、じゃないかな。田原は、戸澤に具体的に指示されたわけじゃない。アドバイスを受けただけ――教唆として立件するのは、相当大変だ」

「やります」一之瀬は宣言した。「係長と管理官にも相談します。それで駄目だって言われたら、勤務時間外に戸澤に会いますよ」

「父親になって張り切ってるのかもしれないけど、怪我したら元も子もないぞ」

「するわけないじゃないですか」一之瀬は反論した。「俺は刑事ですよ」

「この前襲われたばかりの男が、何言ってるんだかね」宮村が鼻を鳴らす。

捜査会議が終わった後、一之瀬は戸澤への再度の事情聴取を提案した。補足捜査にもなるし、芸能界と暴力団の癒着を解き明かすきっかけになるかもしれない――。

「お前は田原の取り調べに専念しろ」小野沢は取りつく島もなかった。「まだ逮捕したばかりなんだぞ」

「それはそうですが、基本的には完落ちしていますから、取り調べにはそれほど手間はかかりませんよ」

「そういう問題じゃない」

「昼間の仕事が終わってからなら、よろしいんじゃないでしょうか」大城が切り出した。

「ああ？」小野沢が大城を睨む。

「我々は『オフィスP』の社長を逮捕したんですよ。当然、会社の関係者からは改めて話を聴くことになります。その捜査の一環と考えてはどうでしょうか」

「それはまあ……そういう作業は必要だろうが……」小野沢が渋々認めた。

「よし、いいだろう」大城がゴーサインを出した。「タイミングを見つけて話を聴きに行け。田原の犯行に関する補足材料が出てくるかもしれない——ただし、一人では行くなよ」

「春山を連れて行きます」

「いや、若杉にしろ。あいつの方が弾除《たまよ》けとしては有能だ」

真面目に言っているのだろうか……大城の顔をまじまじと見たが、本音は読めなかった。

「一之瀬さん！」

春山が声を張り上げる。見ると彼は、会議室の片隅に置かれたテレビの前で、一之瀬に向かって手を振っていた。

「戸澤が出てます」

会議室に居残っていた人間が、全員テレビの前に殺到する。一之瀬もすっかり馴染みになっている「オフィスP」が入るビルの前で、戸澤が報道陣に囲まれていた。この前会った時とはまったく違う様子――リラックスした雰囲気は消え、厳しい表情だ。彼は間違いなく田原よりも大物なのだが、ずっと「裏」の人間である。表に出て取材を受けることには慣れていないのだろう。

「――今回の件については、完全に田原の個人的な犯罪であり、会社としては、社員が亡くなったことにお悔やみを申し上げるしかありません」

やはり、田原を切り捨てにかかったのだろう。会社は事件に一切関係ないと強調し続けていた。

「田原さんと被害者の小田さんが不倫関係にあったという情報がありますが」記者が質問を飛ばす。一之瀬は記者に対して一言も喋っていないのだが、こういう情報は漏れるものなのだろう。ただし、自分たちに対しては「情報秘匿」を厳しく強いる上層部の人間が、記者に平然と話すのは気にいらない。だいたい、管理官よりも上の人間が喋ることが多いようだ。

「そういう事実は把握しておりません」

「不倫関係のもつれから、こういう事件になったんじゃないですか？」

「申し訳ありませんが、それは分かりかねます」

「会社として把握していないのは無責任じゃないんですか？」

「社員のプライベートを重視しています」

よく言うよ……いや、戸澤の言い分にも一理あるかもしれない。恐らく戸澤は、田原の犯行を知らなかったのだ。「どんな手を使ってでも不倫相手は切れ」というアドバイスを、田原は極端に解釈し、暴走したのだろう。だからこそ戸澤は、真相を知った時に極端過ぎる反応――暴走した田原を切る――を見せたのではないか。

辛いでしょうね、戸澤さん。一之瀬は胸の中で話しかけた。表に出ることに慣れていないあなたが、「オフィスP」の会長として、報道陣の速射砲のような質問に答えねばならないのだから。

でも、本当の地獄はこれからですよ。

俺は、マスコミの連中ほど甘くない。


実際に戸澤に会えたのは、三日後だった。やはり田原の取り調べにはある程度時間がかかり、軌道に乗せるには三日間が必要だったのだ。

面会場所は、またも新宿のスタジオ。電話で話した時、戸澤は前回の愛想の良さを削った不機嫌な態度だった。小嶋サエのセカンドアルバムのレコーディングは依然として難航していて、ほぼつきっきりの状態なのだという。こんな状態――社長が逮捕された後でも、仕事は普通に続けているのか、と一之瀬は驚いた。あるいはこれが、戸澤にとって「逃げ」なのかもしれない。日常生活を乱さないでいるための、たった一つの居場所はスタジオなのだろう。

人は誰でも、「普通」を求める。冒険の日々など、神経をささくれだたせるだけだ。しかし、彼の「普通」は一之瀬たちの「普通」ではない。

一之瀬は結局、若杉ではなく春山を連れて行った。確かに、力技が必要になったら若杉の方が頼りになるのだが、今回、そんな事態になるとは思えない。それに春山とは、ずっと一緒に仕事をしてきたのだ。もしかしたら今日が最終局面――彼にも立ち会わせたい。

春山は、久々に――捜査一課に来た直後と同じくらいに緊張していた。スタジオのあるビルに入る前、立ち止まって深呼吸したほどだった。

「何でそんなに緊張してるんだ？　前にも一度会った相手じゃないか」

「あの時とは状況が違いますよ。背景もいろいろ分かってきたわけだし」

「確かにな」一之瀬はうなずいた。

「一之瀬さんは平気なんですか？」

「何だか、肝が据わってきたみたいだ。父親になったからかもしれないな」

「そんなに違うもんですかね？」春山が目を見開く。

「守るものが増えたからね……あくまで普通にやるつもりだけど」

「じゃあ、頑張りますか」

春山が肩を上下させた。いくら何でも力が入り過ぎ……一之瀬は苦笑しながら、先に立ってビルに入った。

先日のウェイティングルームに、戸澤の姿はなかった。もしかしたら逃げられたかもしれないと思ったが、たぶんスタジオに籠っているだけだろう。一之瀬は思い切って、コントロールルームのドアを開けた。ここも完全防音で、ドアは分厚い詰め物のせいで重くなっている。一之瀬としては慣れた感覚だが、かつて使っていた練習スタジオとは明らかに重さが違う。プロユースのスタジオでは、あらゆる物を重たく、頑丈に作っているのだろう。

コントロールルームの光景もお馴染み……正面はスタジオに向かって広いガラス窓になっており、その手前にはミキサーが横一杯に広がっている。巨大なモニターも……最近のレコーディングは全てデジタルで行われるので、コンピューターとそのモニターは必需品だ。

「だから、無理！」天井にあるらしいスピーカーから、サエの不機嫌な声が響く。プロデューサーから無理な注文が入って、ごねているのだろう。ヴォーカルブースは一之瀬のいる位置からは見えなかったが、むっつりとした表情を浮かべているのは間違いない。

ミキサーの後ろで待機していた戸澤が立ち上がるのが見えた。ミキサーの前に立って、マイクに向かって語りかけた。

「よし、分かった。今日はどうする？　ここで打ち切ってもいいし、夕食休憩してから再開してもいいぞ」

「……今日、やります」無愛想な声でサエが答える。

「はい、それじゃ夕食休憩ね。八時から再開——アルコールは禁止だぞ」

薄い笑い声が広がる。振り返った戸澤が、一之瀬を見つけて素早くうなずいた。やけに老けた——先日会った時に比べて妙に疲れ、顔の皺も増えたように見える。

コントロールルームにいたスタッフたちが、連れ立って出て行く。最後になったのがサエ。ヴォーカルブースから出て来た瞬間、マネージャーらしき若い男性が飛んで行って、ミネラルウォーターのボトルを渡す。サエは無言で受け取って、そのまま出て行った。

コントロールルームの一番後ろにはソファと小さなテーブルがあり、テーブルの上の灰皿は吸い殻で埋まっていた。戸澤はそこに腰かけると、すぐに煙草に火を点けた。一之瀬と春山は、近くから椅子を引いてきて座った。

「ずいぶん大変そうですね」

「そんなことはない」戸澤がゆっくりと首を横に振る。「腹が減ってただけですよ。ちゃんと食べれば元気になって、夜中まで頑張れるでしょう」

「そんなものですか？」

「まだ若いからね」戸澤が苦笑する。「あの娘《こ》がどれだけ食べるか……寿司なら六十貫、ステーキなら一ポンドは軽いね」

あの体形で、そんなに食べられるのだろうか。ほっそりとしていて、今にも折れてしまいそうなのに。ヴォーカルというのは、不思議な人種だ。

「こういうスタジオでレコーディングするのが夢でした」一之瀬は打ち明けた。

「あなたもミュージシャンなんですか？」

「もちろん、アマチュアです。学生時代、バンドでギターを弾いていました」

「何だったら、ここで弾いていきますか？　アンプとギターの準備ぐらいはありますよ」

一之瀬は振り返って、ガラス窓越しにスタジオを見た。確かにギターアンプはある——フェンダーのスーパーソニック。フェンダーらしいクリーントーンから、かなり歪んだモダンなサウンドまでカバーできる、使い勝手のいいアンプだ。何年か前、お茶《ちゃ》の水《みず》の楽器店街をうろついている時に試奏したことがあった。それほど大きくないので、思い切って買ってしまおうかと思ったが、結局手は出していない……もう、手にすることはないだろう。楽器との出会いは一期一会《いちごいちえ》で、ちょっとでも躊躇したら絶対に買うことはない。

「仕事中なので、遠慮しておきます」

「どうぞ、ご自由に」戸澤が肩をすくめる。

「どうですか？　会社の方は」

「よろしくはないですね」戸澤が盛んに煙草をふかし始める。「いろいろなところから責められてますよ」

「例えば？」

「株主」

「御社の株主というのは、どういう人たちなんですか？」

「レコード会社とか……全部、音楽業界ですよ」

「責められて、どう言い訳しているんですか？」

「言い訳なんかできるわけないでしょう」戸澤がまだ長い煙草を灰皿に押しつけた。というより、吸い殻の山に押しこむ格好だった。「ひたすら謝るだけですよ」

「戸澤さんでも謝るんですか？」

「代表取締役の仕事は頭を下げること――この歳になって初めて知りましたよ」

「今回の件――田原が小田さんを殺したことは、本当に知らなかったんですか？」

「知っていたら、この前あなたが来た時に話してましたよ」むっとした口調で戸澤が言った。「二人がつき合っていたことも知らなかったんだから、こんなことになっているとは想像もしていなかった」

「田原は、人を殺しそうなタイプなんですか？」

「まさか。そもそも、人を殺しそうなタイプっていうのは、どんな人間ですか」

「様々です。ただ、田原のような人間は、基本的に人を殺したりしないものです。名声を得た人は、失うものも多いですからね」

「相当追い詰められていたんだろうが……こういうことを言うと問題かもしれないが、自業自得の面もあると思う」

「言葉は悪いですが、今回もあなたが尻拭いをしてるんですか？」

「尻拭い？」戸澤がおうむ返しした。「どうして私が？」

「三十歳以降のあなたの人生の大部分は、田原のヘマをカバーすることだったはずです」

「あいつはそこまで問題児じゃない」

「女性問題に関しては、相当な問題児だったと思いますが……結婚二回、認知した隠し子が三人、それに今回また離婚してすぐに再婚しようとしている。その相手が浅井摩耶さんです。これまで田原が結婚した相手は、二人とも一般人でした。しかし今回は実力派シンガーで、今はミュージカルのトップスターと結婚する——公表されたら、世間も大騒ぎでしょうね。この話、どこまで進んでいたんですか？　離婚も正式には決まっていなかったと思いますが」

「奥さんとの話には、私は嚙んでないよ。プライベートな問題なので……家庭内のことには口は出せない。ただ、浅井摩耶の事務所には詫びを入れたけどね」

田原は妻とは上手くいっている——前回会った時に戸澤はそういう嘘をついたわけだが、そこは突っこまずにおいた。

「最高に面倒な仕事じゃないですか」一之瀬は眉をひそめた。「一種の婚約破棄ですか？　そんなことの調整役、やりたくないですよね」

「まったくねえ……」戸澤が溜息をついた。「田原はいつ出て来るか分からない。そんな人間を待っている意味はない、ということで」

「そんな人間？」一之瀬は食いついた。「あなたにとって田原は、『そんな人間』なんですか？　三十年も一緒に仕事をしたパートナーなのに？」

「許されることと許されないことがあるでしょう」

「田原から相談を受けていたとか」

「それが何か問題ですか？」戸澤が疑義を呈した。

「あなたが事前に知っていたかどうかは、非常に重要なポイントです。離婚、再婚話、不倫、その果ての殺人——特に殺人については、我々が田原を逮捕する前から知っていたとすれば、共犯になり得ますね」

「相談を受けていただけだとしても？」

「受けていたんですか？」

「いや」

押せば押すほど引く。非常にやりにくい――一番やりにくいタイプだと一之瀬は悟った。完全黙秘ではないし、嘘をつくこともなく、こちらの話にはつき合う。しかし肝心なポイントになると、すっと引いて本音を隠してしまうのだ。いかにもたっぷり話をした感じでありながら、実は中身は空っぽ。単なる時間の無駄に終わる。

「田原はどうして、浅井摩耶さんと結婚しようと思ったんでしょうね。功成り名を遂げて、若くて才能のある、美しい女性こそ自分に相応しいと考えたんでしょうか」

「どうかな」戸澤が新しい煙草に火を点けた。「あいつは昔から、女に関してはだらしなかった。そういう男が何を考えているかは分からないものですよ」

「昔は、ずいぶん尻拭いをしたんじゃないですか？」

「若い頃はね」戸澤がようやく認めた。

「隠し子が三人いるとか」

「それは、私が与り知るところではありません。私はあくまでプロデューサー、現在は『オフィスP』の会長であって、彼のマネージャーではない」一転して頑なな表情になる。

「誰がどういう仕事をするかは、私にはよく分かりません」一之瀬は首を横に振った。

「問題は、今回の一件を田原が自分一人で仕組んだかどうかです」

「誰かが入れ知恵をしたとでも？」

「言ってしまえば、田原は世間知らずです。二十歳でスーパースターになって、十年間走り抜け、その後は別の方法で金儲けを続けた……何でも自分の思い通りになると考えていたはずです。そういう人間が、にっちもさっちもいかない状態に陥った――どうしたでしょうね。被害者の小田さんを殺すことは、彼のアイディアだったんでしょうか」

「それをどうして私に聴く?」

戸澤が一之瀬を睨んだ――いや、ただ真っ直ぐ見た。怒りは感じられない。それがむしろ怖かった。怒り散らして怒鳴りまくる人間の方が、内心を読みやすい。こういう風に静かな人間の方が、何を考えているか分からないものだ。

「どうして聴かれていると思います?」

「質問に質問で返すのは、よろしくないやり方ですな」

「純粋に知りたいだけです。誰が田原に知恵をつけたんでしょうか。あるいはあくまで、田原個人が考えたことですか?」

戸澤が肩をすくめ、煙草を灰皿に押しつけると、すぐ新しい一本に火を点けた。テーブルに置いてあった紙コップを取り上げると、ぐっと飲み干す。コーヒーだろうか……彼はこのスタジオに籠って、一日何杯のコーヒーを飲み、何本の煙草を灰にするのだろう。

「あなたは、田原を切り捨てましたね」一之瀬は切り出した。

「切り捨てるというのは、穏やかな言い方じゃないな」

「あなたにとっては、会社が第一じゃないんですか? 会社の害になりそうなら、三十年のつき合いがある人も切り捨てる——あなたはそういう人だと思います」

「ひどい評価だね」戸澤が苦笑した。

「田原がそう言ってました」

「捨て台詞だろう」

「そうですか……あなたにとって、田原はどんな人間だったんですか？」

「全て」戸澤があっさり言い切った。「彼は私の創作意欲を刺激し、いい仕事をさせてくれた。ついでに言えば金も儲けさせてくれた。人生のベストパートナーですね」

「でも、結果的にクズみたいな人間だったわけですが」

「人間的にクズでも、才能は否定できない」

「だから今まで、いろいろな場面で庇ってきたんですか？」

「私は面倒見がいい方でね」

「今回も、じゃないんですか？」

「いや……それにも限度はある」

話が堂々巡りになってきた。問題の核心に近づかぬまま、周囲をぐるぐる回るばかり。もっと早く再度の事情聴取をすればよかった、と一之瀬は悔いた。準備ができる前に話を聴ければ、十分揺さぶれたはずなのに。

この件は上手くいかない、と一之瀬は早くも弱気になり始めた。

ってますよ」
「申し訳ないが、これ以上話せることはないですね。お役にたてなくて、すまないとは思
「田原は、一連の事件についてあなたに相談し、アドバイスを受けたと証言しています。
小田さんを殺したことも、高澤という青年を犯人に仕立て上げようとしたことも。これは、
犯罪の教唆にあたります」
「田原がね……」戸澤が溜息をついた。「あいつは昔から、私生活ではだらしがないし、
基本的に子どもだ。自分できちんと責任を取れる人間じゃない。何か都合が悪いことがあ
ると、全部他人に押しつける」
「その被害を最も多く受けたのはあなたですか？」
「バンドの他のメンバーやスタッフもね。ただし今回は、そう上手くはいかない。田原に
は、全ての責任を負ってもらわないと」
「しかし――」
「田原がやった――それだけで十分でしょう。あなたは、これ以上深入りしない方がいい
ですよ」戸澤が忠告した。「私は、いろいろなところに知り合いがいる」
「そんなことは捜査には関係ありません」突っ張ってみたが胸がざわつく。知り合い？
この男は何が言いたいのだ？
「人は、簡単には満足できないんだね。一つ手に入れたら、十個欲しくなる。手元に十個

集まったら今度は百個欲しがる。でも時には、一個で我慢することも必要なのでは？」

「冗談じゃない――」

「これ以上話すことはありません。あなたも、大きな組織の中で仕事を続けるつもりなら、背中には気をつけた方がいい。思わぬところから、矢が飛んでくることもありますからね。それこそ、頭の上からとか」

「あなたは、警視庁の上の人間とつながっているとでも言うんですか？」一之瀬は顔から血の気が引くのを感じた。「もしかしたら、暴力団との関係を通じて、警視庁に知り合いができて――」

「それぐらいにしておいた方がいい」戸澤がやんわりと忠告した。「あなたは明らかに、何の根拠もなく私を侮辱している。まだ我慢はできますが、度を越したら、本当に背中に気をつける必要が出てきますよ……これはあくまで一般的な忠告ですけどね。とにかくあなたは、世の中の仕組みを、もっと学んだ方がいい」

戸澤の口調はこの段階でも穏やかだった。

それ故、一之瀬の恐怖は強まった。たぶん高澤も、同じ恐怖を感じていたはずだ。

失敗だった。

話すだけで相手の弱点を摑み、落とせる——甘く見ていたのだと認めるしかなかった。

所轄へ戻ると、捜査会議は既に終わっていた。まだ居残っていた小野沢と大城に事情を説明する。二人とも、強い反応を示さなかった。そもそも期待されてもいなかったのだと悟り、心底がっかりする。しかしこれは、単なる失敗ではないはずだ。プラスにさらにプラスを積み重ねようとしたが、上手くやれなかっただけ……何とか前向きに考えようとする。

〈30〉

最大の山場——被疑者の自供——を越えた特捜本部は、どこかだれた雰囲気に襲われるものだ。後は本人の供述の裏取り、そして周辺捜査。大変な時もあるが、被疑者を落とすのに比べれば、大したことはない。それ故、「もう一段落」と、連れ立って吞みに行く刑事もいた。一之瀬も、早く帰って娘と深雪に会いたいところだったが、何故か動けない。

会議室の片隅にあるコーヒーサーバーには、辛うじてカップ一杯分が残っていた。こんな時間まで残っているコーヒーが美味いわけもないが、とにかく刺激が必要だった。

濃くなったコーヒーをだらだらと飲んでいると、大城がすっと近寄って来て、隣に腰を下ろした。

「詰めが甘かったな」

「これ以上詰めても、戸澤を上手く落とせたかどうかは分かりません」

「どうして」

「戸澤は、警視庁の中に知り合いがいるようなことを言っていました。そういうコネが──特に上の方にコネがあれば、こちらとしては動きにくくなりますよね？」

「そういうことはないと公式には言いたいところだが、そうもいかないだろうな」

「どこで警察とのコネができたんでしょうね」

「お前はどう思う？」大城がさらりとした口調で訊ねる。

「戸澤は何十年も前から、石川興業と関係があったはずです。石川興業は当然警察の監視対象ですが……暴力団への捜査は、当事者と警察の癒着を招きがちです」

「それは昔から言われてるな……暴力団に上手く食いこみながら、いざという時には強権的に捜査に出られるのがいい刑事だ。さらに言えば、暴力団の内部にネタ元を作って、情報を流してもらえるのが最高の刑事だ」

「荒熊さんのような？」

「荒熊さんね……彼は違うだろう。マル暴にも怖がられているぐらいだから。いわば別格だ」

「ええ」

「それはともかく……暴力団から情報を取るのではなく、暴力団に情報を流してしまうような刑事がいるのも事実だ」

「今回も、そういうことなんですかね」一之瀬は両手を揉み合わせた。「戸澤は、石川興業との関係を通じて、警視庁の上層部とつながりができた。自分に捜査の手が及べば、そういう人に泣きつく――」

「おそらく、な」大城が認めた。

「上から圧力がかかったら、我々は動けなくなりますか？」

「俺はそういう経験がないから分からないな」

「知り合いから頼まれれば、犯罪の事実を揉み消すような幹部がいるんですか？」一之瀬は目を見開いた。「不祥事を揉み消したりするのとは重みが違うでしょう」

「それはそうだ。しかし今回は、お前の詰めも甘い。本当に戸澤が、一連の事件の筋書きを書いていたかどうか、証拠はないんだ。田原の証言だけが頼りだからな」

「だったらどうして、戸澤への事情聴取を許可したんですか？」

「お前がどこまでやれるか、見てみたかっただけだよ」

「その結果は……がっかりですか」

「いや」大城が両手をはたき合わせて立ち上がった。「捜査で、一から十まで全てが判明するわけじゃない。分からない部分、はっきりしない部分が残ることは珍しくもないんだ。その、残った部分に危険な臭いがする場合……放置しておくのも手だ」

「それじゃ、逃げ切る人間が出てくるかもしれません」

「捜査に百パーセントはない」大城は引かなかった。

「係長も、手柄にできませんでしたね」

大城が鼻を鳴らし、一之瀬を見下ろした。

「ある事態を上司にどう報告するか——上手く報告できなくて、上司を感動させられないかもしれないし、実際よりもいい感じで納得させられるかもしれない」

「事実は事実で、どう扱っても同じじゃないですか？」

「勤め人に一番大事なのは、プレゼン能力だぞ」

「プレゼンって……」特捜本部の会議での報告も、プレゼンのうちなのだろうか。プレゼンといえば、自分の企画を売りこみ、相手から一円でも多く金を引き出すためのものだろう。捜査は金儲けの手段ではないのに。

「まあ、いい……不満そうだな」

「上層部に、変なところとつながりがある人間がいるのかと考えると、嫌な気分です」

「だったら、自分で偉くなれ」

「え？」

「お前は、外部との変なつながりを持たずに、クリーンなまま出世すればいい。そうすれば、汚い関係を持っている人間とも堂々と戦える——そういう目的で出世してもいいんじゃないか？」

「じゃあ、大城さんも、クリーンな警視庁を作るために上を目指しているんですか？」

「さあ、どうかな」

大城の表情は変わらなかった。相変わらず、何を考えているかは読めない。

警察官の正義感は難しいものだと思う。犯罪者を逮捕して事件を解決することが最善の正義だと考えている刑事がほとんどだろう。しかしその過程では、様々な人間と接触しなければならず、不適切な関係が生じることも少なくない。警察は、逮捕権という大きな権力を持っているが故に、すり寄ってくる人間も多いのだ。そうして癒着が発生し、警察は他人の都合で動くようにもなる……こういう関係を排除することは不可能ではないはずだ。

自分がしっかり意識を保っていれば。

大城のやり方は、必ずしも自分には合わない。しかしその志は、真面目に考えてもいいものではないかと思った。

「真奈津《まなつ》？」Qが顔をしかめる。「どういう意味だ？　まさか、七月に産まれたから『真夏』なのか？」

「そうです。字は違いますけどね。写真の『真』に奈良の『奈』、三重県津市の『津』で真奈津、です」

「一之瀬真奈津、か」藤島がぽつりと言った。「六文字は長いな。クレジットカードの署名に時間がかかるぞ」

「あのですね」一之瀬は思わず反論した。「こういう時は、褒めて終わりにすべきじゃないんですか？　一応、一生懸命考えた名前なんですから」

「まあ、そうだな」Qが渋い表情のままうなずく。センスがない、とでも思っているのだろう。だったらあなたは、自分の子どもにどんな名前をつけたんですか……？

奇妙な会合だった。

Qから電話がかかってきたのは二日前。向こうからの架電は極めて珍しいので、何かあったのかと警戒したのだが、Qは「出産祝いだ」とまったくめでたくなさそうな口調で言うだけだった。藤島も同席するので、都合のいい日に焼酎でも呑もう、と。

おいおい——何なんだ、これは。一之瀬がまず考えたのは、何か断る理由はないだろうか、ということだった。Qとのつき合いも長くなってきたが、これまでプライベートな話をすることはほとんどなかった。こちらがそういう話題を持ち出さなかったから、Qの方でも遠慮していたのかもしれないが……それがいきなり、「出産祝いで呑もう」とは。

だいたい、自分に長女が産まれたことをどうして知ったのだろう。藤島が教えた？　ということは、藤島とQは今でも連絡を取り続けていることになる。刑事とネタ元というだけの関係かと思っていたのだが、もしかしたらプライベートでもつき合いがあるのかもしれない。

「まあ……とにかく無事に産まれてよかったじゃないか。これは出産祝いだ」

「……ありがとうございます」一之瀬は、Qが差し出した小さな箱を受け取った。

「ちなみに、中身は銀のスプーンだ」

「スプーン？」

「君は、こういう縁起物も知らないのか」Qが馬鹿にしたように言った。「銀のスプーンは、西洋では出産祝いの定番なんだぞ。食べ物に困らないように、という願いがこめられているんだ」

「そうなんですか……ありがとうございます」

「俺からは実用品だ」藤島が、大きな包みを手渡してくれた。「タオル地のお包《くる》みだ。俺の経験から言って、こういうのはいくらあっても困らないからな」

「ありがとうございます」

藤島の方がよほど気が利いている感じがするが……とにかく、ありがたく受け取った。

「それにしても今回の事件は、後始末が大変だったな」藤島が切り出す。「芸能マスコミが大騒ぎだった」

「まだ騒いでますよ。普段顔を見ないような記者連中が、まだ所轄に詰めかけているぐらいですから」

「起訴されたのに、まだ取材は続いているのか」

「芸能マスコミ的には、美味しい話なんでしょうね」一之瀬はうなずいて続けた。「かつてのスーパースターで、大手芸能事務所の社長が不倫の末に相手を殺害——しかも離婚後に再婚しようとしていた相手が、また大物歌手だったわけですから」

「ま、警察的には関係ない話だな」藤島が鼻を鳴らす。

「詰め切れない部分も多かったんです。『オフィスＰ』の会長も、絶対この件に嚙んでいるはずなんですが……」

一之瀬はＱの顔をちらりと見た。いつものように、「森伊蔵」を美味そうに吞んでいて、一之瀬の話にはまったく興味がない様子である。

「無駄な捜査じゃないかな」藤島が言った。

「確かに、これ以上攻め続けると、身内に怪我人が出るかもしれません」

「生き残るためには、引き際を考えるのも大事だ」納得したように藤島がうなずく。

「何か……被害者も加害者も、それに『オフィスＰ』の社長も、全員が人間として大事な筋から零れ落ちていた感じがします。本人たちは普通にやってるつもりでも、我々の常識から見ると、滅茶苦茶ですよね」一ノ瀬は溜息をついた。

「そういう状況だからこそ、犯罪が発生するんだ。気にし過ぎると、精神的にダメージを受けるぞ」藤島が忠告する。

「まあ、君は上手くやったんじゃないか？」Qが唐突に言い出した。「私は捜査の専門家ではないから分からないが、なかなか難しい事件だったことは想像できる。簡単に人を褒めるのは好きではないが、まあ……今回は上手くできたということだろう」

「そうですね。そもそもスタート地点がマイナスでしたから、それを考えればよく盛り返したと思います」

「人の捜査を引き継いで、上手くやり遂げるのは至難の業だからな」

「今回の件で、刑事は全員、ちゃんとしているわけじゃないことがよく分かりました。隣の係の連中も、所轄の連中も、だらしないんですよ。ちょっとでも危ない感じがしたら引く——そういう基本もできていないんですから。常に自分のやっていることを疑うぐらいの気持ちがないと、駄目なんじゃないですかね」

「つまり君は、疑うところから始めたわけだ」Qが続ける。

「そうですね。最初は大変だと思ったんですけど、とにかく初動捜査があまりにも杜撰《ずさん》でした」

「ちょっと待て。お前さん、調子に乗り過ぎじゃないか？」藤島が突然、鋭い声で警告を発した。「誰かがヘマをした——それを心の中で思うのはいい。ただ、それを他人の前では絶対に言うなよ。いかにも自分の方が相手よりも優れていると自慢するようなものだし、そういう話が、回り回って相手の耳に入る可能性もあるんだぞ。今回の件も、俺が所轄の誰かに話すかもしれない」

「いや……勘弁して下さいよ」一之瀬は瞬時に顔から血の気が引くのを感じた。こういうのは一番まずい。警察官は陰口を言われることを嫌うのだ——その割には、陰でこそこそ言う人間が多いのだが。

「警察には必ず異動がある。批判した相手と、次の職場で一緒になる可能性だってあるんだぞ。だから陰口だけは絶対に駄目だ」

「……そうですね」

「お前も、いつまでも捜査一課にいるとは限らない。真面目に勉強して、昇任試験を受けるつもりがあるなら——出世していくつもりなら、今後は所轄と本部を行ったり来たりになる。所轄の刑事課係長、本部の係長、所轄の刑事課長、本部の管理官、所轄の副署長、本部の理事官——そこから先、署長や捜査一課長だってあるかもしれない」藤島が指折り数えた。「まあ、お前さんが捜査一課長になるとしても、二十五年も先だから、俺が見届けることはないだろうが」

「いやいや、それは……」だが、誰かが捜査一課長にならなければならない。それが自分であっても、何も不思議はないのだ。

もちろん、昇任試験に順調に合格し続けるだけではなく、一切ヘマをしないことがポイントになる。

「出世する人間ほど、異動が多くなる。だから、敵はなるべく少なくしておかないとな……何か問題があった時に、正面切って批判するのはいい。そういう喧嘩は、その場で解決できる。だけど、陰口だけは絶対駄目だ」藤島が繰り返す。

「――分かりました」

「分かれば結構。特に、本部にいる立場を自慢して所轄を馬鹿にするのは絶対に駄目だ。同じ警視庁の警察官なんだから」

「それは承知してます」一之瀬は岩下の顔を思い浮かべていた。つい数か月前まで席を並べていた上司が、所轄へ出た途端、ヘマして肩身の狭い思いをする――自分は、そんな岩下を追い詰めてしまわなかっただろうか。そうだとしたら、受けた恩を仇《あだ》で返したことになる。

「しかし何だな……君もつくづく詰めが甘い男だな」Qが呆れたように言った。「事件は無事に解決して、今日は出産祝いの集まりなわけだ。本来は、散々持ち上げられて、いい気分で帰るはずなんだよ。それが説教を受けて、萎《しお》れて家路につく……私まで暗くなるじゃないか」

「すみません」思わず頭を下げた。

「まったくねえ――いつまで経ってもお坊ちゃんというか」藤島が同調した。「まだまだ鍛え方が足りないんでしょうね」

「しかし、誰が鍛える？　もう後輩を鍛える立場じゃないか」Qが疑義を呈した。

「それはもちろん、自分で自分を鍛えるんですよ」

「なるほど。一種の自重トレーニングのようなものか。マシンやウェイトを使うよりも、自重トレーニングが一番効果的らしいな」

「強い意志の力が必要ですけどね」

「それぐらいはやってもらわないと」Qがうなずく。

まったく、何で祝いの席でこんな説教を受けてるんだろう。確かに俺は脇も詰めも甘い。森伊蔵が腹に染み渡るとともに、情けなさが体に満ちてくる。

二人と別れ、自宅へ急ぐ。まだ九時……十時前には自宅のドアを開けられるだろう。真奈津は当然もう寝ているはずだが、取り敢えず寝顔を見て、シャワー。いや、先にシャワーだ。汚れたまま娘に近づくのはまずい。今日の最高気温は、何と三十八度。体温よりも高く、体中の水分が出尽くしてしまった感じがする。そこにアルコールが入りこみ、何とも嫌な臭いがしているのは自分でも分かっていた。

深雪は、ちゃんとエアコンを入れて、室温を低く抑えてくれているだろうな……子どものために一番適した室温は何度ぐらいだろう。

阿佐ケ谷駅で降り、ぶらぶらと家に向かって歩き出す。酒を呑んだ後の常で喉の渇きを覚えたが、自販機で飲み物を買うのが躊躇われる。この前は、この状態で襲われたのだ……しかし喉の渇きには耐えきれず、コンビニエンスストアでスポーツドリンクを買った。

店の前で一口——一気に半分ほど飲んでしまう。水分が一気に体に染みこんで、代わりに酔いがすっと抜けていくようだった。

さて……スマートフォンを取り出す。結婚してからは、夕方——帰宅前に深雪と連絡を取るのが習慣になっていた。夕食の相談なのだが、真奈津が寝ていると考えると電話もかけにくい。念のため、深雪のスマートフォン宛にメッセージを送った。すぐに折り返し電話がかかってくる。

「お風呂、準備したわよ」

「助かる」何故か、シャワーだけでなくしっかり風呂に入った方が、その後の汗の引きがいいような気がする。

「あと、アイスクリームがあるけど」

「最高だ」

「家まであと十分ぐらい？」

「今から汗だくになる覚悟で行けば、八分で着くけど」

「無理しないでね……待ってるから」

待ってるから。その一言で、体の中に固まっていた毒々しい何かが溶け出した。そう、自分には待っている人がいる——それも妻と娘の二人。今は、これ以上何を望むことがあるだろうか。

新しい家族の形にも、すぐ慣れるはずだ。

この作品はフィクションで、実在する個人、団体等とは一切関係ありません。
本書は書き下ろしです。

中公文庫

零《こぼ》れた明日《あした》
——刑事《けいじ》の挑戦《ちょうせん》・一之瀬《いちのせ》拓真《たくま》

2018年4月25日　初版発行

著　者　堂《どう》場《ば》 瞬一《しゅんいち》

発行者　大橋 善光

発行所　中央公論新社

〒100-8152　東京都千代田区大手町1-7-1
電話　販売 03-5299-1730　編集 03-5299-1890
URL http://www.chuko.co.jp/

DTP　ハンズ・ミケ
印　刷　三晃印刷
製　本　小泉製本

Published by CHUOKORON-SHINSHA, INC.
Printed in Japan　ISBN978-4-12-206568-0 C1193

中公文庫既刊より

各書目の下段の数字はＩＳＢＮコードです。978－4－12が省略してあります。

と-25-32
ルーキー　刑事の挑戦・一之瀬拓真　堂場瞬一
千代田署刑事課に配属された新人・一之瀬。起きる事件は盗難ばかりというビジネス街で、初日から若い男性が被害者の殺人事件に直面する。書き下ろし。
205916-0

と-25-33
見えざる貌　刑事の挑戦・一之瀬拓真　堂場瞬一
千代田署刑事課そろそろ二年目、一之瀬拓真。管内で女性ランナー襲撃事件が発生し、捜査に加わるが、なぜか女性タレントのジョギングを警護することに!?
206004-3

と-25-35
誘爆　刑事の挑戦・一之瀬拓真　堂場瞬一
オフィス街で爆破事件発生。事情聴取を行った一之瀬は、企業脅迫だと直感する。昇進前の功名心から担当を名乗り出るが……。〈巻末エッセイ〉若竹七海
206112-5

と-25-37
特捜本部　刑事の挑戦・一之瀬拓真　堂場瞬一
公園のゴミ箱から、切断された女性の腕が発見される。その指には一之瀬も見覚えのあるリングが……。捜査一課での日々が始まる、シリーズ第四弾。
206262-7

と-25-40
奪還の日　刑事の挑戦・一之瀬拓真　堂場瞬一
都内で発生した強盗殺人事件の指名手配犯を福島県警から引き取り、駅へ護送中の一之瀬ら捜査一課の刑事たちが襲撃された！　書き下ろし警察小説シリーズ。
206393-8

と-25-15
蝕罪　警視庁失踪課・高城賢吾　堂場瞬一
警視庁に新設された失踪事案を専門に取り扱う部署・失踪課。実態はお荷物署員を集めた窓際部署だった。そこにアル中の刑事が配属される。〈解説〉香山二三郎
205116-4

と-25-41
誤断　堂場瞬一
製薬会社に勤める槙田は、副社長直々にある業務を任される。社会正義と企業利益の間で揺れ動く男たちの物語。警察小説の旗手が挑む、社会派サスペンス！
206484-3